三島由紀夫事件 50年目の証言

警察と自衛隊は何を知っていたか

西法太郎

新潮社

「三島事件」に立ち会った私

徳岡孝夫

三島由紀夫さんが東京・市ヶ谷にあった陸上自衛隊東部方面総監部の総監室で割腹自殺し、楯の会（註・三島が単独でたちあげた百名ほどの学生の民兵組織）の森田必勝《まさかつ》氏も続いて自決した。三島さん四十五歳、森田氏二十五歳だった。いまから数えて五十年前の出来事である。

切腹は日本の武人が用いた自殺法で、長年の間に洗練されて儀式化した。それは例えば『仮名手本忠臣蔵』の四段目で、塩谷判官が演じて歌舞伎座の観客に広く知られた。ただ実際の切腹は、芝居とは少し違い、刀を握って腹を刺す前に、まず大音声を発し腹中の空気を吐き出してしまう。割腹の途中で見苦しいことのないようにとの用心からである。

私は、三島さんのその声を聞かなかった。彼が自決に先立ち自衛隊員に向かって演説した、そのバルコニー前の地面に立っていたからである。

その日（昭和四十五年十一月二十五日）午前十時、私は三島さんの電話を受け、彼の指示に従って自衛隊駐屯地の隣の市ヶ谷会館（現在は高層ビルになっている）に行き、そこで楯の会隊員から三島さんの私宛の手紙と自衛隊員に配ったのと同じ「檄」、決起に参加した五人の写真七葉を受け取った。

手紙には、自らの行動は狂気の沙汰に見えようとも、国を思う一念に出たものであること、「檄」を無事に市ヶ谷から持ち出し、その全文をノーカットで発表してくれとあった。

二階の総監室に行こうと思えば、廊下に充満する機動隊に阻まれ、体を捜索されれば靴下の中に隠した手紙や「檄」は見つかり、参考物件として押収されるだろう。私は敢えてバルコニー前に留まり、生き残った楯の会の三人がパトカーで連行されるのを見た後、駈けつけた各社記者の混雑に紛れて静かに市ヶ谷を後にした。だから流血の切腹そのものは見ていない。

私は三島さんとの約束を守り、彼の「檄」をノーカットで「サンデー毎日」誌上に発表した。しかし週刊誌デスクは多忙だから、私はいわゆる「三島裁判」の取材を編集部員たちに任せた。新聞紙上で見る限り、裁判はヘンな方向に進み、ヤケに日本刀に詳しい裁判官が事件の本筋とは無関係な質問を被告に浴びせるなど、意外な展開を見せた後に終った。

その間、自衛隊の三島事件に関する態度はどうだったか。私の見るところでは、彼らは今日、まるで三島事件がなかったかのように振舞ってきた。

一例が事件現場の展示方法である。それは今も市ヶ谷に移った防衛省の構内に保存されているが、元の総監室は、展示品が並ぶ廊下の一部であるかのように扱われ、訪問客がそれと気付かぬうちに通り過ぎるよう仕組まれている。

三島さんの死の意味を考えれば、誰しも「憲法」と「天皇」を考えずにおれない。それなのに日本の体制（右も左も）は、国民にそれを考えさせないように仕向けてきた。

この憂うべき状態を打ち破る方法の一つは、三島事件裁判資料の精査である。生き残った楯の会の三人が三島さんからどんな教育を受け、どんな点に共鳴したかを知れば、三島・森田を駆って切腹にまで持っていった思想を、もっと深く理解できるだろう。

西法太郎氏は、そのテーマを抱いて裁判資料の山に挑戦した。裁判から四十年余を経て、一部は参考資料になっていたというが、私は挑戦した西氏の意気と持久力に敬服する。

三島事件裁判資料は、これまでのように古文書扱いでは済まされなくなっている。三被告人の法廷での陳述、上申書その他は今日の、これからの日本を知るために欠かせない「考える材料」になるだろう。


【註記】

刑事確定訴訟記録法第九条に「法務大臣は、保管記録又は再審保存記録について、刑事法制及びその運用並びに犯罪に関する調査研究の重要な参考資料であると思料するときは、その保管期間又は保存期間の満了後、これを刑事参考記録として保存するものとする」と規定されている。

三島由紀夫事件　50年目の証言——警察と自衛隊は何を知っていたか　目次

「三島事件」に立ち会った私　徳岡孝夫　1

はじめに　15

第一章「楯の会」に籠められたもの　23

三島由紀夫と昭和の時代　25
天皇臨席の真偽／楯の会結成、自死への道

祖国防衛隊としての楯の会　31
集団こそは〝同苦〟の概念／つねにStand byの軍隊／入会・訓練／組織・規約・三原則／楯の会隊員手帳／楯の会は天皇の御楯／楯の会の資金／楯の会に入った同志を除名処分した民族派／間接侵略を強く危惧／学生諸君と共に、毎日駈け回り、歩き、息を切らし、あるいは落伍した

警察と自衛隊　46
治安出動への緊迫した事態／自衛隊を「国土防衛軍」と「国連警察予備軍」に分離／治安出動はクーデターになりうる／敵は本能寺にあり／僕はいまだに憲法改正論者／晩年遷移した憲法論／天皇は

「一般意志」の象徴

自衛隊との接点 60

「影の軍隊」の機関長——平城弘通／山本舜勝／三島との出会い／七〇年安保のときの自衛隊は治安出動する準備をものすごくやっていた／警察が全滅するような状況になったら、そのときは我々の屍を乗り越えて治安出動していただきたいという覚悟である

警察との唯一の絆——佐々淳行（一） 71

沈黙を破る／おなじ東京山の手育ち／姉・紀平悌子と三島の交際／私、美津子の〝代用品〟かしら／『豊饒の海』に協力／香港での三島との密会／民兵問題　彼もふみ切る／安田講堂事件の修羅場／一〇・二一国際反戦デーで潰えたスキーム／楯の会の一味、徒党と見ていた／楯の会の隊員で国会を占拠し、憲法を改正したらどうか／経過ならびに事前の行動／決起の具体化／ある批評家の慧眼

第二章「市ヶ谷」に果てたもの 97

惨劇の刻 99

一陣の木枯し／死ぬることが三島の窮極の目的だった／『わが同志観』——非情の連帯／自衛隊市ヶ

谷駐屯地一号館二階／「要求書」／総監室での攻防／一気に騒然となった世情／バルコニーからの演説／三島由紀夫と森田必勝の最期／三島の最期の言葉／解剖所見・傷害状況

カメラは見ていた──佐々淳行（二） 120
ただちに現場に急行／血を吸いこんだ赤絨毯／蒼白の益田総監／秘められた最後の写真／三島展と三島書誌の不思議

〝変言自在〟の人──中曾根康弘 129
警察出動を指示／三島との濃密な交流／三島と中曾根の暗闘／真相を知る唯一の生存者も逝った／「檄」の謎／自衛隊蔑視論である

益田兼利東部方面総監の法廷証言 142
韜晦の裏の苦衷／マニヤックな裁判長／帝国陸軍と自衛隊／自衛隊の統帥権／戦前の軍法会議／上官の命令／古賀浩靖と総監の論戦

〝憂国三銃士〟の上申書 156
三人の自筆の上申書／小川正洋（日本の改革を願うなら、まず自ら行動することである）／小賀正義（当然あるべき自衛力さえも否定している現行憲法が存在することこそ「悪」）／古賀浩靖（一連の欺

瞞・虚偽のうえに、戦後の社会は上積みされてきた）

森田必勝の夢　176

先生のためには、自分はいつでも命を捨てます／民族運動の起爆剤を志向

第三章　「三島事件」に秘められたもの　187

謎の人——ＮＨＫ記者伊達宗克　189

三島さん一流の華麗なる遊び／不可解な行動／疑惑の目が向けられ記者活動を中断／楯の会のシンパサイザーだった／ＮＨＫ会長が明かした隠密行動／切腹を窺知／川端康成〝幻の長編小説〟発見／三島夫人へのインタビューに割り込む／無頼な記者／〝院殿〟と〝大居士〟が入った戒名

益田総監の死　207

恩を仇で返す行動だ／自衛隊への痛憤／総監辞任の真相／総監の悲壮／総監死の真相／親族に訊くしかない／保田與重郎の厳しい見方

監視の網のなかで——佐々淳行（三） 218
虎がネズミに襲われて猫を呼んだようなもの／楯の会はマークしていた／警察の人事異動への疑念／ＣＩＡの執拗な接触／三島家への微行／見せられた三島の妻あて遺書／後に残された者

秘かに蠢いた国家意思 229
なぜあの状況で古式通りの切腹ができたのか／第一報が一一〇番通報への疑問／固定電話の連絡ルート／疑念を解明するカギ／権力による〝不作為の罪〟／警察はつかんでいた！／当日事件発生前から刑事に監視されていた作家／三島ともあろう者がバカなことをすることはないだろう／なぜ寸止めしたのか／何とも気持の悪い事件／老獪の人——後藤田正晴／想定はすべて外れた

second languageとしての肉体 254
死への固執／自死への宣言書『太陽と鉄』／意識の絶対値と肉体の絶対値とがぴったりとつながり合う接合点／相拮抗する矛盾と衝突を自分のうちに用意すること、それこそ私の「文武両道」なのであった／拳の一閃、竹刀の一打の彼方にひそんでいるものが、言語表現とは対極にある

身滅びて魂存する者あり 263
吉田松陰論に狂わされた／天地の悠久に比せば松柏も一時蠅なり／日本の歴史を病気というか！／空な討ち方だった

［参考資料一］
自衛隊市ヶ谷駐屯地バルコニーからの演説　271
［参考資料二］
「三島事件」判決主文と理由（全文）　275
跋にかえて　295

＊文中、対話の箇所をのぞき敬称は略した。又、語句に適宜ふり仮名を付し、旧仮名遣いの引用文は一部をのぞき現代仮名遣いに改めた。
＊年号については、大正一四（一九二五）年一月一四日生まれの三島由紀夫の年齢が昭和の年号と一致することにかんがみ、和暦を主とした。

三島由紀夫事件　50年目の証言――警察と自衛隊は何を知っていたか

はじめに

作家三島由紀夫は、昭和四五（一九七〇）年一一月二五日、楯の会隊員森田必勝、小賀正義、古賀浩靖、小川正洋とともに当時の自衛隊市ヶ谷駐屯地で東部方面総監室に立て籠もり、武士道のしきたりに則《のっと》って小刀で腹を切り、森田、古賀らによって日本刀で首を刎《は》ねられた。森田必勝も三島に倣《なら》い首を刎ねられて果てた。これがいわゆる「三島事件」である。ラジオがニュース速報を流し、TVがこの模様を現場から生中継するや、国内は騒然となり、海外でも大きく報道された。

私（筆者）は当時地方都市の中学生だった。事件について記憶しているのは、それから数日後、下校の道すがら友人が布製の肩掛カバンから、そっと取り出して押し開いたグラフ誌の写真だ。それは、窓から射す陽を浴びた床に置かれた作家の頭部だった。

作家の四部作を手にしたのは高校生のときだった。奥付にはそれぞれ、「昭和四十九（一九七四）年九月二十日 四十四刷」「昭和四十九年六月二十日 三十刷」「昭和四十九年七月三十日 二十三刷」「昭和四十九年十月三十日 十一刷」とある。読めない文字や難解な用語を辞書で引き引き読みおえた。作家の自死の衝撃が消えず、ぎゃくにその波紋がひたひたひろがっていた。地方の少年もそれに嚥《の》まれた。

作家の全集が月命日に一巻また一巻と出だした。高価で市の図書館で借りて読んだ。新しい巻が出る日になると自転車を飛ばし、背表紙が金線で意匠された赤革装のサラを抱えて持ち帰った。

作家の写真入りチラシが祥月の街中にあふれる東京に出て来たのは大学生のときだった。

それはいつしか見られなくなった。古書店の全集の値つけに作家への関心の遷《うつ》ろいようがあらわれていた。

作家の作品を読み返しはじめたのはその享年にいたったころだった。それから熊本の神風連《しんぷうれん》の地をおとずれ、奈良の帯解《おびとけ》、三輪、桜井をめぐった。さまざまの資料にあたり、作家と生前交流のあった人々や関係者をおとない研究者に意見をもとめた。そうやって作家の死の貌《かたち》を求めるようになった。

「三島事件」の裁判は、生き残った楯の会の隊員三名を被告人として、昭和四六年三月から通常どおり公開法廷で行われた。だが法廷での証言やそこでの口頭のやり取りは、裁判のほんの一部に過ぎない。調書などの陳述書面は数多作成されたが、公判でいちいち読みあげられてはいない。それらは被告人とその代理人（弁護士）、裁判官、検察官など限られた訴訟関係者しか目を通せないのだ。重要なことであっても見過され、忘れ去られてしまっているのではないかと考えた。それらのなかには公表をはばかった事柄も少なくなかったろう。そこでどうしても裁判記録に直接あたってみたくなった。閲覧を申請したのは平成二三（二〇一一）年の春浅いころだった。しかし事は容易ではなかった（その顚末は末尾「跋にかえて」に記した）。

だが粘り強く東京地検と交渉して許可を得た。

他の動機もあった。決起の当日、三島が行動をともにした小賀正義に渡した命令書にはこうあった。

〈君の任務は同志古賀浩靖君とともに人質を護送し、これを安全に引き渡したるのち、いさぎよく縛《ばく》に就き、楯の会の精神を堂々と法廷において陳述することである。（略）

森田必勝の自刃は自ら進んで楯の会全会員および現下日本の憂国の志を抱く青年層を代表して、身自ら範《はん》をたれて青年の心意気を示さんとする鬼神を哭《な》かしむる凜烈《りんれつ》の行為である。

三島はともあれ森田の精神を後世に向かって恢弘《かいこう》せよ。〉

しかし被告人となった三人は、事件後、法廷の場以外では口を緘《とざ》したままだ。その一人、小川正洋はとうとう一昨年逝った。享年七〇。残る二人も七〇代に入っている。古賀浩靖（現在は荒地姓）は九州で神社の神官をしているという。小賀正義は故郷の和歌山の地にいるという。いくら待っていても、彼ら〝憂国三銃士〟たちに胸の内の想いを語る気はないようだ。ならば、彼らが公判であかした三島の指示を実行した全貌を詳らかにしたいと思った。

事件から一年半後の昭和四七年四月に判決が出た。そして翌月に『裁判記録「三島由紀夫事件」』（講談社）という本が出た。編著者はＮＨＫ記者の伊達宗克である。じつは、彼は楯の会の隠れ隊員のような存在だった。そのせいか記者としての中立性を欠き、三島や楯の会への個人的な思い入れが強い構成と内容になっている。私にはこの本は、事件を客観的に描いていないのではないかと思われた。これも原記録に直接ふれたいと思った動機だった。

三島はクーデターに見せて、じつに周到に自決を企図し、準備し、完遂した。親友や知人それぞれに（ほとんど誰もそれと気づかなかったが）律義に別れの挨拶をし、著作権をふくめた財産についてひそかに公正証書をつくり、何人かには遺書風のものを残し、さらに多磨霊園の家族墓とは別に、自分だけの墓を富士山の見える古刹に確保し、そこに建てる自身の等身大裸体像を極秘に制作していた。カモフラージュとして、決起後にインタビューを受ける空手形をいくつか切っていた。決起以降の入稿予定は一切なく、手帳のスケジュールを完全に空白にしていた。そして自決した。だから、本人の思いどおりの結末と受け止められた。

しかし三島が選んだ死に場所は、儀式性をともなう切腹の完遂がもっとも難い、実質軍隊である自衛隊の基地内だった。武器をそなえ、日夜訓練され、よく統率された人員組織の真っただ中で、思い通りにことがすんなりと完遂できるわけはない。三島の振舞いのことごとくに、死んで当然と思わせる迫真さがあったから、あの成行きはすんなりと受け入れられてしまった。しかし大いなる〝不可思議〟と〝矛盾〟が「三島事件」にはあるのだ。

市ヶ谷駐屯地への入門時に持ち物を検《あらた》められ、大刀やカバンの中の小刀を預けさせられたら、決起も自決もできない。めざした至上の死に方は〝斬り死〟だと主張する向きもあるが、刀を取りあげられたら、それはまずなくなる。仮に、刀剣を持ったまま検問をすり抜け、総監室に通され総監を人質にしようとしても、その部屋に総監以外の自衛官が一人でもいたら、かなりの障害になったはずだ。よしんば総監を拘束し人質にとれたにしても、周囲には実戦練度のある自衛官がいる。自決しようとする前に基地内の治安維持にあずかる警務隊が突入してくるリスクもあった。以上のことを考えたら、自決に至る確率はかなり低かったのだ。明敏な三島はそれらの蓋然性を認識していただろう。

三島は、真相が闇に葬られないために、現場に呼び寄せ、事の成り行きを目撃させようとした毎日新聞記者の徳岡孝夫とＮＨＫの伊達宗克にあてた文書にこう書いていた。

〈寸前まで、いかなる邪魔が入るか、成否不明であります。（略）事件の経過は予定では二時間であります。しかしいかなる蹉跌が起るかしれず、予断を許しません。（略）万々一、思いもかけぬ事前の蹉跌により、一切を中止して、小生が市ヶ谷会館へ帰って来るとすれば、それはおそらく、十一時四十分頃まででありましょう。〉

不首尾を懸念する気持ちを文面に強くにじませている。「思いもかけぬ事前の蹉跌」の他、「もし邪魔が入って、小生が何事もなく帰って来た場合」などと、平穏な未遂状態で終ったケースのみを記している。しかし突入してくる自衛官に自決を阻止されるような〝邪魔〟が入る、あるいは同行者が自衛官に捕えられるなど、平穏でない〝蹉跌〟もあり得る。切腹しようとしても、かなりの確率で阻止され、自決に到らない可能性を想定するのはむしろ当然だろう。

『豊饒の海』の主人公のひとり、飯沼勲のように、「太陽の、……日の出の断崖の上で、昇る日輪を拝しながら、……かがやく海を見下ろしながら、けだかい松の樹の根方で、……自刃」（『奔馬』）したら、一〇〇％成功する。赫奕《かくやく》と昇る旭と大好きな海を眺め、昧爽《まいそう》の潮風に吹かれながら果てることができたろう。だが、なぜ、三島はそうしなかったのだろう。三島はもっとも邪魔が入る、阻止される可能性のある、易々とは死に難い状況で、自ら頸動脈を切り瞬時に自死できるような方法ではなく、時間を要する切腹という武道古来の作法に則っての死を選んだ。なぜ、三島はあえて、そんなリスクを踏んだのだろう。

結果的には、さまざまな切腹不首尾の想定や懸念は杞憂となり、悠々と作法どおり行える状況が現出した。はたしてこれは偶然だったのだろうか。なぜ、このリスクは易々と乗り越えられたのだろう。

事件翌日の「サンケイ新聞」（昭和四五年一一月二六日）によると、三島の部屋に遺書風の書きつけがあったという。

「限りある命ならば永遠に生きたい」

という言葉だった。三島邸から出てきた親類が記者にしゃべったのだ。その親類は「三島は老いさらばえて生きてゆくよりも、歴史の中で生きたいと思ったのではないか」と語ったという。

西尾幹二は「実行家としての〝私〟を殺すことで作品の虚構に生きようとした（略）生きようとして、死んだ」（『三島由紀夫の死と私』ＰＨＰ研究所、平成二〇年）と記している。であるならば、三島の内在的ロジックだけで事は完結する。しかし、あのとき三島の死への希求と行動を、じっと監視し、ひそかに後押ししていた者たちはいなかったのだろうか……。すでに決起を決意していたころの三島は、「文学以外なら計算外ということはありうる。自分があるものにコミットすれば、リアクションがきますし、それから、それに対してどういうような動きが、どういうふうに出るか、わからないですから」（「国文学」昭和四五年五月臨時増刊号）と発言している。市ヶ谷での挙は「計算外ということはありうる」「文学以外」のことなのだ。

私は、当時の自衛隊側、警察側、それぞれが三島や楯の会をどう見ていたかについて、今まで発言しなかった人物たちから証言を得た。これまで自衛隊員としては、三島が専ら接触した情報部門の幹部の言や著書が繰り返し引かれ、それが援用されてきた。私はそれとは別の情報部門の元幹部に接触し、ロング・インタビューをし、手紙を交換し、三島たちの行動を追った。いっぽう三島の親友だった警察庁の元幹部からも得難い証言を得ることができた。三島についてしゃべったり書いたりしなかったのは、あまりに知り過ぎていたからだと、計五回、延べ一〇時間あまりのインタビューに応じてくれたのだ。この両名はすでに鬼籍に入ってしまった。

「三島事件」にはいくつかの暗部がある。なぜ自衛隊幹部は、警察隊の基地内導入に直ちに動いたのか。警察は三島たちの動きをまったく摑んでいなかったのか。人質になった総監がまもなく亡くなったのはなぜか。これらについてほとんど、いや、まったく追究されてこなかった。本書はこれらを解明し、「三島事件」の全貌を浮き彫ろうとするものである。それとともに挙に向かった三島の心の裡に迫ることを目途している。

【註記】

本書は、小著『死の貌　三島由紀夫の真実』（論創社、二〇一七年）に収載した佐々淳行氏へのインタビューと「三島事件」裁判記録に、その後関係者に取材したこと、蒐集した資料・新事実を加え、この事件の全体像を結ぶべく再構成増補したものである。

第一章 「楯の会」に籠められたもの

三島由紀夫と昭和の時代

天皇臨席の真偽

三島由紀夫、本名平岡公威《きみたけ》は、大正一四（一九二五）年一月一四日、東京市四谷区永住町に、父梓《あずさ》、母倭文重《しずえ》の長男として生まれた。幼時、病弱であった。

昭和六年、学習院初等科に入学。

昭和一一年、二・二六事件が起きる。陸軍青年将校らが〝天皇親政〟を掲げて決起したクーデターで、首相官邸や高橋是清大蔵大臣の私邸を襲い占拠したが、叛乱軍として政府、陸軍によって武力鎮圧された。のちに三島は、この事件に加わり自決した将校をモデルに、小説『憂国』を執筆し、映画『憂国』でその主人公を演じることになる。

昭和一六年、小説『花ざかりの森』が、蓮田善明、清水文雄ら日本浪曼派の同人雑誌「文藝文化」に、三島由紀夫の筆名で掲載された。この年の一二月八日、海軍がハワイ真珠湾を奇襲攻撃、日米開戦となる。昭和一九年春、三島は、本籍である兵庫県加古川町で徴兵検査を受け、第二乙種合格。だが、翌年春の入隊検査で〝即日帰郷〟となった。

この間の一九年九月、三島は学習院高等科を首席で卒業。天皇より銀時計を賜る。

昭和四四年五月、三島は東大全共闘との討論集会に出た際、天皇からの時計拝受にまつわる発言をしている。

〈こんなことを言うと、あげ足をとられるから言いたくないのだけれども、ひとつ個人的な感想を聞いてください。というのはだね、ぼくらは戦争中に生れた人間でね、こういうところに陛下（註・昭和天皇）が坐っておられて、三時間全然微動もしない姿を見ている。とにかく三時間、木像のごとく全然微動もしない、卒業式で。そういう天皇から私は時計をもらった。そういう個人的な恩顧があるんだな。こんなこと言いたくないよ、おれは。（笑）言いたくないけれどね、人間の個人的な歴史の中でそんなことがあるんだ。そしてそれがどうしてもおれの中で否定できないのだ。それはとてもご立派だった、そのときの天皇は。〉（『討論 三島由紀夫vs.東大全共闘：美と共同体と東大闘争』新潮社、昭和四四年）

この討論の模様はTV局が撮った実写映像をつかって、半世紀を経て、映画『三島由紀夫vs東大全共闘 50年目の真実』（令和二年）としてビジュアル化された。それと照らしても三島はまちがいなく「（私の学習院高等科の卒業式で）陛下が坐っておられて、三時間全然微動もしない姿を見ている」と発言している。『決定版 三島由紀夫全集42』「年譜」の昭和一九年九月九日にも、〈学習院卒業証書授与式。天皇が臨席。〉とある。三島は、戦時のために翌年三月ではなく、半年早く高校を繰り上げ卒業し、その年だけの特例で、翌一〇月、東大に推薦入学している。

さて、ほんとうに天皇は、先の大戦末期の多忙な最中《さなか》、学習院の三島の卒業式に臨席（臨御）し、しかも三時間もいたのだろうか？　私が調べたところ事実は異なっていた。学習院の教師が卒業式について、次のように日記に記していることを発見した。

〈昭和一九年九月九日（土）晴　今日は高等科卒業式。（略）九時三十分御差遣宮《ごさけんみや》朝融《あさあきら》王殿下

御着というので、職員、学生門内に堵《と》して御着を待つ。……御下賜品拝受者平岡公威（文科）、何某、何某（理科）。十時三十分御差遣宮殿下を奉送申上げ、……〉（『清水文雄「戦中日記」：文学・教育・時局』笠間書院、平成二八年）

〝御差遣〟とは天皇の名代である。清水文雄は平岡公威少年を〝作家三島由紀夫〟として孵化させた恩師である。

さらに『昭和天皇実録』には次のようにある。

〈九日　土曜日　午前、御学問所において陸軍大臣杉山元に謁を賜い、（略）並びに人事の内奏を受けられる。午後、内大臣木戸幸一をお召しになる。〉（『昭和天皇実録　第九』東京書籍、平成二八年）

天皇が当日外出した記録はない。終日宮城にいたのだ。天皇は三島の卒業式に臨席（臨御）しなかったと考えて間違いない。

じっさい、式に臨席したのは久邇宮《くにのみや》朝融王、昭和天皇の義兄だった。成績優等者への恩賜の時計は天皇からではなく、名代の皇族から三島に下賜されたのだ。そして臨席した時間だが、三時間ではなく、一時間だった。

天皇が学習院の卒業式に臨御したのは、三島の在学中では、昭和九年、一二年、一六年の三回だった（坂本孝治郎『象徴天皇制へのパフォーマンス――昭和期の天皇行幸の変遷』山川出版社、平成元年）。『昭和天皇実録』にはそれらの御出門（宮城からの出発）と還幸（帰着）の時間が記されている。だいたい一時間程度式場にいたようだ。そのときの天皇のつねにじっと身じろぎせずにいた姿が、三島少年の心に強く焼きつき、時間を合算して、「三時間」と言わせたのだろうか……。

楯の会結成、自死への道

昭和二〇年八月一四日、日本は、イギリス、アメリカ、中国ら連合軍首脳によるポツダム宣言を受諾、翌一五日正午、全日本軍の無条件降伏を告げる玉音放送がなされた。一〇月、マッカーサーを司令官とする連合国軍総司令部（ＧＨＱ）が東京日比谷に設置され、軍隊の解体、財閥の解体、憲法の改正などがすすめられた。

翌二一年一月、それまで神と崇められていた天皇が、いわゆる「人間宣言」を発出。三島は後年（昭和四一年）、小説『英霊の聲』で、人間宣言した天皇に対して、二・二六事件の青年将校や、神風特攻隊として南海の洋上に散った英霊の荒霊《あらみたま》に、「などてすめろぎは人間《ひと》となりたまひし」と叫ばせた。

この年の一一月三日、日本国憲法公布、翌二二年五月三日施行。その第一条に「天皇は、日本国の象徴であり日本国民統合の象徴であって、この地位は、主権の存する日本国民の総意に基く。」、第九条一項には、「日本国民は（略）国権の発動たる戦争と、武力による威嚇又は武力の行使は（略）永久にこれを放棄する。」、二項には「前項の目的を達するため、陸海軍その他の戦力は、これを保持しない」とある。

ところが、昭和二五年六月、朝鮮戦争が勃発し、アメリカ軍は日本駐留部隊を朝鮮半島に一斉に出動。吉田茂首相はマッカーサーから、日本の防衛・治安維持のために警察力の増強を求められ、同年八月、警察予備隊を設置。昭和二六年九月、合意にいたった連合国との間にサンフランシスコ平和条約を締結。そこで日本は朝鮮の独立を承認、台湾、千島列島、南樺太などにおける権利等を放棄。昭和二七年一〇月、警察予備隊は保安隊に、さらに二九年七月、自衛隊に改められ、新設の防衛庁の管轄となった。

作家としての三島は、二四年『仮面の告白』、二九年『潮騒』、三一年に『金閣寺』を発表して読売文学賞を受賞、若手作家の代表格としての地歩を占めていった。そのかたわら、ボディビルによる肉体改造に取り組んでいた。

昭和四〇年九月、長編四部作『豊饒の海』の第一巻『春の雪』の連載開始。四一年八月、第二巻『奔馬』取材のため、神風連ゆかりの熊本を訪れ、日本刀を購入。同じこの年、船坂弘著『英霊の絶叫』（文藝春秋）に序を寄せ、返礼として日本刀〝関の孫六〟を贈られている。

四二年、反共、民族主義を掲げる青年学生民族派雑誌「論争ジャーナル」の中辻和彦、万代潔、日本学生同盟（日学同）の持丸博らを知る。六月には、早稲田大学国防部の学生と会合し、森田必勝と出会う。

この間の四月から五月、三島は単身で四五日間、陸上自衛隊に体験入隊。「祖国防衛隊構想」を固め、陸上自衛隊情報教育課長の山本舜勝《きよかつ》に指導を仰いだ。

翌四三年三月、森田必勝は三島とともに三〇名ほどの学生と陸上自衛隊富士学校滝ヶ原分屯地で自衛隊へ体験入隊。七月、第二回体験入隊に、神奈川大学生で全国学生協議会（生長の家系の民族派青年組織）の小賀正義と古賀浩靖が参加（第二期生）。森田必勝らと新宿区十二社《じゅうにそう》のアパート小林荘をたまり場にしていた小川正洋（明治学院大学）は、昭和四四年三月、第三回体験入隊に参加。祖国防衛の民兵組織は四三年一〇月五日、〝楯の会〟と名付けられ正式に発足した。

同年一〇月一七日、川端康成がノーベル文学賞受賞。下馬評にあがっていた三島はこれに落胆。

一〇月二一日、国際反戦デー闘争。全共闘などの新左翼派の学生が新宿を拠点に警視庁機動隊と衝突を繰り広げ、多数が騒擾罪（現在の騒乱罪）で逮捕された。三島は楯の会隊員とともに実地の諜報訓練をひそかに行った。

昭和四四年一月、東大安田講堂事件。機動隊は立て籠もった全共闘らの学生を鎮圧排除。五月一三日、三島は東大駒場キャンパスで東大全共闘主催の討論会に楯の会隊員らに守られて出席。そこで一年半後を先取りした発言をしていた。

〈私が行動を起すときは、結局諸君と同じ非合法でやるほかないのだ。非合法で、決闘の思想において人をやれば、それは殺人犯だから、そうなったら自分もおまわりさんにつかまらないうちに自決でも何でもして死にたいと思うのです。しかしそういう時期がいつくるかはわからないが、そういう時期に合わして身体を鍛錬して、……〉（『討論　三島由紀夫vs.東大全共闘：美と共同体と東大闘争』）

一〇月二一日、国際反戦デー。前年と異なって騒擾罪の適用もなく、楯の会の出番＝死に場は待っていてもやってこないことを覚知する。

一一月三日、森田を学生長とした楯の会一周年記念パレードを、皇居や桜田門の警視庁をのぞむ国立劇場屋上で挙行。川端康成ほか多数が欠席した。

昭和四五年三月、最後となった第五回体験入隊。三島は森田と語らって、最少人員でのクーデターを企図。小賀、小川、そして古賀を順次メンバーに加えていった。

祖国防衛隊としての楯の会

集団こそは〝同苦〟の概念

三島由紀夫は昭和四〇年から四三年にかけて村松剛らの雑誌「批評」に連載した『太陽と鉄』で〝集団〟について述べている。〝集団〟＝〝楯の会〟であることはあきらかである。その箇所を整序して摘記する。

〈・集団こそは、言葉という媒体を終局的に拒否するところの、いうにいわれぬ「同苦」の概念にちがいなかった。なぜなら「同苦」こそ、言語表現の最後の敵である筈だからである。

・言語表現は快楽や悲哀を伝達しても、苦痛を伝達することはできないからであり、快楽は観念によって容易に点火されるが、苦痛は、同一条件下に置かれた肉体だけが頒《わか》ちうるものだからである。

・肉体は集団により、その同苦によって、はじめて個人によっては達しえない或る肉の高い水位に達する筈であった。そこで神聖が垣間見られる水位にまで溢れるためには、個性の液化が必要だった。のみならず、たえず安逸と放埒と怠惰へ沈みがちな集団を引き上げて、ますます募《つの》る同苦と、苦痛の極限の死へみちびくところの、集団の悲劇性が必要だった。集団は死へ向って拓《ひら》かれていなければならなかった。私がここで戦士共同体を意味していることは云うまでもあるまい。

•集団の一人になって（略）駈けつづけていた私は、その同苦、その同じ懸声、その同じ歩調、その合唱を貫《つら》ぬいて、自分の肌に次第ににじんで来る汗のように、同一性の確認に他ならぬあの「悲劇的なもの」が君臨してくるのをひしひしと感じた。

•このような悲劇の模写が、私の小むつかしい幸福と等しく、いずれ雲散霧消して、ただ存在する筋肉に帰するほかはないのを予見しながらも、私一人では筋肉と言葉へ還元されざるをえない或《あ》るものが、集団の力によってつなぎ止められ、二度と戻って来ることのできない彼方へ、私を連れ去ってくれることを夢みていた。それはおそらく私が、「他」を恃《たの》んだはじめであった。

•かくて集団は、私には、何ものかへの橋、そこを渡れば戻る由もない一つの橋と思われたのだった。〉

つねにStand byの軍隊

三島は昭和四二年以降、にわかに政治論文（『「道義的革命」の論理——磯部一等主計の遺稿について——』『文化防衛論』『自由と権力の状況』『反革命宣言』など）を次々に発表した。

〈•私はこれらの文章によって行動の決意を固め、固めつつ書き、書くことによっていよいよ固め、行動の端緒に就いてから、その裏付けとして書いて行ったということである。従ってこれらの文章によって私の行動と責任が規制されることも明らかであるが、私のこれらの文章が、行動と並行しつつ、行動の理論化として書かれたことも疑いがない。（略）私の唱える文武両道のうち、本書は純粋に「武」に属しているのである。
・「武」に属する現実行動とは、私がはじめた「楯の会」という学生のグループのことである。私は間接侵略対処の民間防衛の一翼を担うために、志ある学生を集めて、共に一ヶ月自衛隊に体験入隊をして、この会を結成し、すでに三期生を養成しつつあるが、メムバーはなお七十人に充たない。〉（『文化防衛論』あとがき、昭和四四年三月七日付）
三島曰《いわ》く、「『英霊の聲』を書いた後に、こうした種類の文章を書くことは私にとって予定されていた」のだ。

『英霊の聲』が発表されたのは、昭和四一年（「文藝」六月号）だった。と同時に政治対談・討議（『政治行為の象徴性について』や大学生たちとの数々のティーチ・イン）を始めたが、政治行動も実際に展開していた。これらは〝文武両道〟の思想に発していた。三島はこの「『文化防衛論』あとがき」を書いた年の秋、一一月三日、楯の会結成一周年記念パレードを挙行した。その会場で招待客に、この組織についてのハンドアウトを配布した。

〈・私が組織した「楯の会」は、会員が百名に満たない、そして武器も持たない、世界で一等小さな軍隊である。毎年補充しながら、百名でとどめておくつもりであるから、私はまず百人隊長以上に出世することはあるまい。
・「楯の会」はつねにStand byの軍隊である。いつLet's goになるかわからない。永久にLet's goは来ないかもしれない。しかし明日にも来るかもしれない。
それまで「楯の会」は、表立って何もしない。街頭のDemonstrationもやらない。プラカードも持たない。モロトフ・カクテル（註・火炎瓶）も投げない。石も投げない。何かへの反対運動もやらない。講演会もひらかない。最後のギリギリの戦い以外の何ものにも参加しない。

それは、武器なき、鍛え上げられた筋肉を持った、世界最小の、怠け者の、精神的な軍隊である。人々はわれわれを「玩具《おもちゃ》の兵隊さん」と呼んで嗤《わら》っている。
・日本では、十九世紀の近代化以来、不正規軍という考えが完全に消失し、正規軍思想が軍の主流を占め、この伝統は戦後の自衛隊にまで及んでいる。日本人は十九世紀以来、民兵の構想を持ったことがなく、あの第二次世界大戦に於《お》いてすら、国民義勇兵法案が議会を通過したのは降伏わずか二ヶ月前であった。日本人は不正規戦という二十世紀の新らしい戦争形態に対して、ほとんど正規戦の戦術しか持たなかった。
　しかし私の民兵の構想は、話をする人毎に嗤われた。日本ではそんなものはできっこないというのである。そこで私は自分一人で作ってみせると広言した。それが「楯の会」の起りである。〉（「〈楯の会〉のこと」）

楯の会の隊員によると、三島はつねに楯の会は百人の民間人の将校団をめざすと言っていたという。いざというときに後方警備にあたったり、遊撃活動にでられる、そういう小隊長としての活動を隊員に期待すると言っていた。各隊員が三島のように百人を束ねれば、総計一万人の軍団になるのだ。しかし楯の会隊員は武器としては、特殊警棒の所持しか警察に認められなかった。「武器なき」、いささか心もとない軍隊であった。

入会・訓練

楯の会の実態だが、まず、小賀正義が事件後書いた一文を引く。自衛隊への体験入隊は、楯の会隊員になるための高く厳しいハードルだった。

〈体験入隊は霊峰を仰ぎ見るほどに近い富士の裾野で一ヵ月間訓練する。朝は六時、起床ラッパでとび起き、服装を整えながら舎外に走り出て点呼を受けた後2〜3kmのランニングをする。それが一日の始まりだった。先生も必ず一緒に起床されて点呼時に我々学生の挨拶を受け、また時折真夜中にかけられる非常呼集にも欠かさず起きて来られた。（略）私達学生が訓練している時も見回りに来られたし、行軍ではいつも一緒に歩かれ、学生と生活を共にするというそのような態度を先生は終始崩されなかった。〉（「付録」、『三島由紀夫全集34』、新潮社）

つぎに裁判記録から、被告人となった小川正洋、古賀浩靖、小賀、三人の法廷での陳述や警察でとられた調書から抜き出す。

〈•入会する時は学生長の面接を受けて、住所、氏名、学校名、身長、頭囲、（足の）文数を書いて提出し、最終的には先生が許可、不許可の決定をされます。

•会に入会する条件として自衛隊に一ヶ月間体験入隊し、除隊した者のみが入会できることになっておりますので、「入会します」と申し出ても、正式に会員になったわけではなく、体験入隊の機会を待っておりました。

•自衛隊富士学校滝ヶ原分屯地での体験入隊に参加しました。入隊して最初の第一週は基本教練、第二週は各個戦闘訓練、第三週は分隊訓練、その後で行軍を含めて戦闘訓練などで次々と鍛えられ、最後に富士登山がおこなわれ、訓練を終了し除隊しました。

•訓練内容は、銃の操作、戦術講義を中心にしてその他無線機の操作、突撃訓練、コンパス行進などがあり、教育としては戦史、戦術、精神教育の講義を受け、徒手格闘、銃剣術の練習などもやり、一般の自衛隊員より密度の高い訓練を受け、この体験入隊を終えれば陸上自衛隊の小隊長（三尉位）の知識と訓練を終了したことになるということでした。

•隊員は月一回の例会とリフレッシャー（短期体験入隊）に出る義務があります。四四年から短期体験入隊制度ができ、私（古賀）は昭和四四年三月、同年八月、昭和四五年三月にそれぞれ一週間、同年六月、同年九月、同年一一月にそれぞれ三日間の短期体験入隊をしております。その内容は楯の会の制服で新宿に集合し、滝ヶ原分屯地に行き、現地の自衛隊の助教から基本訓練、小隊訓練などを受け、教育としては戦史、戦術、精神教育の講義を受け、とくに短期体験入隊では襲撃伏撃の遊撃訓練を受けております。山を行軍し、目的地において襲撃伏撃し、爆破作業、食糧強奪、重要人物の捕獲などをする想定のもとに行う訓練でした。

•私（古賀）は四三年末頃、朝霞駐屯地で、徒手格闘、銃剣術訓練などをやり、四四年末頃には習志野空挺団に行って降下訓練、着地訓練などを教わったことがあります。

•三島先生は第三週目だけ自宅へ帰られましたが、その他の三週間は私たちと全く同じ生活をしました。

•体験入隊を除隊後、三島先生が御殿場別館で、入隊中お世話になった教官、助教を含めて慰労会を催してくれました。このときの慰労会で先生は、「滝ヶ原分屯地の皆さまの協力で立派な訓練が出来たことを感謝する云々」とあいさつされ、教官、助教から僕らにまで一人一人慰労の言葉をかけてくれ、僕（小賀）ははじめて先生の人柄に接し非常に感激しました。

•この体験入隊を通じて私（小川）は、口で国防、国防と云っても、最後は体力だ、体で当たらなければならないのだ、と痛感しました。

・体験入隊が終了すると（入隊日に）遡って楯の会隊員に登録され、制服が支給されるので、寸法をとりに行って各自がデパートへ貰いに行かされました。
・会から支給されたのは、制帽一個、冬服、夏服、作業衣、半長靴、警棒で、白手袋だけは各自で買います。
・退会するときは返しますから貸与されているものだと思います。
・体験入隊が終ると会員になり月一回の例会に制服を着て出席します。
・例会は市ヶ谷会館で行われ、昼食後屋上で簡単な訓練をしていました。
・例会の訓練は顔見せ程度で本当の訓練は各自が日常的にやることになっていました。
・楯の会の運動目標とか主義を説明致しますと、僕（小賀）の考えでは次のように思います。
第一に、日本古来の歴史と文化と伝統を守るために、我々が先頭になって運動することが必要とされていること。第二に、僕らは先生が決められた根本的なものをマスコミや各種のサークルなどを利用して会員各自が先生の意のあるものを伝えることなどが自然の運動になることと解釈していました。ですから楯の会としては、街頭に出て宣伝活動はしておらないわけです。第三に、運動あるいは活動といえば体験入隊によって軍事訓練を受けることが楯の会の運動であり、活動であるわけです。このことに関して三島先生は、「軍事訓練により武士道精神を体得せよ」と僕らに指導されておりますから、広報宣伝などはせず、もっぱら軍事訓練をすることが楯の会の運動であると思っていました。〉

組織・規約・三原則

〈・会員は原則として大学生で、卒業するとOB会員と呼ばれ、例会やリフレッシャー（三日間の滝ヶ原分屯地での短期訓練）に出なくてもかまわないことになっています。

・楯の会の組織は、三島隊長、森田学生長、八名の班長、八名の副班長で、この他卒業会員が一五名くらいいますから、総数九五名位になると思います。

・班長制度が設けられたのは三期生が入ってから後ですから、昭和四四年三月からですが、昭和四五年三月にも班が増えました。

・班長はその他に毎週木曜日に、皇居内済寧《さいねい》館道場で行われる剣道と居合いの練習をやったあと、パレスホテルで、班長会議が行われます。

・毎週火曜日に同じ方法で副班長会議が行われますが、三島先生は見えません。ほかに今年（昭和四五年）五月ごろから市ヶ谷の私学会館で毎週水曜日の夜、憲法研究会が開かれています。森田さんや小賀と古賀など一〇人くらいが会員です。

・また先生と空手愛好者が毎週水曜日午後に水道橋の日本空手協会に集まって練習していました。ボディビルは誰もやっていませんでした。

・例会のほかには曜日ごとに有志が集まって体育訓練をしておりましたが、この後は班ごとに体育訓練をするようになりました。水泳、ランニング、剣道、登山などをして、それぞれ体力を鍛えておりました。

・その他毎週水曜日の午後三時から銀座の泰明小学校の近くにある画材店月光荘の地下にあるサロン・ド・クレールを借りて、隊員の個人的な相談を先生が受けておられました。いつも二〇人くらい集って話がよく聞こえるので、あまり立ち入った相談は出来ませんでした。
・楯の会の手帳は昭和四四年九月ころに出来たものであり、身分関係や規約、楯の会の歌などがついています。その作詩は三島先生で、題は「起て、紅の若き獅子たち」というものです。〉

楯の会隊員手帳

「楯の会隊員手帳」（昭和四五年一月一日付で発行）には、「軍人精神の涵養、軍事知識の錬磨、軍事技術の体得」が楯の会の「三原則」としてある。また隊員手帳には「楯の会規約草案」として、次のように記されている。

㈠　楯の会は、自衛隊に一ヶ月以上の体験入隊をした者によって構成され、同志的結合を旨とする
㈡　体験入隊は個人の資格で参加するものとする
㈢　一ヶ月の体験入隊を終えた者は、練度維持のため、毎年一週間以上の再入隊の権利を有する
㈣　一ヶ月の体験入隊を修了した者には制服を支給する
㈤　会員は、正しく制服等を着用し、服装及び容儀を端正にし、規律と品位を保つように努める
㈥　定例会合は毎月一回とする。尚、会合は制服着用を原則とする
㈦　会規の変更その他は定例会合の討議に付する

(八) 本会の品位を著しく傷つける言動のあった場合は、定例会合に於《お》いて除名に処することがある

楯の会は天皇の御楯

三人の法廷と調書の陳述にもどる。

〈・「一朝事あるとき」というのは、左翼の暴動が激して、機動隊だけでは押さえきれず自衛隊が治安出動する場合に、出動までの時間的空白を埋めることです。けれども最終的な目標は、〝武士道を正しく受継ぎ、日本人としてやるべきことをやる〟という精神です。

・〝武士道〟とは、人間が〝行動責任〟を持つことです。最も正しい責任のとり方は切腹です。これが日本古来の武士道です。

・日本人としてやるべきことをやるというのは、天皇を文武の象徴として崇拝し、自衛隊を国軍として天皇を守らせることです。ところが現在は日本国憲法が軍隊を認めておらず、自衛隊は国軍ではありません。

・昔から三島先生は、「憲法を改正して自衛隊を正式の軍隊として天皇を守るようにしなければならない」と考えておられました。

・楯の会というのも天皇の御楯となる軍隊という意味で名付けられたのです。私も天皇を尊敬していますし、三島先生も根本的に同じ考えですから、先生のやられることについて行けば間違いない、と信じて先生の言動にぴったりついて行動を共にしてきました。〉

楯の会の資金

〈•楯の会の資金は三島先生が全部個人負担しているのだと聞かされましたが、事実その通り全部先生が支払っておられました。

•他からの援助については、楯の会の純粋性がそこなわれ、資金を出した人の言うことをきかねばならない場合がでてくる、という理由で一切断っておられました。先生から資金のことについて僕らに、「財界から資金を出そうという人が居ったが断った」と言っておられました。

•先生の年間収入は、はっきりしたことは判りませんが、読売新聞に載っていた収入から割出すと、三千万くらいとなりましたが、実収入のほどはわかりません。しかし現実に楯の会には年間一千万円くらいは使っていると思います。会員の制服、制帽、作業服、半長靴、特殊警棒などの費用だけでも一人十万円ちかくかかります。それに毎月の例会費が月に五万円くらい、憲法研究会のための私学会館の会場費とコーヒー、お菓子代で月に十万くらい、班活動費に各班月三千円を出しており、そのほか毎週水曜日に空手の帰りに先生が有楽町のサロン・ド・クレールに来られるので、そこに有志会員が集って話し合っていましたので、一回に最低三千円くらいは使っておられるのです。そのほかに会場費もいると思います。そのほか、体験入隊の会費代なども払いますので、年間一千万円くらいは必要となるわけです。

•先生は文字通り男性的な性格で、ひじょうに頭が切れ、細かいことにも気がつく反面、厭なことがあってもあまり顔には出しませんでした。また、自分の思想や言動については必ず責任を持ち、言行一致ということには、常日ごろ、心がけておられました。〉

楯の会に入った同志を除名処分した民族派

楯の会の「思想的許容度は、右は水戸学から、左は民社党まで」と幅が広かった。〝皇統〟（三島は〝天皇制〟と表現した）を容認尊重しさえすれば、それ以外の信条まで縛らなかった。

〈私（三島）は『楯の会』というものは、学生を入れるときに天皇というものを認めるかどうかというところから入ったのですよ、（略）天皇を否定するとか、天皇というものはあんなものいらんものだというやつはいれないのですよ。〉（伊沢甲子麿《きねまろ》との『対談・〝菊と刀〟を論ずる』、「時の課題」昭和四五年二月号）

入隊した学生のなかに、神風連の大田黒《おおたぐろ》伴雄の曾孫もいたという。「既成右翼団体に属さず、又、政府与党に属さない」ことも条件だった。楯の会には民族派系の宗教団体や学生組織から入隊した者がかなりいた。入隊した者の何人かはそれら組織から離脱した。仕方のないことだが、組織側は、脱会した者たちを三島たちが引き抜いて行ったと見た。いっぽう、それら組織の仲間で三島に声をかけられなかった者、あるいは入隊を願っても叶わなかった者たちは、今もなお複雑な思いをしているという。

伊沢甲子麿によると、学生組織を脱退して楯の会に入った森田必勝を、その組織は「共産主義者に魂を売った」と批判して除名処分にし、その旨を機関紙で告知したという。

〈日学同の新聞（註・「日本学生新聞」）に、森田君の顔写真がのってですねえ。この男は、共産党に魂を売った云々てな事が書かれて、それが現在でも元「楯の会」の連中と、日学同の諸君とが仲良くならない原因になっています〉（『歴史への証言』恒友出版、昭和四六年）

森田の遺稿集『わが思想と行動』（日新報道、昭和四六年）にある「日誌」の昭和四三年二月に、

「三島さんとは路線上のことで、とくに民間防衛隊の構想については日学同が批判的だから、……」と記されている。森田はこの溝をうめるためもあって、最初の学生による体験入隊に急遽途中参加したのだ。森田は仲間に次のように言って、自衛隊富士学校に向かったという。

「三島先生は、これからの国民運動の進展の上で、絶対不可欠の文化人だから、何かの誤解で日学同とのあいだにシコリを残してはならない。入隊して生活をともにしながら、必ずこの誤解を解いてみせます。」（宮崎正弘『森田必勝との四年間』、「諸君！」昭和四六年二月号）

しかし奏功しなかった。

毎年都内で三島と森田を追悼している集会を行っているなかに、森田の処分に関わった者（たち）がいる。楯の会が反共組織なのに、こんな理由で処分するとは信じがたい。活動家たちは、組織の団結保持のためにしたのだろうが、森田はこの仕打ちに煩悶したことだろう。死にむかって走りだしたのだったろう。「内ゲバ」とよばれた学生運動とその活動家たちのゆがみは、左派だけではなかったのだった。

間接侵略を強く危惧

民兵組織・楯の会の結成直前の、まだ会の命名がされていないときに、成立経過を詳細に述べた三島の一文がある。そのなかで三島は、外国勢力と結びついた同国人や組織による内政攪乱、つまり間接侵略を強く危惧している。そして議論より実践を主張し、「今こそ青年が沈潜して国の防衛とは何かということを身をもって深く探求してもらいたいと念ずる者である」と訴えている。

同時に「私が徴兵制度に反対なのは以前も書いた通り」と述べている。一部に「三島は徴兵論者だ」との誤解があるが、そうではない。三島にとって徴兵制度は苦い記憶であったろう。

〈今、二十五万の自衛隊はピタリと鳴りをしずめて何も語らず、自衛隊の反対勢力の声高なデモはともあれ、多くの防衛問題研究家がそれぞれ専門知識に基づいて、高遠な議論を展開している。しかし、防衛問題に限って、机上の議論は全く無意味だ、と私は考えていた。土に汚れない防衛論議、汗に濡れない防衛論議は、決してこの問題の本質をとらえることができぬと感じたから、私は昨春四十五日間、陸上自衛隊に体験入隊をさせてもらった。

私が陸上自衛隊にとくに目をつけたのは、海外派兵のありえぬ現憲法下で、唯一ありうるケースの戦争は国土戦であり、かつ、種々の点から見て蓋然性の濃いのは間接侵略であり、対間接侵略の主役は陸上自衛隊だと考えたからである。（略）

そこで、若くて元気な学生の中から、現下の思想戦心理戦の本質についてよく勉強していて、防衛問題に関心の深い青年を選んで、私と同じ体験をしてもらおうと思ったのである。

私は全学連に対抗するに同様の数と組織をという考えには反対で今こそ青年が沈潜して国の防衛とは何かということを身をもって深く探求してもらいたいと念ずる者であるが、私が徴兵制度に反対なのは以前も書いた通りである。〉（『わが「自主防衛」——体験からの出発』、「毎日新聞」夕刊、昭和四三年八月二二日）

学生諸君と共に、毎日駈け回り、歩き、息を切らし、あるいは落伍した三島はさらに続けて〝行動〟の大切さを説く。

〈最近の衛藤瀋吉氏の或《あ》る論文で「間接侵略に真に対抗しうるものは武器ではない。国民個々の魂である」という趣旨があって、私も全く同感だが、そこに停滞していては単なる精神主義に陥《おちい》る惧《おそ》れがあり、魂を振起するには行動しなければならない。動かない澱《よど》んだ魂は、実は魂ではない。この点で私の考えは陽明学の知行合一である。（略）

こんな趣旨のことを学生諸君の一人々々に説き、学生の中からも私の企てに賛成して協力を惜しまぬ人たちが出て、この三月に二十人の学生で第一回の一ヶ月体験入隊の実験をやった。

•安全管理の面からいっても、四十二歳の男にできたことが、二十一歳の男にできぬわけがない。（略）私もひそかに十数日参加して、学生諸君と共に、毎日駈け回り、歩き、息を切らし、あるいは落伍した。そこで同志的一体感も出来、かれらの考えも入隊以前に比べて、はるかに足が地について来たのみならず、主任教官や助教との関係も家族のようになり、離隊のときは、学生一人々々が助教一人々々と握手して共に泣いた。私が如実に「男の涙」を見たのは、映画や芝居をのぞいては、終戦後これがはじめてである。（略）

因みに一言つけくわえれば、私は戦争を誘発する大きな原因の一つは、アンディフェンデッド・ウェルス（無防備の富）だと考える者である。〉（同）

文章の最後の段落の「アンディフェンデッド・ウェルス」だが、直訳すれば「守られていない富」である。ヘミングウェイの箴言《しんげん》「戦争は守られていない富により引き起こされる」の中にあるフレーズである。三島は「無防備の富」と表現し、箴言全体の意を巧みにすくいとっている。

警察と自衛隊

治安出動への緊迫した事態

楯の会が結成された当時の社会状況を概観しておきたい。

昭和四〇年代前半の社会情勢は大学紛争を中心に騒然、混沌としていた。昭和四五年の七〇年安保（第二次安保）に向けて全学連、新たに勃興した全共闘などによる学生運動は激化していた。一部過激派はピース缶爆弾によるテロを展開していた。学生らのデモ隊は、投石で機動隊員を死亡させるに到っていた。

警察はついに催涙ガス弾の使用に踏み切った。これを強力に進言し推進したのは、当時警察官僚で、のちに初代内閣安全保障室長となった佐々《さっさ》淳行《あつゆき》だった。やがてガス弾は強化プラスチック製となり、水平撃ちをすると殺傷力を持つものとなった。こうして双方の対立が先鋭化していくなかで、警察が暴徒を抑えられずに、自衛隊が治安出動する緊迫した事態が迫りつつあった。

治安出動とは、一般の警察力をもって治安を維持することができないと認められる場合に、内閣総理大臣の命令または都道府県知事の要請により行われる自衛隊の行動だ。内閣総理大臣の命令による出動は自衛隊法78条に、都道府県知事の要請による出動は同法81条にもとづく。いずれの治安出動においても警察官職務執行法を準用し、必要な「武器の使用」が認められる。ただし、出動自衛官による「武器の使用」にあたっては、正当防衛または緊急避難に該当する場合を除き、部隊指揮官の命令によらなければならない。

自衛隊は出動の事態に備えていたが、警察も機動隊の隊員を増やし、厳しい訓練で練度を高め、催涙弾を装備するなどして強大になっていた（これに治安出動を願っていた自衛隊があずかっていたのだから皮肉なものである）。当時の警察庁や警視庁は、戦後最高の探知力を有する公安部隊と最強最大規模の機動隊を保持していた。このような状況下、自衛隊は治安出動の大義がもたらされる機会を虎視眈々と待ちかまえていた。

いっぽう、過激派勢力は内部の派閥抗争から弱体化し、しだいに国民から支持されない存在になっていった。過激派が真に革命をのぞむなら、投石や棍棒でなく銃器を備えるべきだった。赤軍派はそれに気づき準備を進めていた。しかし公安にその動きを察知され、アジトを突き止められ、隠し持っていた武器類を機動隊に鹵《ろ》獲《かく》され、未然に勢力を刈り取られていった。

自衛隊を「国土防衛軍」と「国連警察予備軍」に分離

このような危機的状況のなかで、三島はどんな思いを抱いていたのだろうか、次にその国防論を見てみよう。

かなり緻密な論を展開しているが、そこに民間防衛組織結成への熱い思いが凝縮している。論文は難渋でいささか取っつきにくいが、同じ趣旨を防衛大学校の卒業生を前に吐露している講演『素人防衛論』（昭和四三年一一月二〇日）は分かりやすい。その講演録は旧全集には収録されなかったが、今から一五年前に雑誌に掲載された。ずっと部外秘にされていたという。少々長いので、項目別に要点を摘記する。三島は、まず自衛隊をふたつに分離することを提案する。

〈・私は、「自衛隊とは何ぞや」と、これはイデオロギー的な軍隊だと規定しております。軍隊というものは、結局体制を守るものであるという意見は、ある政治学者たちも言っておりますが、私ははっきり言って、日本のこの国が採り入れた民主主義というもの、またその上に成り立った天皇を象徴として戴くこの日本国家というもの、こういうものを共産主義の侵略から守るのが自衛隊だと、私ははっきり考えております。
・自主防衛とは、殴られそうになったらば、自分でもって相手を殴り返して自分の身を守る、これが自主防衛。どう考えたって、安保条約と自主防衛というものは論理的に矛盾する。
・（防衛庁）長官にも私の素人論をぶつけたんですが、自衛隊を二つに割ったらどうだろうか。これはどういうことかと申しますと、現に陸上自衛隊は安保条約と関係のない自主的な行動として、間接侵略事態の対処と、在来兵器による直接侵略の対処と、この二つの責任を負っているわけであります。これは安保条約でなくて自主的に陸上自衛隊が処理するんでありますから、あるいは海上・航空の協力によって処理するんでありますから、これは安保条約を外したってかまわないんです。
・それならばです、陸上自衛隊の九割に近いものと、海上自衛隊、航空自衛隊の幾許《いくばく》を国土防衛軍として安保条約から外したらどうだろうか。そして安保条約下の軍隊としては、陸上自衛隊の残りと航空自衛隊のかなりな分量と、海上自衛隊のかなりの分量を国連警察予備軍にしたらどうだろうか。
・国連警察軍を要請するには、国連に要請を発して、理事会を通って、ソビエトの承認がなければ日本に導入することはできません。導入すれば、そこで海外派兵もできるし核兵器も使えるんですが、これはとても望みがない。でありますから、国連を経由しないで、国連警察軍になりうるところのリザーブを日本が独自に設置すればいいじゃないか。

•そういう国民のための軍隊ができたらどうなんだ。（略）我々の軍隊が我々の市民生活を守るんだ、何もアメリカに頼まれてやるんじゃないんだと、これを国民にはっきりさせないと、自主防衛というものの観点がすっきりしない。

•そして、この国土防衛軍については、広範な範囲にボランティアによる民防組織と言いますか、民間の防衛組織をリンクして、これによって国民が、市民の一人一人が危急の場合には銃を取って自衛隊とともに戦えるという体制をつくるのが一番いいんではないかと、私は今、こんなふうな持論を持っております。〉（「三島由紀夫 防衛大学最終講演 全再録」、「Ｗｉ Ｌ Ｌ」平成一七年一二月号）

治安出動はクーデターになりうる

〈•やらないけれども、私は「（自衛隊の）治安出動というのはクーデターになりうるんだ」ということをいつも言っている。というのは（治安出動して）撤兵しなければ政治条件を出せるんです。この革命情勢において軍隊を動かすということと政治条件というのは、密接に繋がってるんです。これをみんなよく見てないんです。（略）政治条件がなきゃ軍隊というのは動かないのが鉄則なんです。治安出動イコール政治条件と私は考えても間違いがないと思う。

•でありますから「撤兵しないぞ」と言われたら、どんな政権もかなう政権はないんです。だから「じゃ、おまえ、撤兵するにはどうしたらいいんだ。撤兵してもらうにはどうしたらいいんだ」。「憲法を改正して軍隊を認めなさい」と言っちゃえばそれまでだ。これは何もクーデターしなくてもできちゃう。
・私は悪いことを唆《そそのか》すんじゃないけれども（笑）、そのくらいの腹がなければ、自衛隊のゼネラルというものはこれからやっていけないと私は思ってる。だから、遠くのほうから遠巻きにして世論を動かそう、なんていうことを考えるよりも、本当のチャンスが来たときにグッと政治的な手を打てるゼネラルがいないといかんな。
・日本というものに荒療治が必要な時期がいつか来る。荒療治をしなければ、日本がよくならんということは、おそらく、左の人間は考えてんだろうが、右の人間も腹の中に持ってなければ、軟らかい療治だってできないじゃないか。
・昔の「軍人勅諭」には、「軍は政治に関わるべからず」ということが戒《いまし》められておりましたが、私が一番初めに言ったように、自衛隊自体がイデオロギーの軍隊なんでありますから、政治情勢と政治というものの本当の力、軍隊と政治というものの密接な繋《つな》がり、それによって起こる政治的な効果、こういうものを知らない軍隊は、私はこれから近代的な軍隊になれないいんじゃないかと思っております。〉（同）
この講演が行われたのは昭和四三年一一月、自決のちょうど二年前である。前月に楯の会を結成し、しかしその十数日後に川端康成がノーベル賞を獲得し（つまり三島が受賞を逃し）、一〇・二一国際反戦デーの暴動に初めて騒擾罪が適用され、大量の逮捕者が出ていた。ゆえに防大生を前にした三島のボルテージは高まっていたのだろう。

自衛隊の幹部候補生に「私は悪いことを唆すんじゃないけれども、そのくらいの腹がなければ、自衛隊のゼネラルというものはこれからやっていけない」とクーデターを使嗾《しそう》している。しかしクーデターは非常事態法のない日本では明らかに違法、非法なのだ。物騒で剣呑な講演説話である。防衛大学側は困惑したことだろう。

ここから分かるのは、三島の本意は、警察と自衛隊の二つの公権力の隙間を補完することを名目にして楯の会を起たせ、自衛隊の治安出動を誘発し、ともに国会・官邸などの権力枢要部を占拠し、憲法を改正させて自衛隊を国軍にすることにあった。憲法改正はゴールではなく、自衛隊を国軍にするための手段だった。それによって「日本に武の伝統が蘇る」ことだった。「それが三島さんの熱望した展開だった。」（徳岡孝夫『五衰の人 三島由紀夫私記』文藝春秋、平成八年）

しかし、この三島の高まった国軍化を希求するボルテージを受け止める自衛官は、ついにあらわれなかった。三島が熱弁をふるった防大生に、接触した数多の幹部自衛官に、そして事件の日、バルコニーで決起を呼びかけた自衛官に、その〝熱望〟はとどくことはなかった。

敵は本能寺にあり

先の防衛大学校での講演のなかで「その国土防衛軍の使命とは何だ。反革命です」と三島は語っている。

〈・じゃ反革命って何をやるんだ？　革命および暴動から日本の、国体というのは古い言葉ですが、日本人独特の生活様式と文化様式と、日本という国の歴史と伝統、そしてその上に今成り立っているところの言論の自由を含んだ議会制民主主義、こういうものを守るんだと。革命は

こういうものをぶち壊すから、革命から我々のものを守るんだということがはっきりしている。〉（同）

被告人となった楯の会隊員小賀正義、古賀浩靖、小川正洋の法廷証言、供述調書、裁判所に提出された上申書で、繰り返し日本の〝歴史〟〝文化〟〝伝統〟の語がリフレインされている。これは三島が憲法改正について書いた『問題提起』（昭和四五年五月）でも、危殆《きたい》に瀕している守るべきもの、としてリフレインされている。〝反革命〟とは、それらの上に成り立っている「言論の自由を含んだ議会制民主主義を守る」ことであった。

作家である三島は、〝言論の自由〟〝表現の自由〟にひときわ敏感だった。昭和四〇年に猥褻図画公然陳列罪で起訴された武智鉄二の被告側証人となった。昭和四二年には自ら安部公房に持ちかけ、さらに安部は石川淳を、三島は川端康成を口説き、中国の文化大革命を批判する記者会見をこの四名で開き、『文化大革命に関する声明』を出した。文壇的な孤独感を深めていた三島は、川端とも疎遠になりつつあった。その三島が企図したものであった。

〈われわれは左右いずれのイデオロギー的立ち場をも越えて、ここに学問芸術の自由の圧殺に抗議し、中国の学問芸術が（その古典研究をも含めて）本来の自律性を回復するためのあらゆる努力にたいして、支持を表明する者である。〉（『文化大革命に関する声明』）

三島は会見で、「日本の知識階級が静観しているのは卑怯に感じた」ことも声明を出した理由だと述べた。

安部公房との対談では「ぼくの場合は敵本主義でね、敵は本能寺にありで日本のことを言っている」「いまひとつの問題は、この五、六年、それを考えてきたんですが、もしもう一度戦時中の言論統制の時代がきたらどうするかということなんです」「このぼくの中にわだかまっている危惧と怒りがこういう形で爆発したということですね」（『われわれはなぜ、声明を出したか――芸術は政治の道具か?』「中央公論」昭和四二年五月号）と語っている。

翌昭和四三年八月、チェコスロバキアの首都プラハを、ソ連軍の戦車が占拠した。このチェコ事件に触発されて三島は『自由と権力の状況』という論文を書いている。

じつは三島を触発したのはチェコ事件そのものではなく、一夜談じ合った安部公房の事件についての言葉だった。

〈この間、安部公房君と一晩ゆっくり話し、彼が、「僕はチェコに夢をかけていた。チェコにいつか亡命するつもりだった。夢が砕けて悲しい」と言っていた言葉が心を摶《う》ちました。〉（昭和四三年九月二四日付三島のドナルド・キーンあて手紙）

安部は一二年前にプラハを訪れていた。プラハは、安部にとって、フランツ・カフカの、そしてライナー・マリア・リルケの生地だった。安部とは同世代の三島も、一〇代でリルケに心酔し、二〇代にはカフカの『審判』も愛読していたが、『審判』は、あるいは、共に埴谷雄高ら戦後派作家の同人誌「近代文学」の同人格として出会ったころに安部から勧められたのであったかもしれない。それ以来、政治的信条は異なりながら、ふたりは文学者としてお互いを認め合い、通じ合うものがあった。それは、自己存在の危うさ、そのニヒリズムからの超克が、共に生涯のテーマであったからかもしれない。

このときも三島は安部の話にインスパイアされたのであったろう。

〈チェコの問題は、自由に関するさまざまな省察を促した。それは、ただ自由の問題のみではなく、（略）力と力の世界の出来事であると同時に、イデオロギーの対立の中に、いかに身を処しうるかという微妙な戦術の心理的出来事でもある。

事、表現の自由に触れるかぎり、「政治と文学」の問題も、ここにドラマティックなモデル・ケースを作り出した。（略）極端に言えば、あそこでは文学と戦車との対立が劇的に演じられたのである。〉（『自由と権力の状況』）

三島はここで、〝自由〟、なかでも「言論の自由」には、ポジティブな側面だけでなく、同時にネガティブな側面があることを指摘し考察している。

僕はいまだに憲法改正論者

防衛問題の専門紙「朝雲」（昭和四五年二月一二日）に三島と中曾根康弘の対談が載った。見開き二ページ、両一〇段をぶち抜いたもので、その前月に防衛庁長官に就任した中曾根のための慶祝対談だった。三島の発言の主要部分を引く。

〈・パラグラフ・トゥー（憲法第九条二項）ですが、あれを一部の学者が念押しの規定ではなく、むしろあれが自主防衛というか自衛権を逆に証明していると言ってますね、解釈上。そして第一項のほうは、あれは不戦条約の昔からある規定を援用しただけです。第二項は帝国主義的侵略戦争でないかぎり自衛の権利があるということを逆に認めたものであるというのですが、だけど僕はこの解釈に異論があるなあ。

・僕らが憲法というものを考える場合、戦後のあのヤミ取り締まりみたいに考えるわけです。ほんとうに遵法したらあの裁判官みたいに栄養失調で死ななければならない。あの時代のモラルは法律を本当に守ろうとしたら死んじゃうんだから守れない。一種の正当防衛ですよ。だから憲法の問題もわれわれは生きなければならないし、国家として存立しなければならない。条文どおりにやっていたらわれわれは死んでしまう。だから正当防衛でもって守るのだ。しかし、そういうことはある意味でモラルを頽廃させる。国民精神というものは筋が通っていなければならない。そういう意味で僕はいまだに憲法改正論者なんですよ。ですから政治家の立場と野にある人間の考えと違うでしょうが、やはりいつかは根本的に考えなければならないところだと思いますよ。

•戦前の日本には徴兵制による国民軍という正規軍がただひとつあったわけです。この正規軍思想は国民軍思想に支えられたから国民的基盤という背景があったわけです。しかし徴兵制がなくなった。そして自衛隊が残った。自衛隊にだけ正規軍思想が残ってしまって国民的基盤がはずされた。極端に云えば。そうするとこれからの新しい戦争の不正規戦に関する思想は自衛隊はまだ不十分だと思います。これからの新しい戦争、つまり間接侵略などに対応するためには情報部門から不正規戦の思想が浸透してこなければあぶない。しかも訓練ひとつにしても、治安出動もこのひとつですが、そういう治安訓練をする場合、今言った軍事思想が十分浸透したところで行われているのか、それとも単なる警察同様の物理的な鎮圧という考え方で行われているのかその点に私は不安がある。〉

三島は、非現実的な憲法条文をそのままにして、解釈で弥縫《びほう》していては日本国民のモラルを頽廃させる、だから憲法を改正すべきである、と中曾根に語っている。また、自衛隊には戦前あった国軍思想に支えられた国民の支持基盤がない、これではこれからの情報戦などの間接侵略である不正規戦に対応できないと述べている。

三島の改憲論だが、じつは昭和四二年の時点では、「いまの段階では憲法改正は必要ではない」と発言していた。

〈少なくとも私は、いまの段階では憲法改正は必要ではないという考えに傾いています。というのは、憲法改正に要する膨大な政治的、社会的なエネルギーの損失を考えるなら、それを別のところに使うべきだと思うから。〉（「サンデー毎日」昭和四二年六月一一日号）

これは延べ一カ月半の自衛隊での体験入隊から帰宅した翌日、徳岡孝夫が三島にインタビューした際の発言である。

日本国憲法では、第96条で憲法改正の手続きを定めている。①国会の発議は両院の総議員の三分の二以上の賛成、②国民投票によって投票総数の二分の一以上の賛成を得なければならない。クーデターや革命によって憲法改正されることがないように定められた条文である。

晩年遷移した憲法論

ところが三島は、いつのまにか憲法改正に傾いていたのだ。
〈自衛隊発足二十周年を迎えて、憲法が改正されないのが残念である。私はただこのこと一つを念願に生きてきた。〉（「朝雲」昭和四五年二月五日）
三島は、楯の会のなかに憲法改正草案の研究班を組織する。そして同年五月、みずから作成したテキスト『問題提起』を配布した。三島はそこに「一九七〇年というこの時点において、われわれが改憲について根本的思索をめぐらさねばならぬ理由」を記している。

〈一は、自立の論理が左派によって追及されている一方、半恒久政権としての自民党は、ますます福祉価値中心の論理に自己を閉じ込めつつ、物理力としての国家権力を強めつつあるという状況下にあるからである。
　一は、この半永久政権下における憲法が、次第に政体と国体との癒着混淆を強め、現体制としての政体イコール国体という方向へ世論を操作し、かつ大衆社会の発達が、この方向を是認しつつあるからである。〉

三島の危機意識が、そして時の政権への不満と不信感が高まっていたのだろう。しかし徳岡孝夫は「三島さんの言動に自己撞着《どうちゃく》を感じずにおれない」と述べている。

〈死ぬ三年半前の三島さんは、たとえ戦略的理由からにもせよ、憲法改正は必要ないと言っていた。それが三年半後には、切腹しなければならないほどの大事になった。急に傾斜していったのならともかく、（註・「檄」の中で）「四年待った」と言った。何を起点に四年と言うのか、私は怪訝《けげん》でならない。三島さんの言動に自己撞着を感じずにおれないのだ。〉（徳岡孝夫『五衰の人』）（「檄」については第二章にかかげて論ずる）

そして三島の自決について、こう分析している。

〈自衛隊構内での自決という激越な行動ではあったが、あれは実はもともと憲法改正を求めるという具体的目標から発したものではなかった。むしろ「自衛隊に国軍の地位を与える」――そうすることによって日本文化の中の武の伝統を守るというもっと抽象的な目的を持った行動だったのではないか。〉（同）

ほぼ同じだが、徳岡はこうも述べている。

〈楯の会は、警官隊が敗れたあと自衛隊が出動するまでの「空白」へ向かって突入する。もちろん死を覚悟して行く。みずからの死と引き換えに得るのは「自衛隊を初めて戦わせる」ことである。いったん戦ってしまえば、もはや自衛隊を「戦力なき軍隊」などと言いくるめるのは不可能になる。憲法改正は不可避になり、自衛隊は晴れて国軍として認知される。日本に武の伝統が蘇る。――それが三島さんの熱望した展開だった。ただし、結局は上演されない筋書に終わった。〉（同）

とすれば、「四年待った」のは憲法改正のことではない。それは「自衛隊は晴れて国軍として認知される」ことだった。四年前から三島はそれを自衛隊にむけて訴えていたのだろう。「檄」で「憲法に体をぶつけて死ぬ奴はいないのか」と訴えた真意は憲法改正にあるのではなかった。「自衛隊を国軍とする」こと、「天皇陛下が自衛隊の儀仗に栄誉礼を授ける」ようにすること、それを、クーデターを起こして国会で議員決議させる謂《いい》だった。それは、憲法と対峙することにほかならない。

天皇は「一般意志」の象徴

橋川文三は、三島において特異なのは、「多様な人間の生の諸様式に一定の意味体系を与えるものが、日本においては天皇以外にはないとするところにあろう」という。

〈三島はここ（註・「文化防衛論」）で一般に文化を文化たらしめる究極の根拠というべきもの、いわば文化の「一般意志」を象徴するものとして天皇を考えているといってよいであろう。（略）三島が日本人のありとあらゆる行動（創作を含めて）に統一的な意味を与えるものを天皇であるとみていることは間違いないであろう。（略）日本文化における美的一般意志というべきものを天皇に見出している、（略）
テロールについていえば、それは国民の一部による他の国民に対する暴行などではなく、ちょうど神のように必然的に実在し、必然的に真・善・美であるような一般意志の自己実現過程にほかならない（略）
一般意志という概念に立って考えるとき、そうしたテロールには、本質的に責任という問題が生じないことも了解されるはずである。あたかも、神にとってその責任ということが無意味であるのと同じことであるが、そのことをすなわち「みやび」というと考えてもよいであろう。神意の代行者の行為は何人によっても責任は追求されないはずであるから、これほど優雅なことがらはない。〉（「『美の論理と政治の論理』――三島由紀夫『文化防衛論』に触れて」、「中央公論」昭和四三年九月号）
三島は日本の文化を天皇に象徴させ、そこに美的一般意志を見出しており、その自己実現につながる行為なら、テロ（クーデター）を起こしても、神意の代行者がなすのだから、違法性はなく、責任を生ぜず、むしろ「みやび」ある優雅なこととなる。こう橋川は言う。三島の情動をしかと感受し、二年後の決起を予兆し、まえもって擁護までしている観がある。
三島は、いわゆる「人間宣言」を発した昭和天皇を『英霊の聲』（昭和四一年）で徹底批判した。そうでありながら先に引いたように昭和四四年の東大全共闘との討論会で、「そういう（註・卒業式の三時間、木像のごとく全然微動もしない）天皇から私は時計をもらった。そういう個人的な恩顧があるんだな。こんなこと言いたくないよ、おれは。（笑）言いたくないけれどね、人間の個人的な歴史の中でそんなことがあるんだ。そしてそれがどうしてもおれの中で否定できないのだ。それはとってもご立派だった、そのときの天皇は。」と発言した。三島のアンビヴァレンツな感情が此処に表出している。

晩年の三島は吉本隆明と天皇についての対談を望んでいたという。文藝春秋の東真史にその意向をつたえた。東がこの申し入れを吉本に伝えると、天皇のことはよく知らない、勉強してからにしたいとこたえた。三島の自決で実現しなかったが、吉本は滋味ある感慨を述べている。

〈三島由紀夫の割腹死をもっておわった政治的行為が、〈時代的〉でありうるかどうか、〈時代〉を旋回させるだけの効果を果しうるかどうかは、だれにも判らない。三島じしんが、じぶんを正確に評価しえていたとすれば、この影響は間接的な回路をとおって、かならず何年かあとに相当の力であらわれるような気がする。〉(『情況への発言』、「試行」一九七一年二月、三十二号)

自衛隊との接点

「影の軍隊」の機関長——平城弘通

このような三島の主張や行動を当時の幹部自衛官たちはどう見ていたのだろう。そして自衛隊と、戦後最高の探知力を有する公安部隊と最強最大規模の機動隊を保持していた警察のあいだでは、どんなやり取りがあったのだろう。

　私が元自衛官・平城《ひらじょう》弘通への取材を開始したのは平成二四年初頭だった。週三回の人工透析を受ける病の身だったが、それをおして厳冬の最中《さなか》、複数回の長時間取材に応じてくれた。今でも思いだすのは平城が二回目の取材に顔面に包帯をして現われたことだ。朝、病院の前で転倒して顔面を強打したという。それでも約束を守ろうとやって来たのだった。まさに古武士のような人物だった。しかしその翌年、逝った。享年九三。

　平城は大正九年に広島で生まれた。大正年間に生を享けた日本人は約二八〇〇万人いるが、先の大戦と戦災で二〇〇万人余、つまり一四人に一人が命を落としている。出征した男たちでは三、四人に一人の割合になる。まさに日本の苦難を背負った世代だ。

　平城は陸軍士官学校を繰り上げ卒業し、中国戦線に送り込まれた。そのときの上官がこの後で説明する山本舜勝だった。その無謀な命令で被弾し戦死しかける体験をした。内地に戻ってからは少年戦車兵学校で少年兵の教練にあたった。終戦後は昭和二六年、戦死者への責任感から警察予備隊に入隊した。保安隊の情報調査畑を経て、自衛隊の中央資料隊科長、戦車大隊長、秘密特務機関長、普通科（歩兵）連隊長、東部方面隊部長、統幕室幕僚を務め、昭和四八年に退官した。その後不動産業界に入り会社を興し成功した。

　私は新宿御苑近くのそのオフィスで平城に会った。

「僕がいた時分の自衛隊と今は随分変わったなあ」

　平城はそんな感慨を洩らした。

　平城の名が突如メディアに登場したのは、平成二二年だった。朝日新聞（同年八月一日）が

平城弘通氏（筆者撮影）

《冷戦時　陸自と米軍、共同で中ソ諜報　ムサシ機関　私が率いた》との見出しで、平城の写真入り記事を社会面に載せたのだ。防衛省はこの記事を、同組織は「存在しない」と黙殺した。

平城によると、「ムサシ機関」の正式名称は「陸上幕僚監部第二部特別勤務班」で、ふだん〝別班〟と呼んでいたという。米軍からＭＩＳＴ（ミスト＝軍事情報特別訓練）と呼ばれていた組織がその始まりだった。

ＭＩＳＴは在日米軍の大幅撤退後の情報収集に危機感を持ったハル極東軍司令官が、昭和二九年ごろ吉田首相に持ちかけてできた。米軍は自衛隊員の秘密工作員教育を直接支援していたのだ。そこで育った隊員がのちに「ムサシ機関」の構成員になった。当時の西村直己防衛庁長官と杉田一次陸上幕僚長が承認し、広瀬栄一陸幕第二部長が米陸軍と秘密協定を結んだのは昭和三六年、いわゆる六〇年安保が合意に至った翌年のことだった。こうして日米両国の共同情報活動が隠密裡にスタートした。これについて記されているものの概略を引用する。

〈　別班は、中国やヨーロッパなどにダミーの民間会社をつくり、別班員（自衛隊員）を民間人として派遣し、ヒューミントさせていた。つまり隠密に活動をして情報を集めていた。日本国内でも、在日朝鮮人を抱き込み、北に潜入させたり、朝鮮総連内にも情報提供者をつくり、工作活動をしていたという。米軍の情報部隊やＣＩＡとは、緊密な関係を極秘に築いていた。集めた情報は陸上自衛隊のトップ・陸上幕僚長にあげられた。〝別班〟のメンバーは全員が陸上自衛隊小平学校の心理戦防護課程の修了者。この課程は旧陸軍中野学校の流れをくむスパイ養成所だった。中野学校は一九三八年に旧陸軍の「後方勤務要員養成所」として、東京九段の愛国婦人会別棟に開校した。謀略、諜報、防諜、宣伝など、いわゆる「秘密戦」の教育訓練機関として、日露戦役で名を馳せた明石元二郎大佐の工作活動を目標に〝秘密戦士〟の養成がおこなわれた。〉（石井暁『自衛隊の闇組織』講談社現代新書、平成三〇年）

「ムサシ」はその存在自体が〝機密事項〟とされた。「影の軍隊」とも称された所以である。しかし昭和四〇年に陸幕の中央調査隊から機関長の平城に、日本共産党が「ムサシ機関」の存在に気づいて動いているとの情報がもたらされた。平城はただちにカバー（偽装）事務所や一般企業の従業員として活動していた機関員を集めた。一軒家やアパート住居を引き払い、機密保持のしやすいマンションに移るよう指示した。「ムサシ機関」が置かれていた埼玉県朝霞の米軍基地への機関員の出入りを限定し、相互接触を禁じ、組織の暗号名を〝小金井〟に替えた。

昭和五一年、元機関員が匿名で共産党にその存在を洩らし、国会で追及され暴かれそうになった。しかし一〇年前の平城のとった措置で事なきを得たという。

山本舜勝

三島がもっとも信頼した自衛隊の人物が、山本舜勝だった。その信頼のもとに山本は、三島と楯の会の隊員に Intelligence 活動の教育と実地訓練を施した。

三島由紀夫研究家の井上隆史によれば、山本は、大正八年、豊橋生まれ。東大国文科卒の教師だった父の転勤に伴い中国・青島小中学校時代を過ごす。昭和一四年に陸軍士官学校を卒業すると中国を転戦、その間、陸軍戦車学校、陸軍大学校で学ぶなどの経歴を経て、昭和二〇年三月、陸軍中野学校の研究員兼教官となった。

中野学校はスパイ養成組織として設立されたが、戦争末期には陸軍の思想に翻弄され、にわかに本土決戦によるゲリラ戦の指導要員の養成や地下組織の編成を図る。だが確たる成果を挙げることなく、混乱の中で終戦を迎える。

戦後、焼跡マーケットで辛うじて生活していた山本は、朝鮮戦争が勃発して警察予備隊が発足するや、これに応募し入隊。以後、intelligence 関連を中心に保安隊、自衛隊に勤務し、米国陸軍の特殊学校に留学するなどの体験も重ねた。（井上隆史「書評 山本舜勝著『我が生涯と三島由紀夫』」、「三島由紀夫研究19」鼎書房、令和元年）

『我が生涯と三島由紀夫』（私家版、平成二九年）は、山本が遺した手記を活字化したものだ。ここには生前の彼の著書にはない経歴が多々記されている。

〈三島がはじめて体験入隊したのは昭和四二年四月。その時山本は陸上自衛隊調査学校に勤務していた。調査学校とは Military Intelligence School、すなわち諜報・防諜に関する教育、訓練の組織で、昭和四二年暮れに初見した二人は急接近。翌四三年から四四年にかけて、山本は三島が思い描く祖国防衛隊の中核要員（後に「楯の会」の名が与えられる）の訓練を支援、指導することになる。しかし、まもなくその関係は、双曲線のように離れていった。調査学校副校長となったこともあり次第に距離を置く山本に秘して、三島は森田必勝ら楯の会の一部の者と

ともに先を急ぎ、自衛隊に蹶起を訴える計画を進めてゆくのだ。〉（同）

ひとりの人物の明瞭な実像は複数の視点から見ないと結べない。平城は中国戦線で、「（山本の）無謀な命令で被弾し戦死しかける体験をした」と先に記したが、こういうことだった。

〈**平城**　山本中隊長は、単身で白昼の敵前偵察を命じたのです。この時の戦闘行動は緊急を要するものではなく、夜間にやって差し支えないのに白昼強行させた。この時左腕に貫通に近い被弾をし、跳弾の破片が体数ヵ所に刺さった。〉

戦地の大陸から生還して少年戦車兵学校の区隊長をやっていた平城に、陸軍大学の学生になっていた山本は、「おい平城、この戦争に日本は絶対勝つからな。必ず神風が吹くから最後には絶対勝つ！　自信を持って生徒の教育をやれ！」と発破をかけたという。しかし平城は「神風なんて本当にあるものか」と思っていた。秘かに戦車内に潜って無線機で米軍放送を傍受し、独自に戦況を分析していたからだ。

三島との出会い

時は下って昭和四二年に山本は三島と出会い、その後交流を深めていった。平城の言によると次のような経緯だった。

〈**平城**　三島は安全保障グループの「かすみ会」で講演をし、村松剛氏から藤原岩市氏を紹介され、ここで初めて藤原氏に会ってるんだね。そこから三輪良雄防衛事務次官に接触して自衛隊体験入隊を許可された。当時調査学校長から、第一二師団長を経て、練馬の第一師団長をやっていた藤原氏が特に面倒を見て体験入隊を世話したので、藤原氏には恩義を感じていたようだ。

そして情報畑出身の調査学校教官の平原一男一佐が藤原氏の命を受け、調査学校の情報教育課長の山本舜勝一佐に、三島の論文『祖国防衛隊は何故必要か』を渡した。山本さんはこれを読んで、三島の民間防衛に対する深い認識に共感をおぼえ、この人物と会いたいと申し出て、昭和四二年一二月に藤原、平原氏とともに初めて三島と会見した。

明けて四三年一月に再び藤原、平原氏といっしょに三島邸を訪れている。これを契機に調査学校情報教育課長が三島ならびに彼に従う大学生たちの情報教育を実施することになった。四三年五月初頭から本格的教育を始めたが、調査学校で安保対策のために創始された「対心理情報課程」と同様な教育を行ったという。

決起の前年に平城も三島と出会っていた。

〈平城　山本さんが「いま有力な民間人を長とする一団の者の情報教育を担当しているが、いずれ紹介するよ」と言っていたことがある。その後の四四年二月ごろ「杉並の某寺で教育しているので参観してくれ」との伝言で出かけた。その時に図上演習中の学生群の中から中年の男が挨拶にきた。「平岡公威です」と名乗った。どうも見たような顔だ、とは思ったが、まさか三島由紀夫だとは最初気付かなかった。訓練視察の途中で、さすがに週刊誌のグラビア写真で見た三島由紀夫だと僕は気づき、休憩時間に名刺を渡し謝意を表した。これが初めてで最後の三島との顔合わせだった。

まあ、とにかく感激した。こんなに熱心に民間の人がやってくれているというので、心から感激した。あとで「民間でこれほど真剣に民間防衛に尽され、治安出動の自衛隊への協力を準備している姿に接し、感激した。今後とも宜しくお願いする」と謝意の手紙を出したことに対し、直ちに丁寧な返事が届いた。しかしその後、僕は安保対処業務に忙殺され、遂に三島と連絡することはなかった。

三島はこの訓練以外に、いろんな人にしょっちゅう面会していた。山本さんと緊密な連絡をしているわけだけど、それ以外の人にもいっぱい連絡している。青年幹部や、幹部候補生学校の学生、富士学校の学生、これら防大出身者とも連絡していた。小生は三島がクーデターを計画していたこと等、山本さんから一切聞かされておらなかった。三島は、山本さんを過信していたんだろうな。山本さんが起てば自衛隊が動くと思っていたんだろうが、山本は性格が自信家だから、三島に自分を過大視させていたかもしれない。〉

当時、平城は市ヶ谷基地の情報二部の部長で、この部が属する東部方面隊は治安出動になった場合、主戦場で中核部隊になるはずだった。平城は対象勢力（間接侵略組織）への潜入、隊員の思想汚染、武器の奪取、自衛隊の威信失墜工作への警戒と対処などについて研究・指導していた。平城の配下ではないが、デモ隊に潜入した自衛官が何人か警察に捕獲されたこともあった。これを超法規的に処理したことについては、次の佐々淳行（一）の項で触れる。

七〇年安保のときの自衛隊は治安出動する準備をものすごくやっていた

私は平城に複数回会い、それをおぎなう書信をもらった。そうして収集した当時の自衛隊の状況は次のとおりだ。

〈・七〇年安保のときの自衛隊は治安出動する準備をものすごくやっていた。

・過激派が武器を持って立ち上がれば警察が音《ね》をあげて自衛隊出てくれと、そういう状況が予想された。

・最初の武装闘争は、米原子力空母エンタープライズ寄港阻止の佐世保事件（昭和四三年）だった。過激派として、赤軍派、京浜安保共闘などが出てきた。

・自衛隊の各部隊は治安出動訓練をものすごくやったが、警察に自衛隊並の精神力と力を持たせないといかんということで、機動隊の訓練での助言、連携をとった。

・「過激派が火炎瓶（通称モロトフ・カクテル）を使い出したから、そういう場合にはどうしたらいいんだ。自衛隊さん教えてくれ」と聞いてくるようになった。火炎瓶ならまだいいが爆弾を使ってきたらどうしたらいいのか。

・それからガスだ、サリンだ。そんなものを使われたらどうしたらいいのか。自衛隊には毒ガス防御や放射能の影響とかを研究している大宮化学学校があった。そこに対応を頼んだ。

・市ヶ谷基地で対爆弾訓練をやった。市ヶ谷だけでなく練馬や富士演習場での訓練の支援協力もした。

・当時はもちろんだが、今でもこれが表にでたら、たいへんかもしれん。しかし何が悪いと開き直るし、今の自衛隊に迷惑を及ぼすこともない。

・七〇年安保に対する警察の意気込みは並々ならぬものがあった。出動体制は、事態により一次から五次まで分けていた。

・警察には、言葉には出さないが、自衛隊の本格的治安出動は望まない、という決意がうかがえた。

・万一に備えておくことが自衛隊にとり重要であると、治安出動の準備訓練や施設警備、隊員の精神武装をさらに強化するよう総監指示があった。
・なぜ自衛隊が治安出動する事態にならなかったのか。なぜ警察があれだけ行動できたのか。それは彼らが軍隊とまったく同じ教育をやっていたからだ。
・警備部隊活動要項という、旧軍でいえば作戦要務令のような、部隊行動規範をつくって訓練をしていた。
・自衛隊首脳には、治安出動し、憲法を廃棄し、自衛隊を正規の国軍にすることを秘かに期待している者もいた。しかしマスコミは自衛隊のクーデターを恐れ、警察も内心警戒していた。〉

警察が全滅するような状況になったら、そのときは我々の屍を乗り越えて治安出動していただきたいという覚悟である

自衛隊は戦後朝鮮戦争の勃発直後、昭和二五年八月、警察予備隊としてスタートした。その名が示すように警察の下位に置かれた。名称を保安隊と改め自衛隊となってからも継子《ままこ》あつかいされ続けた。当時は今以上に警察庁から出向した官僚が防衛庁を支配していた。戦前のように軍隊が独走しないよう、警察官僚が制服組を徹底的にコントロールする体制が敷かれた。旧帝国軍人の制服組の多くは内心それに反発し、真の国軍にしなければならないと思っていた。

昭和四〇年代に入ると、新左翼過激派は今までにない暴力行動をとり始めた。自衛隊は治安出動の可能性が高いと踏み、その準備をすすめた。しかし警察にとり、国内の治安確保は自分たちの職務の範疇であり、自衛隊の治安出動はあってはならないことだった。自衛隊の情報関係部門は、対象勢力である過激派の内情を把握し、それとともに警察の力はどのように変化し（どのように弱化して）、自らが出なければならない事態になるかならないかをシミュレーションしていた。過激派が銃器で武装し、警察の手に負えなくなった場合は、当然治安出動になる。対象勢力が銃器を持つようになる兆候をとらえようと、そのなかへ自衛隊調査隊の二〇代の若い自衛官をひそかに潜入させていた。

昭和四四年三月下旬、東部方面総監部情報一部長・平城以下自衛隊幹部と警視庁警備課長・佐々淳行以下幹部の懇親会が四谷の料亭・山宮荘で持たれた。ここは自衛隊の縁故者の店で、平城たちの馴染みの場所だった。平城は、佐々たちから、その二カ月前の東大安田講堂での大攻防戦の内輪話を聞いた。そこから話題は警察の手に負えない事態になるかどうかに移った。佐々は過激派による秋の佐藤首相訪米阻止闘争を山場に設定し、機動隊の増強と練度向上を図っていると答えた。平城は佐々に、自衛隊の治安出動の可能性について問うた。すると佐々は啖呵《たんか》を切った。

「我々警察の総力をあげて事態に対処する。警察が全滅するような状況になったら、そのときは我々の屍《しかばね》を乗り越えて治安出動していただきたいという覚悟である」

当時警備部長の下稲葉耕吉も、自衛隊との連絡会議で、「可能性がぜんぜん無いとは思わないけれど、我々は絶対、治安出動させるようなことはさせない、警察だけでやる」と言い切っていた。そのために警察は軍隊とまったく同じ教育訓練をやっていた。警察の覚悟は相当なものだったのだ。

警察という官僚組織は徹底的に学歴エリート組織である。東大なら法学部、東大法学部なら一高出を一番に出世させていた。しかし当時の警察は非常時体制だった。それまでの平時の警察庁長官には一高→東大法が優先されていたが、後藤田正晴は水戸高→東大法だった。警視総監の秦野章は日大夜間部の出である。警備局長の川島廣守は中央大法、山本鎮彦は東北大法文（警察庁長官としては初の非東大法学部出身）、佐々は東大法だが成蹊高校出だった。こういうイレギュラーな人事が行われていたことからも当時の状況の切迫さがうかがえる。並々ならぬ緊張感が警察組織にあったのだ。

平城は、当時の警察の状況にも言及しているが、私は、対自衛隊強硬派の後藤田正晴をトップとする当時の警察が、三島たちが市ヶ谷で決起することを察知し、しかし阻止せず、そのままにした蓋然性があると考えている。自衛隊があのような不祥事に見舞われれば、その権威は失墜し、国民の信頼は失われ、士気は低下し、自ずと弱体化するからだ。これについては第三章で述べる。

警察との唯一の絆——佐々淳行（一）

沈黙を破る

三島事件を警察側はどうとらえていたのだろう。警察＝国家権力がこの事件に何がしか〝関与〟していたのではないかという私の疑念も含めて、それを探ってみたい。自衛隊関係者と違い、取材に応じてくれる警察関係者はなかなかいなかった。事件や捜査について訊こうとしても、彼らには退職した後も公務員としての守秘義務がある。大手メディアの記者でもこんな取材は難し

佐々淳行氏（筆者撮影）

いだろう。

　だが幸いにも私は、事件現場に駆けつけていた当時警視庁人事課長の佐々淳行（のちに初代内閣安全保障室長に就任）に何度も会って話を聞くことができた。佐々はかねて三島と親交があったとされている。しかし多数の著書を物し、自分の体験を過剰と思えるほど綴っているのに、三島についてはほとんど言及していない。香港領事館に出向勤務していたときの回想記『香港領事動乱日誌　危機管理の原点』（文藝春秋、平成九年）に、三島から民兵組織への協力を求められたこと、香港で便宜供与（観光案内や飲食接待）をしたこと、昭和四四年一月の東大安田講堂攻防戦を描いた『東大落城』（文藝春秋、平成五年）に「学生を飛び降りさせないよう、慎重にしてほしい、返事は要らない由」という伝言があったこと、それくらいしか書いていないのだ。巷間伝わっているほど、三島と親しくなかったのだろうか。

　だが実際には、佐々と三島のあいだには秘められた数々のやり取りがあったのだ。三島や事件について今まで多くの関係者が語り、識者が書いてきた。しかしまだ沈黙を守り続けた者がいたのだ。おそらくその最後の一人が佐々淳行だったろう。

　最初の取材は平成二四年一月、場所は青山通りから一本入った渋谷宮益坂近くの佐々の個人事務所だった。それはかなり築年を経た三階建てビルの最上階にあった。入口を入った部屋にはスタッフの女性が二人いた。先客との打ち合わせが延びているというので、狭いスペースに置かれた椅子に体を押し込んで待っていた。しばらくすると先客が出てきたので左奥の部屋に導かれた。そこに人なつっこい笑顔の佐々が坐っていた。きちんとネクタイとポケットチーフをしていたが、履いているのはマジックテープ付の黒の運動靴だった。脇に車椅子と杖があった。

　佐々は物腰柔らかく誠意を持して対応してくれたが、質問したことにしか答えてくれない。つまり的確な質問をしなければ何も引き出せない。しかしそれは三島由紀夫を知り過ぎているがゆえの態度だった。

　もうしゃべっていいと思ったのか、佐々は三島について秘めていた事々を少しずつ明かしていった。三島の肉声はレコードなどで残っており、インターネットで聞くこともできる。じかに聞く佐々の語り口はテレビなどでコメントしているときとはおもむきが異なり、かつての山の手言葉なのだろう、言葉遣い、語彙、イントネーションが、おどろくほど三島と似ていた。

　今から思うと取材はぎりぎりのタイミングだった。八〇歳を過ぎてなお意気軒昂そうだったが、身体のあちこちに持病を抱えていると言っていた。翌年一二月末に体調を理由に事務所を閉じてしまった。同年一〇月まで計四回、事務所に足を運び、秘書を通してメールのやり取りもした。さらにその後入った都内の介護付き施設でも取材した。佐々は平成三〇年に物故した。享年八七。

おなじ東京山の手育ち

佐々は生まれた干支が昭和に入り初の午《うま》にあたる五年（一九三〇年）で、それにちなんで同年生まれの仲間と「初午会」を結成した。粕谷一希、三宅久之、竹村健一、野坂昭如などがメンバーで、皆今にも死にそうな持病を抱えているという。そのことを聞いた後、三宅、粕谷、野坂、竹村、そしてとうとう佐々も鬼籍に入ってしまった。佐々は間欠性跛行症で激痛が走ると歩けなくなる。白内障もある。糖尿もわずらっている。しかし胃瘻《いろう》などで延命治療されたくないと公正証書を作り、そうしないよう医者に指示していると言っていた。

最初訪れたときに目の前のテーブルにふと目を落とすと、若い佐々の写真が置かれていた。いっしょに写っている人物に見覚えがある。佐々は「その写真はあなたと入れ替わりに出ていったTVディレクターが、若泉敬（註・佐藤栄作首相のもとで沖縄返還の秘密交渉にかかわった政治学者。その詳細をつづった原稿を編集者に渡して服毒死した）の特番に使って返してきたものです。私もコメンテーター役で出演するから見てください」と言う。写真は佐々夫妻と若泉を写したものだった。佐々の披露宴の司会をしたのが若泉だった。

もう一枚吉田茂と佐々、それに若泉他二名が一緒に写っている写真があった。佐々が香港赴任前に吉田元首相に離日の挨拶を申し入れると、将来有望な若者をいっしょに連れてくるように言われたのだという。佐々の父・弘雄は吉田茂と昵懇《じっこん》で、何度も入閣を要請された。世田谷の自宅での弘雄の葬儀に袴に白足袋姿の吉田があらわれたという。写真の他の二人は岩崎寛弥（岩崎弥太郎の曾孫）と新居光（新居善太郎元大阪府知事の息子）で、佐々とは東大土曜会の仲間だった。土曜会は左翼の六〇年安保闘争に対抗しようとした保守系の大学生やそのＯＢの集まりだった。三島はそんなバックグラウンドも持つ佐々に着目し民兵組織結成への助力を熱くつよく求めていたのだった。

三島（平岡）家と佐々家は、ともに東京山の手のハイソな地域にあった。両者の父親はともに東京帝国大学法学部卒で、片や帝大教授（佐々弘雄は九州帝大教授で後に新聞記者を経て政治家）、片や高級官僚（平岡梓は農商務省キャリア）で、自身を含めそれぞれの兄弟姉妹の出身校は、そろって男は東大法、女は聖心学院。家庭環境のレベルと知的親和性が高く、両家の交流は自然に深まっていったのだった。

姉・紀平悌子と三島の交際

〈――佐々さんには四〇冊以上の御著書がありますが、いろいろやり取りがあったと言われている三島氏についてはほとんど触れていません。世間では親しいと言われながら、不思議なほど三島氏について語っていませんね。

佐々　武士の情けです。書けばいろいろさしさわりがある。こうやって訊かれれば答えます。瑤子夫人や弟の千之《ちゆき》が亡くなって二〇年近くになります。そろそろ話してもいいかなと思ったのです。

――三島氏との最初の出会いはどのようなものだったのですか。

佐々　私の姉が三島さんの妹と聖心で同級だった。その関係で姉が三島家に出入りしていて、三島さんと知り合ったのです。昭和二〇年代前半の東大五月祭だったと思うが、三島さんが姉たちといっしょにいて紹介された。三島さんの弟の千之もいっしょだったかもしれない。千之は私と東大法学部で同期だった。三島さんは似合わない背広姿で、小柄で、痩せて、貧弱な体格で、色白く、目立たない、シャイで人と眼を合わせようとしない、頭でっかちな、いかにも東大から大蔵省といった印象だった。そのとき話したのは、私の兄の克明が三島さんと法学部の同期だというようなことだった。

――佐々さんのお姉さんとは、紀平悌子《きひらていこ》氏ですね。三島氏と三つ違いで、それぞれまだ学生の時からデートしていたのですね。手紙のやり取りもしていた。

佐々　それを姉が週刊誌に書くと、三島家から告訴すると、すごい抗議を受けた。

――三島未亡人の瑤子さんからですね。悌子氏は昭和四九年の暮、三島氏から受取った何通もの手紙をはじめて公表する『三島由紀夫の手紙』という連載手記を「週刊朝日」で始めました。それが瑤子夫人の逆鱗にふれ、四回目以降は手紙の一部引用にとどめられましたが、一八回続きました。

佐々　姉あての三島さんの手紙は、瑤子夫人から返却を要求されて全部返した。

――わたしが連載から受けた印象は、二〇代そこそこの男女とは思えない、シュールで、しゃれた粋なつき合いだったということです。悌子氏は三島氏の男性としての魅力の無さを述べ、恋心は無かったと語りながら、ある種の親しみ、敬慕の情は持っていた。三島氏からの手紙をいまかいまかと待ち受けていたと自らの心情を素直に述べています。御父上の弘雄氏の葬儀に三島氏があらわれたこと、一家の大黒柱を失って生活が苦しくなったこと、学費をかせごうと渋谷で焼き鳥の屋台を出そうとしたこと、そうしたら裏の世界ともつながりができたこと。それらを自身の三島氏への想いとともにあるがままに記しています。〉

私、美津子の〝代用品〟かしら

佐々の姉・悌子は昭和一九年から二三年にかけ、三島と交際していた。三島の妹・美津子は終戦の年の秋に病没するが、二人の交際は戦後、悌子が結婚するまで続いた。悌子の週刊誌への『三島由紀夫の手紙』という連載を売名行為と見る向きがあった。「三島を利用して名を売った女」という不本意なレッテルを貼られた。この企画が悌子に持ち込まれたのは、彼女が出馬し落選した参院選挙の前だったという。選挙後なら売名にならないと連載を始めたと言うが、世間の目はきびしかったのだ。

この連載で悌子は、三島からの手紙を待ち受けていた自らの心情を記している。

〈するどい感性がはりつめている手紙と会ったときに感じる「やさしさ」だけで私は満足であった。〉（『三島由紀夫の手紙』、「週刊朝日」昭和四九年）

「私、美津子の〝代用品〟かしら」

三島にとって自分は亡くなった妹・美津子の代わりだろうかと自問し、悩んでいたことも正直につづられている。悌子にとって三島への想いはプラトニックなものだった。

〈私が彼に愛情を持ったとすれば、青白い肉体でもなければ、ピアニストのような手でもない。「テコちゃん、ぼくの胸毛は濃いんだよ」と語っていた男っぽさでもないし、ロシア人が喜びそうな、あの黒いヒトミでもない。公威さんの「知性」だけが、私の愛の対象である。〉（同）

しかし辛辣なことも述べている。

〈公威さんは、自信ありげにダンスに誘ったくせに、なんてヘタなんだろう。からだがコチコチになっている。とくに肩と腕に力が入り過ぎ、棒を飲み込んだみたいである。悪いけど、公威さんとはどうしてもチークダンスを踊る気になれない。それよりも公威さんとダンスをし、

肉体が触れても「牡」を感じないのはどういうことなのだろう。〉（同）

三島邸で「事件」があったと記している。ぼかして書かれているが、三島が悌子に迫ったようだ。しかし二人は一線を踏み越えなかった。

〈結末はついに来た。「バリケードがあるよ。どこを通るんだい」と、イスの間に立った彼。一瞬困惑。だが、危険を感じない。もし、もしかになったら私は普通の女になってしまうのだ。私の愛は、そんな型でないし、彼に対して別の愛を持っている。私は、彼に兄のような愛情は持っている。私を理解している人として、どんなに貴重に思っていることか。断っておくが、この〝事件〟以来、公威さんを嫌いになったわけでも、不潔に思ったわけでもない。彼がなぜ、ああした行動にでたのか、しばらくわからなかったくらいである。彼と私の〝愛の表現〟の仕方、愛の認識そのものが、食い違っていたのかもしれない。〉（同）

悌子も平成二七年、逝った。享年八七。三島家とのトラブルのせいか、この連載が未だに書籍化されていないのは残念である。

『豊饒の海』に協力

〈――佐々さんの三島氏との付き合いはどうだったのでしょうか。

佐々　三島さんと出会ってから私は大学を卒業すると今の警察庁の前身組織に入った。一方、彼はどんどん文学作品を発表していった。だから私には縁のない人だと思っていた。しばらくは特段の交流はなく、パーティなどで見かけても挨拶するていどだった。そのうち三島さんは長髪を五分刈りにして、ボディビルや剣道を始めた。雑誌のグラビアなどに裸になった写真が出たりするのを見ると、見違えるように男らしくなっていった。一所懸命、男らしくなろうとしていたのでしょう。昭和三五年の第一次安保の頃、都内愛宕にある三島さんが好んでいた精進料理の醍醐で食事をしました。今はビルに入っているが、当時は木造の建屋だった。そのとなりにある青松寺は平岡家の菩提寺です。当時三島さんは、「全学連はけしからん」というようなことを言っていた。〉

佐々が入った「今の警察庁の前身組織」とは、国家地方警察本部で、組織上は、旧内務省警保局に相当する中央組織だった。戦後ＧＨＱは、強権的な警察組織を解体し、代りに市町村ごとにアメリカ流の住民による民主的な自治体警察を組織した。市町村ごとに置かれた公安委員会が自治体警察を管轄した。それ以外の地域には地方警察を置き、同本部が管轄した。しかし財政的・実務的問題などから、自治体警察は次々に都道府県警察に改組された。地方警察は警察庁に再編成され、これが都道府県警察をまとめて一本化された。東京都の地方警察本部は、警視庁になった。佐々は、警察庁から警視庁に出向して、最初は外事部で、香港での海外勤務から戻ってからは警備部で、東大安田講堂の攻防戦、浅間山荘事件などで活躍した。

〈――三島氏の様子に変化があったのはいつ頃からですか。

佐々　突然三島さんから『喜びの琴』（昭和三九年）のサイン本が贈られてきた。それは金庫に入れて大切に蔵《しま》ってある。武士道に凝《こ》りだした時期から、私に急に接近してきた。しかし頭のなかが民族主義、愛国者になってきているとは知らなかった。

――『喜びの琴』の主人公は公安刑事です。それで佐々さんに献本したのでしょうか。

佐々　いや、それにはワケがあったのです。ずっと秘密にしていたのですが、私はあの作品の取材に全面的に協力して職場のことを話した。三島さんは夜電話をかけてきて、一時間でも二時間でも切らない。脚本原稿を送ってきて、それも見てあげた。

——それなら献本は突然ではないですね。(笑)

佐々　『豊饒の海』にも協力した。当時宮城前は〝青カン〟のメッカで、覗き屋の生態についていろいろ話した。公園で抱き合っているカップルを覗き見するのは犯罪になるかと訊くから、公園で抱き合うのはすでにプライバシーを放棄している、だからそれを覗き見ても犯罪にはならないと言った。三島さんはそれを聞いて筋立てを変えたのです。

——それは第四巻『天人五衰』に活かされています。四巻通して登場する本多繁邦が、覗き見をしていたアベックの殺傷沙汰に巻き込まれて誤認逮捕される筋立てです。場所は神宮外苑になっています。〉

香港での三島との密会

〈——佐々さんは昭和四〇年から四三年まで香港に赴任しておられましたが『香港領事動乱日誌』に現地で便宜供与した人たちの名前が列記されています。そのなかに三島氏の名があります。しかし三島氏が香港に出かけた記録はありません。〉

私がここで質問した「便宜供与」だが、これは在外公館がやっている、平たく言えば旅行案内を主とするＶＩＰへの接待業務のことだ。香港は一九九七(平成九)年に英国から中国に返還されるまで、日本人の行きたい海外観光地のベストテンに入る人気スポットだった。そんな香港領事館には霞が関の外務省から、公務出張の役人や政治家、学者、評論家、作家、さらに相撲取り、俳優、芸能人まで、各界著名人を応援するようひっきりなしに交信公電が入った。香港に用事がなくても他国の行き来の途中に立ち寄る要人もかなりいた。佐々はそれらの名前を挙げている。

〈領事として香港で経験したことは危機管理や情報収集ばかりではない。いやむしろ、それ以外のことで忙殺されることが多かった。（略）フィリピン大統領就任式出席の途上立ち寄った岸信介元首相一行、ジャカルタを訪れる川島正次郎代議士一行、小坂善太郎外相一行など政界の大物、桜田武氏ら財界人、衛藤瀋吉、高坂正堯氏ら学者たち、三島由紀夫、兼高かおる、新珠三千代各氏のような作家や芸能人、大森実氏らジャーナリスト、三輪良雄防衛次官や小倉謙前警視総監、後藤田正晴警察庁次長に秦野章警務局長ら官界の大先輩たち、などなど千客万来、……〉（『香港領事動乱日誌』文藝春秋、平成九年）

「それ以外のことで忙殺され」とはまさに便宜供与のことだった。これは公務だが香港政庁などとのアポ取りからホテルの予約、観光、買い物ガイド、食事までの世話がふくまれた。商社マンならまさにそれが仕事だが、警察官僚としては辛いものがあっただろう。佐々は、私の質問に答えて次のように語った。

〈**佐々**　三島さんから「ホンコンニテメンダンイタシタシ　ミシマユキヲ」という電報があったのです。搭乗機はトランジットで香港に降り立ったので、啓徳空港の中でだけ会いました。

——正確な日付を確認できますか？

佐々　私の手帳の昭和四二年九月二六日（火）の欄に「三島由紀夫　BOAC915–AI105 stop-over」というメモがあります。その横に「16：05と18：10」という時間が書いてあります。これが飛行機の到着と出発の時間です。

──詳細な年譜によると、三島氏はその日にインド政府の招きで羽田から日本を飛び立っています。香港でのトランジットのわずかな時間をとらえてまで、佐々さんにコンタクトしたのですね。その旅に瑤子夫人も同行していたのですが、いっしょでしたか？

佐々　いや、三島さんだけでした。

──三島氏は飛行機が落ちることを心配して、夫婦で同じフライトに乗ることを避けていたと言われています。瑤子夫人は別便だったのかもしれませんね。

佐々　啓徳空港に迎えに行った。機体に横付けしたタラップから降りてきた三島さんは、まったく別人になっていた。これが細く、色白だったあの三島さんか！　と思った。猛獣狩りをするような帽子をかぶり、半そで・短パンツに白い靴下のサファリ・ルックで、日焼けし、眼はするどく、精悍で、颯爽としていた。あれにはビックリした。リビングストンの探検隊のような、あるいはまるでマンガ『冒険ダン吉』の中に出てくる、ティピカル（典型的）な南洋行きといった姿だった。

三島さんは、「このままでは日本はダメになる。ソ連にやられる。極左に天下をとられる。自衛隊ではダメだ。警察もダメだ。闘う愛国グループをつくらなければいけない。自分は国軍をつくりたい。日本に戻ったら一緒に手を組んでやろう」と訴えていた。

私は、私兵創設よりも、オピニオン・リーダーとして警備体制強化に協力してほしいと諌《いさ》めて別れた。〉

民兵問題　彼もふみ切る

〈――その二カ月ばかり前、佐々さんの同じ手帳の昭和四二年七月三日（月）に「5：30 帝国ホテル新館ロビー 三島由紀夫 民兵問題 彼もふみ切る」とありますね。

佐々 その時はホーム・リーブ（帰国休暇制度）を利用して香港から一時帰国していた。不健康地だと二年に一回、健康地だと三年に一回帰国できた。しかしその帰国は特別なミッションを背負っていた。中共の人民解放軍が香港に襲来したとき、在留邦人三〇〇〇人をどう保護するか、日航も日本郵船もダメなら海上自衛隊が保護救助できるかについてだった。佐藤総理にも会った。私の帰国をどこかから聞きつけたのでしょう、三島さんから香港に電報が来て、都内で会いたいと言ってきたんです。

――昭和四二年の夏というと、三島氏が〝平岡公威〟として、はじめて延べひと月半の自衛隊への体験入隊をしたすぐ後です。国防問題に気持ちを昂ぶらせ、民兵組織の立ち上げに協力してもらえる信頼できる自衛隊幹部を探していた時期です。それよりさきに警察関係では佐々さんにその構想を打ち明け協力を求めていたのですね。

佐々 しかし警察の誰もそんな話を受けつけなかった。彼の話を聞いていたのは私くらいです。〉

昭和42年９月，羽田空港で出発便を待つ三島由紀夫

三島が楯の会を結成したのは、この翌四三年一〇月である。三島はその一年以上も前に、それに向けて「ふみ切」っていたのだ。佐々に民兵組織結成の構想を打ち明け、警察サイドにも積極的にはたらきかけていたのだ。早稲田大学国防部の森田必勝たちが、三島の仲介で自衛隊北恵庭戦車部隊に体験入隊しているさなかだった。民兵組織の核となる青年同志を得る目算もたち、「ふみ切る」決意をかためていたのだろう。

三島は香港の佐々に、昭和四二年二月に安部公房、川端康成、石川淳とともに中国文化大革命への抗議アピールを発表した記事も送っていたという。そうやって日本から香港の佐々に頻繁にコンタクトしていた。それだけでなく、佐々が一時帰国するとの情報をどうやってか入手してひそかに会ってもいたのだ。三島の詳細な年譜にある当日の行動は、そのあとのTV生出演（中村メイコの対談番組）だけである。じつは三島はそこに自衛隊の制服姿で登場していたという。民兵組織結成への気持の昂り、滾《たぎ》り立ちは相当なものだったようだ。

安田講堂事件の修羅場

〈――佐々さんは翌四三年の六月末に帰国しましたが、日本はどういう状況でしたか。

佐々　第二次安保（七〇年安保）要員として秦野章警視総監に呼びもどされたのです。休暇はたった一日だけで、警視庁公安部外事第一課長に就いた。そしてその年の一一月、機動隊を指揮する警備部警備第一課長になった。前任者（若田末人）は、前年の佐藤首相ベトナム訪問阻止と訪米阻止の二つの羽田事件やその年の一〇・二一新宿騒擾事件で指揮をとったあと、ノイローゼになり失踪してしまった。当時の機動隊は専守防衛で、大楯もなく、投石やゲバ棒で千人以上の重軽傷者を出していた。

私は香港の暴動を鎮めた英治安当局の攻撃的な対応を現地でつぶさに見ていた。警視庁も防戦一方ではなく、催涙ガス弾を使用すべしと強く献策した。理解してくれそうな上司の土田国保さん、同期の富田朝彦、一八年組の川島廣守などに激烈な手紙を出した。それまで催涙ガス弾の使用は、警職法七条の「正当防衛のための武器使用」にあたると制限的に解釈されていた。しかし世界中の警察は催涙ガスを使っている、日本の警察もこれを使い、デモ隊の鎮圧に威力を以てあたり、警官・機動隊員の負傷を減らせるよう、同五条の「用具」とする解釈に移すことを強力に訴えた。それを言い出しっぺにやらせようと帰国させられた。そして四四年一月の東大安田講堂事件の修羅場に臨むことになった。

これはいままで話せなかったが、安田講堂で催涙ガスを撃ち尽くしてしまい、神田カルチェラタン騒動で自衛隊のガス弾を借用した。それは色も形も違う。マスコミに知られたらたいへんだから、夜が明ける前に東部方面隊情報部の平城弘通部長と二人で回収した。平城部長には、実戦部隊をデモ隊に入り込ませるのは止めろと言ったが、治安出動する気でいるから聞かない。デモに紛れ込んだ自衛官が何人か警察に捕まった。それが公になったらたいへんだから、刑事訴訟法を無視した〝佐々・平城協定〟で釈放した。めちゃくちゃな時代だった。

――当時の秘話ですね。情報将校の平城氏は、そうやって警察とデモ隊の勢力状況をつぶさにして自衛隊の治安出動の機会を探っていたと言っています。佐々さんはその厳しい国内状況、難局に打ってつけと見込まれたのですね。帰国してから三島氏とはどうでしたか。

佐々　楯の会の打ち合わせに呼ばれて、制服のデザインや生地を見せられたことがあった。私兵づくりに協力するわけにはいかないから、大したアドバイスはしなかった。機動隊を管轄する警備課長の時期、二回、三島邸に招かれた。都内で毎日ドンパチやっているのに、三島邸で優雅にお茶をするのもはばかられたんだがね。

まず昭和四三年の年末、三島邸で楯の会の制服姿の隊員たちに引きあわされた。制服姿がマネキンのように見えて、苦笑してしまった。三島さんは隊員を紹介して、「防大の集団マスゲームで小銃担いで鍛えたんだ。いざという時はいつでも出動するぞ」と言った。私は「そういう精神は高く評価するが、それは機動隊の仕事です。サポートしてもらいたいが、制服を着て実際に参加することはあり得ない」と答えた。二回目の訪問時、「立派ないいデザインの制服ですけど、玩具《おもちゃ》の兵隊ですね」と言ったら、三島さんはかなり怒ってしまった。

——それはド・ゴールの制服をデザインした五十嵐九十九《いがらしつくも》氏と三島氏の合作です。黄褐色の透明感のあるコハク色の地、赤いヒモがしつらえられたサイド・ベンツ、緑のハイ・カラーのえり、白のへりにかこまれ浮き出された袖の後ろ側の縁、ズボンには一本線が入った上等なものです。〉

一〇・二一国際反戦デーで潰えたスキーム

〈——ところで、三島邸以外ではどうでしたか。

佐々　東大の林健太郎文学部長が学生たちに軟禁されたとき、早く救出するよう電話をもらいました。安田講堂攻防の現場にも電話があって、学生を死なすなと。

——警察力が潰えて自衛隊が出動する状況がやがて訪れるだろう。そのとき民兵組織・楯の会が打って出て、自衛隊の出動まで暴徒を抑える。そこで死ぬか、生き残っても直ちにいさぎよく自決して行動の責めを負う。出動した自衛隊は暴徒を鎮圧したあと、国会での憲法改正を求め国軍化を実現する。三島氏はそういうスキームを描いていたと言われています。それが昭和四四年の一〇・二一国際反戦デーで完全にダメになった。

佐々　その一〇・二一で三島さんから、「おれたち楯の会隊員はどこで何をやったらいいんだ。配置場所を決めろ」と言ってきた。三島さんなりに一所懸命やっているし、ムゲに無用とも言えない。しかし民兵組織を現場に出すわけにはいかない。三島さんの申し出を秦野総監まで上げた。天皇を護るといったら納得するだろうと、「皇居前に配置せよ」と指示した。ところが、逆に三島さんの怒りを買ってしまった。あのとき新左翼は集会を新宿でやっていたから、皇居には誰もいない。三島さんは「侮辱だ！　僕らは本気でやっているんだぞ！」とえらく怒ってしまった。仕方ないので新宿の警備本部にオブザーバーとして入ることを許可した。この日機動隊はあっさり暴動を鎮圧した。

そうしたら真夜中、三島さんから電話があった。「あなたは、とうとう我々に出番をくれなかった。あなたを恨みますよ。しかし機動隊は役に立たないと思っていたが、残念ながらよくやっている。現場の機動隊員は白い歯を見せ、笑いながらゲバを制圧処理した。僕の認識不足だった。これで出番がなくなった」と言っていた。三島さんは警察力を過小評価していた。

私は「あなたは文学というすばらしい世界にいる。機動隊がちゃんとやっているのを見たでしょう。治安・警備は僕らに任せなさい。あなたは『豊饒の海』に戻りなさい。それでノーベル賞をおとりなさい」と答えた。三島さんは「それはそうだけど……」と黙りこんでしまった。

もう警察の協力は期待できないと思ったんでしょう。〉

楯の会の一味、徒党と見ていた

〈――その直後の一一月三日、三島氏は楯の会結成一周年記念パレードを国立劇場の屋上でやりました。佐々さんも招かれましたね。

佐々　閲兵してほしいと三島さんから招待状が来た。現役の警備課長ですから上司にうかがいをたてると、警視総監に「困ったことだ。友だちとしてほどほどにあしらっておけ」と言われた。出かけて行って教練の成果をチェックする査閲官をやった。〉

その二日後、記念パレードを挙行した同じ建物の舞台で『椿説弓張月』の上演がスタートした。そのプログラムに三島は、源為朝に仮託した自己の真情を描いている。

〈英雄為朝はつねに挫折し、つねに決戦の機を逸し、つねに死へ、「孤忠への回帰」に心を誘われる。彼がのぞんだ平家征伐の花々しい合戦の機会は、ついに彼を訪れないのである。（略）為朝のその挫折、その花々しい運命からの疎外、その「未完の英雄」のイメージは、そしてその清澄高邁な性格は、私の理想の姿……。〉（プログラムの作者のことば）

英雄為朝は英雄たることを熱望している作者自身である。一周年パレードの時点で、三島は自身の近未来を正確に覚っていたことになる。

〈――一周年記念パレードの観閲者は、元陸上自衛隊富士学校長の碇井準三氏、演奏は同校音楽隊、招待者には作家、評論家、ジャーナリストはもちろんとして、浅丘ルリ子、市川染五郎、北大路欣也、佐久間良子、越路吹雪、中村晃子、奈良あけみ、内藤洋子、ミッキー・安川、村松英子、若尾文子、勝新太郎夫妻、倍賞美津子といった芸能人から横尾忠則まで名簿に刷り込んだのです。週刊誌に取材を願うには、芸能人も招待しなければという三島の深謀遠慮だった。そうNHK記者の伊達宗克氏は事件直後に雑誌で述べています。伊達氏は三島氏から楯の会のマスコミ対策の相談を受けていたとも言っています。

佐々　我々は伊達を楯の会の一味、徒党と見ていた。

——そうだったのですか。伊達氏は事件の時、三島氏に呼ばれて市ヶ谷にいました。しかしすぐ現場を立ち去り、局にもどりました。警視庁から局に、事件関係者として伊達氏の居場所を訊いてきたからのようですね。

佐々　事件のあと、人づてに「佐々が協力していたら三島さんを死なすことはなかった」と、はげしい調子で私を詰《なじ》っていたと聞いた。檀一雄の『夕日と拳銃』の主人公・伊予伊達家の一族らしいと思った。〉

伊達は警視庁での取り調べ時、佐々をそのように詰っていたのだ。

伊達は事前に三島が市ヶ谷の自衛隊基地で、「ある重大な決意のもと、ある重大な行動を起こすことを知っていた。これを裏付ける資料がある。当時の伊達の上司、後にNHK会長となった島桂次の回顧録である。これについては第三章で述べる。

楯の会の隊員で国会を占拠し、憲法を改正したらどうか

三島が市ヶ谷に従えた楯の会の隊員たちが決起に加わっていった経緯を、おもに裁判記録からたどってみたい。小賀の警察での供述調書に、森田必勝についての陳述がある。

〈昭和四四年一〇月ころのことでした。この年の一一月三日に楯の会一周年記念パレードが国立劇場で行われましたが、その打ち合わせのため一〇月ころのある夜、先生の書斎に楯の会の班長が集りました。

当時は大混乱が起こると予想された一〇・二一統一行動が終了した直後でした。先生は、この一〇・二一闘争において革命勢力が機動隊に完全に抑えられてしまい、自衛隊出動の機会もなくなったばかりか、これで左翼の革命は今後ありえないであろうと状況分析されました。そして先生は集った班長に対して、「今後の楯の会の運動方針をどうしたらよいと思うか」と質問されました。

私はどう言ったらよいか判らず、黙っておりますと、当時第一班班長であった森田必勝さんが一人だけ、「無謀かもしれないが、楯の会の隊員で国会を占拠し、憲法を改正したらどうか」と発言しました。

そのころ私はまだ、そこまでは考えておらず、ずい分思い切ったことを考えるなと思い、驚きました。

先生はその話を聞かれ、「面白い案だ。しかし武器や人員の確保、国会会期中に入れるかどうかなどに問題があり、まずムリだろう」と言っておられました。

この時の森田さんの案は、そのまま立消えになってしまいましたが、今年（昭和四五年）の夏ごろ、どこで話されたか忘れましたが、先生が私に「あの時の森田の発言が今度の計画の一つの動機になったことは確かだ」と言っておられたことがありました。

ですから先生の気持のうえで、ひとつのきっかけにはなっていたようでした。〉

三島は治安出動と楯の会の決起を強くリンクさせて考えていた。であれば、一〇・二一国際反戦デーが警察によって鎮圧され、楯の会の出番がなかった三島の落胆は相当のものだったろう。これを証する清水文雄にあてた手紙がある。

〈「暁の寺」の完成の感想は、一口に言って憂鬱でありました。本当はこの巻の途中で日本が騒乱の渦に巻き込まれ、文学どころではなくなることを望んでいたからです。〉（昭和四五年三月五日付）

もっとも大切な作品の難物だった『豊饒の海』第三巻『暁の寺』の「完成」を「憂鬱」だと言っている。それは「騒乱の渦に巻き込まれ」ることを「望んでいたから」だと言っている。作品よりも現実が大事だと言っているのだ。三島はこれと同時期、『小説とは何か』のなかで「それ（註・『暁の寺』）が完結することがないかもしれない、という現実のほうへ、私は賭けていた」と述べている。三島が「望んでいた」、「賭けていた」「現実」とは、治安出動に乗じて決起することだった。そして斬死にすることだった。

森田をふくめ楯の会の隊員たちも同一に考えていたのだろうか。森田はあきらかに違った。治安出動の目がなくなったのなら、他の方途があると即座に提議したのだった。その森田に鼓舞され、あるいは引っ張られるように、三島は挫折感から起ちあがって、再度、天地《あめつち》をうごかす行動をおこす気持ちを固めていく。

経過ならびに事前の行動

公判記録にある検察の冒頭陳述書に、その後の経過が次のようにある。

〈本件共謀の経過ならびに事前の行動等
一、本件は、三島が発案し、それに昭和四四年より楯の会学生長になっていた森田必勝が参画して計画が進められていたが、昭和四五年四月初旬ころ東京都千代田区内幸町一の一、帝国ホテルコーヒーショップにおいて、被告人小賀が最後まで行動を共にする意志の有無を打診され、次いで、同月一〇日ころ三島方において、被告人小川が三島から同様に打診されて右被告人らは、これを承諾し、その意思を表明した。
二、同年五月中旬ころ三島は、同都大田区南馬込四丁目三二番八号の自宅において、森田および被告人小賀、同小川に対し、楯の会と自衛隊がともに武装蜂起して国会に入り、憲法改正を訴える方法が最も良い旨もらしたが、そのころは未だその具体的方法については、三島自体も模索している状況であった。
その後同年六月一三日同都赤坂葵町三番地ホテルオークラ八二一号室に右の三島ほか三名が集合した際、三島は、自衛隊は期待できないから、自分たちだけで本件の計画を実行する、その方法として、自衛隊の弾薬庫を占拠して武器を確保するとともに、これを爆発させると脅すか、あるいは東部方面総監を拘束して人質とするかして、自衛隊員を集合させ、三島らの主張を訴え、決起する者があれば、ともに国会を占拠して憲法改正を議決させるという方策を提案した。〉
小賀と小川が「最後まで行動を共にする意志の有無を打診され」た直前の三月末、三島は信頼を寄せていた自衛官の山本舜勝に決起への協力を求めることを断念していたようだ。
昭和四五年六月二三日、日米安保条約は自動延長された。

三島は村松剛にこのころ「安保改定期の騒動に期待していたのに、世の中がすっかり静まり、四部作の最後の部分が書けなくなった」と洩らしたという。

三月時点での創作ノートには四部作の完成を翌年に持ちこすことを証する書き込みがある。しかしそのあと、筋立てが大きく変更され、かなり構想がスリムになっていったのだった。

決起の具体化

右の検察の冒頭陳述書とつぎの古賀の供述からすると、六月一三日に四人で集ったときに、計画の具体化がすすみ、その実行、つまり自死の時期が早められたのだ。

〈今年の六月二九日の例会から、市ヶ谷の自衛隊の中で訓練を行うことができるようになりました。これは三島先生が自衛隊と交渉して訓練ができるようになったのですが、私は当時は深くは考えませんでしたが、今から考えると、三島先生が今度の事件を計画する準備として借りられたということが判るのです。それというのは、私が九月以降今度の行動に参加するようになってから、先生からそのことを聞いていましたし、それで判ったのです。〉

このとき三島は五カ月後の一一月二五日に向けて、ひそかに、静かに、自裁の矢を弓につがえていた。「もう芝居は書かない」と言明し、六月に財産についての公正証書を弁護士に作成させていることからも、それは明らかだ。

その後、弾薬庫の占拠と総監の拘束を計画したが、「その（弾薬庫）所在が明らかでなく、両案をともに行うと兵力が分散するから困難である」と判断し、案を縮小して総監の拘束だけとし、さらに総監ではなく連隊長を拘束し人質にすることにした。

三島は九月九日、古賀を決行の最後のメンバーに加えた。決行日はすでに一一月二五日と決まっていた。公判記録に次のようにある。

〈同（九）月九日被告人古賀は、銀座四丁目西洋料理店において、三島と会った際、三島から「市ヶ谷で楯の会員の訓練中、自分が自動車で日本刀を搬入し、五人で連隊長にその日本刀で居合を見せるからと言って連隊長室に赴き、連隊長を二時間人質として自衛隊員を集合させ、われわれの訴えを聞かせる。自衛隊員中に行動を共にするものがでることは不可能だろう、いずれにしても、自分は死ななければならない。決行日は、一一月二五日である」旨従来からの計画を打ち明けられ、この行動に参加することを誓って決意を新たにした。〉

結束を固めるため、そして決起にそなえるため、九月一五日、武道の一派の演武イベントに五人そろって出かけた。それは千葉県野田市興風館での戸隠流という忍法（武術）の実演会だった。何の前触れもなくやって来た三島の来場を聞き付けた主宰者の初見良昭は、壇上で何か話してもらえないかと直談判した。三島はいつもの哄笑や快活な笑顔もなくそれに応じた。平静な様子だったが、表情には影がうかがえ、他の四名は一種異様な気を発散していたという。三島は日本の美、侍のこと、日本人とは、人間とは、自然と人間の協働などを一五分ほどしゃべった。

三島と隊員たちは、一一月二五日に向けての打合せや予行演習を都内のコーヒーショップやレストラン、ホテルの部屋に集ってやっていた。五人で武術イベントにも出かけていた。

なぜ三島は公安にやすやすとマークされるような場所を選び、密議を凝《こ》らしていたのだろう。あるいは決起を思わせるイベントにそろって出かけていたのだろう。まるで決起することを警察につかんでほしかったかのようだ。これで当局が何もつかんでいなかったとしたら大失態だろう。

しかし、それはあり得ない。

ある批評家の慧眼

これまで見てきた三島の動きを、まだそれに踏み出していない昭和三九年末に当時の作品群から気づいていた批評家がいる。江藤淳である。

即興で講演する三島由紀夫（初見良昭氏提供）

〈三島氏の近作には、どうもいまひとつ読者の気持を「吸いとらない」ものがある。それでいて作者の思想は、これらの諸作に旧作よりかえって露わにあらわれている。これは危険な徴候といわなければならない。（略）三島氏がある重要な転機を経験しつつあることは、疑う余地がない。転機はおそらく個人的な事情を超えたものによってもたらされている。三島氏の思想はこれまでいつも「戦後」という時代に対する逆説として語られて来た。しかし、過去二三年のあいだに「戦後」はいつの間にか完全な終止符を打たれ今度は気がついてみたら時代の方が声高に三島氏の思想を語りはじめたのである。これは、一方では日本の社会全般における国家意識の復活に、他方では文壇における「日本浪曼派」的思考の復活に、照応しているものと思われる。（略）三島氏はあるいは行為者となることに一方の活路を求めようとしているのかも知れない。〉（「文芸時評」、「朝日新聞」昭和三九年一二月二三日夕刊）

「これらの諸作」とは、『月澹荘奇譚』（「文藝春秋」昭和四〇年一月号）、『三熊野詣』（「新潮」昭和四〇年一月号）、『絹と明察』（昭和三九年）、『恋の帆影』（昭和三九年）などである。

江藤は「これらの諸作」に、三島が「重要な転機」に遭遇していると断じ、その「転機」は「個人的な事情を超えたものによってもたらされている」と受けとめている。「行為者となることに一方の活路を求めようとしているのかも知れない」とはなんと鋭い洞察、驚くべき慧眼だろう。江藤は三島文学に〝違和感〟を抱いていたから、ぎゃくに、「一方では日本の社会全般における国家意識の復活に、他方では文壇における『日本浪曼派』的思考の復活に、照応しているものと思われ」たのだろう。

第二章　「市ヶ谷」に果てたもの

天つみ空の造り主なる神、
荘厳聖女マリア様の清らの御生誕を望み給える神よ、
冀《ねがわ》くは、わがわざをぎ（註・神を招《お》ぐ態《わざ》）の一座を護らせ給え。
全能の大御《おおみ》神《かみ》と殉教の聖者ともどもの御《み》名により
やつがれ共は、聖なる生涯と善き行いに貫ぬかれし、
かの門地高き敬虔の騎士の霊験劇を、
板に乗せんず計りたり。
かれこそはまことの殉教を行いし者、
この方こそは、
聖セバスチァン殿にぞある。
今ぞ御覧ぜらるべし、
かの殿のいとも聖なる御手《おんて》立《だて》により、
また、イエス・キリストのご恩寵により、
かの殿の生涯のもろもろのわざ行いが、
この場にて演ぜらるるを。
（三島由紀夫・池田弘太郎訳『聖セバスチァンの殉教』美術出版社、昭和四一年）

惨劇の刻

一陣の木枯し

〈三島由紀夫の突然の自刃は一陣の木枯であった。（略）

あの日、日本中のマスコミは「馬の糞」のような記事を満載し、テレビやラジオでは火事場騒ぎのような野次馬評論が飛び交い、人々はこれにしがみついて好奇心を掻き立てた。私は黙ることにした。

日本古来のきびしい風習の一つに「うけひ」ということがある。後にはこれを起請といったが、誓の漢字を充てる。この誓の語は普通「ちかい」と訓ずるが、「ち」は彼と此とがつながること、だからその意味は谷川士清《たにかわことすが》（註・江戸時代の国学者）のように「血交い」で、人と人とが互いの血を流し合わせて同心を約束することであるという説も立てられる。契るという語もまたこの「ち」に関係がある。しかし「うけひ」には語源的にこうした要素は無い。むしろ、言霊のより深い、より原初的なものである。（略）

三島由紀夫は「うけひ」をしたのではないか。ならば、彼がうけひした相手のみが彼の行動の総てを知っているのであり、相手ならぬ私、そして世の人々には根源的に分らないことである。――それで、私は黙る。

週刊誌は飛ぶように売れて書店は空虚になり、人々はようやく手に入れた雑誌をむさぼり読んでいる。はかない行為だ。しかし、私は又思いなおしてもみる。そのようなはかなさの外見の奥に、人々が、なにほどか三島由紀夫の心に接近を図っている偽りのない姿があるのかもしれないと。〉（村尾次郎「うけひ」、『士風吟醸』錦正社、平成六年）

昭和六一年の教科用図書検定調査審議会は異例の再審査の末、高校歴史教科書『新編・日本史』（原書房）の検定合格を決定した。同教科書が世間の関心を呼んだのは、憲法改正をめざして活動していた団体が製作・編纂に深く関わっていたからだ。この監修を担当したのが、元検定官の村尾次郎だった。戦後発足した文部省教科書検定制度に二〇年近く検定調査官として関わり、〝ミスター検査官〟と言われたほど同制度に大きな影響をあたえた人物だった。

この村尾は東大国史学科の平泉澄をリーダーとする「朱光会」の人脈に連なっていた。「朱光会」は、昭和六年の柳条溝事件の直後に東大生を中心に結成された天皇中心の国粋主義団体だった。戦後GHQによって解散させられたが、その人脈は伏流水となって生き延び、時に地上に噴出した。村尾はこの学統の若者たちを林房雄につなげる橋渡しをした。これに小澤開作（小澤征爾の父）も関与した。林はその若者たちを三島につなげた。村尾はそうやって、三島が万代潔、中辻和彦、持丸博たちの『論争ジャーナル』グループとつながる端緒をつくったのだ。

彼らがたてつづけに三島邸を訪ねたのは、三島が『奔馬』を書き出した直後だった。作中の主人公と同じベクトルを持つ民族派の若者たちの突然の出現に、三島は作品世界と現実界の不思議な暗合を覚えたことだろう。彼らとの出会いは連載のはじまる前のことだったが、林房雄は事前組織の枝葉を伸ばした。こうして成った楯の会は、死に向かう三島に必須だった。
村尾ら平泉澄門下の水脈が楯の会という樹木を育て、生長の家の信徒たちとあいまって民間防衛体化するに足る信頼できる若者たちと知り合い、楯の会を立ち上げることはできなかっただろう。
せたのだろう。三島はここから若者への信頼を見出す。この端緒がなければ、自らの国防論を実
にストーリーを三島から聞かされていたようだから、民兵組織をもくろんでいた三島に引き合わ

死ぬることが三島の窮極の目的だった

昭和四三年前半に上梓された『太陽と鉄』の「批評」連載時の末尾に、「かくて集団は、私には、何ものかへの橋、そこを渡れば戻る由もない一つの橋と思われたのだった」とある。

〈『太陽と鉄』の末尾は、畳のうえでは死なないという決意を彼が公にした最初の文章だった。〉と評論家の村松剛は指摘している。（『三島由紀夫の世界』新潮社、平成二年）

この決意はいつごろから兆していたのだろう。

三島は昭和四一年四月に日本外国特派員協会で英語で講演し、切腹は「日本の自殺の発明品」と述べた。

〈封建時代には、われわれは誠実さははらわたに宿っていると信じていました。もし誠実さをだれかに示す必要があったら、われわれは腹を切って眼に見える誠実さを取り出さないといけない。（略）私だけでなく、すべての日本人はほんとうにそう信じています。そしてそれは、武人の、つまりサムライの意志のシンボルでもあります。だれでも知っているように、切腹はいちばん苦痛の多い自殺の方法です。なぜいちばん苦痛の多い方法で死ぬことを選ぶかという

と、単純にサムライの勇気の証したりうるからです。そのようにして切腹は、日本の自殺の発明品になりました。〉(「新潮」平成二年一二月号)

また、その翌年、こうも言っていたという。

〈――昭和四十五年の安保騒動、おれが斬死にする。高笑いとともにいうようになったのは、ぼくの知るかぎりでは昭和四十二年の秋からだった。〉(村松剛『三島由紀夫の世界』)

死ぬることが三島の窮極の目的であった。切腹で、決起した責めをいさぎよく負うもよし、あるいはデモの暴徒に立ち向かって斬死するでもよしだった。

四三年一〇月、ノーベル文学賞を川端康成が受賞する。これをあきらめた三島は死への実行動にどんどん向かっていった。楯の会が依拠した精神が『文化防衛論』(昭和四三年)に述べられている。

〈守るとは何か? 文化が文化を守ることはできず、言論で言論を守ろうという企図は必ず失敗するか、単に目こぼしをしてもらうかにすぎない。「守る」とはつねに剣の原理である。

守るという行為には、かくて必ず危険がつきまとい、自己を守るのにすら自己放棄が必須になる。平和を守るにはつねに暴力の用意が必要であり、守る対象と守る行為との間には、永遠のパラドックスが存在するのである。〉

「『守る』とはつねに剣の原理である」と言い、文化や言論を守ろうとしたら必ず身に危険がともない、平和を守るにも暴力の用意が必要だと言い立てている。しかし楯の会の装備に、火器はなかった。日本刀をたばさむ隊長と特殊警棒を吊帯《ちょうたい》する隊員を肉弾とする精神力だけのはかない暴力装置だった。

　そのような三島が「うけひした相手」とは誰なのだろう。「うけひ」はカミに行動を占うものだ。だから「相手」はカミしかいない。つまり三島の「行動のすべて」を知っているのはカミということになる。しかし我々はカミではないから、三島の「行動のすべて」は分かりようがない。ならば私は村尾の言う「はかない行為」をしているのだろうか。

　三島たちのあの〝行動〟は日本人の記憶からどんどん薄れてゆこうとしている。彼らは我々に何を伝えたかったのか、我々はそこから何を掬すべきか、それを問われ、求められ続けていると感じる。すべてが分からなくても、村尾次郎の言うように、「なにほどか三島由紀夫の心に接近を図って」、最期の〝行動〟の一斑でも感じとりたいと思う。

『わが同志観』――非情の連帯

〈私が同志的結合ということについて日頃考えていることは、自分の同志が目前で死ぬような事態が起ったとしても、その死骸に縋《すが》って泣く事ではなく、法廷においてさえ、彼は自分の知らない他人であると、証言出来ることであると思う。それは「非情の連帯」というような精神の緊張を持続することによってのみ可能である。

　しかし、私はなにも死を以ってのみ同志あるいは同志愛の象徴とは考えない。また死を以ってのみ革命的な行動の精華、成就とも考えるものではない。ただ真に内発的な激怒や行動だけが、ある目的のもとになされた行為の有効性を持つのであるという考え方だけは、私にとって変ることのないものである。

死が自己の戦術、行動のなかで、ある目標を達するための手段として有効に行使されるのも、革命を意識するものにとっては、けだし当然のことである。自らの行動によってもたらされたところの最高の瞬間に、つまり、劇的最高潮に、効果的に死が行使出来る保証があるならば、それは犬死ではない。（傍点筆者）（略）

　同志的決起へと至る極限状況は、ある面において、倫理的憤激の最終的な責任を、自己が負うか、他者に負わせるか、という方向へ引き裂かれて行かざるを得ない。究極的に、自己に負うとすれば、自刃があり、他者に負わせるとすれば、制度自体の破壊に行きつくしかない。

　そのようなクオリティを見分ける判断力は、人間の弱さと強さとの問題でもある。〉（「『わが同志観』、「潮」昭和四六年二月号）

三島由紀夫が自決のちょうど一週間前に口述した一文である。

自衛隊市ヶ谷駐屯地一号館二階

事が起こった総監室のある一号館二階に居合わせた自衛官たちの調書記録と、私が関係者から独自に聴取した情報をもとに事件現場を再現する。

　昭和四五年一一月二五日午前一一時すぎ、三島由紀夫は楯の会隊員森田必勝、小川正洋、小賀正義、古賀浩靖の四名をともない、自衛隊市ヶ谷駐屯地を訪れ、東部方面総監・益田《ました》兼利《かねとし》に面会していた。当初、面会を口実にして拘束監禁する対象は益田総監であった。途中で第三二普通科（歩兵）連隊長・宮田朋幸一等陸佐に変更した。しかし直前に森田が確認すると、宮田一佐が当日不在であることが分かり、益田総監に再度変更した。総監は新潟の第一二師団におもむく予定だったが、防衛庁防衛局長の送別会への出席を求められ、市ヶ谷にいた。総監の代理として新潟に行ったのは、本来事件に対処・指揮する立場にあった三好秀男幕僚長だった。
三島は総監室に入ると来客用のソファにすわった。隊員四名は正面扉近くの予備の簡易椅子にすわった。三島は益田総監に、自衛隊への体験入隊で成績優秀者を表彰したので、お目通りにあずかりたいと隊員たちを紹介した。
〈総監　その長いものは何ですか。
三島　これは関の孫六兼元の銘刀です。
総監　それを持ってよく入門できましたね。
三島　これは美術品で所持証明がありますから。ご覧になりますか。
総監　拝見しましょう。
三島　波紋の模様が特徴のある三本杉です。
総監　何かついていますね。〉
総監が三島に刀を戻したとたん、隊員たちは総監に駆け寄りロープで縛り猿轡《さるぐつわ》をし、拘束した。業務室庶務班長の澤本泰治三佐は三島たちが一〇分ほどで退室すると聞いていた。それを過ぎても総監室から出て来ない。正面扉脇のすりガラスにセロテープを貼った覗き口から室内をうかがった。
手前にいるはずの四名の隊員がいない。異変が感じられた。澤本は業務室長の原勇一佐に「様子がおかしい」と報告した。原は澤本と総監室前に行って覗き口から中を見ようとした。よく見えないが、隊員三名が総監の肩をマッサージするようにしていた。総監の脚が不自然に動いたようなので中に入ろうとした。

しかし正面扉の取手は動かず扉は開かない。開かないのはおかしいと、二度ほど体当たりした。扉はわずかに開いたが、「来るな、来るな」と内から大きな声がして押し戻された。

すると四折の白い紙が差し出された。原はそれを拾って業務室に戻り、一読した。

原は、「これは大変だ、皆を呼べ、非常呼集!」と総監部所管の者に集合を命じた。原は、行政担当幕僚副長の山崎皎《あきら》陸将補への報告に走った。紙片はコピー用紙に謄写刷りされた「要求書」だった。


「要求書」
一、楯の会隊長三島由紀夫、同学生長森田必勝、有志学生小川正洋、小賀正義、古賀浩靖の五名は、本十一月二十五日十一時十分、東部方面総監を拘束し、総監室を占拠した。
二、要求項目は左の通りである。
㈠十一時三十分までに全市ヶ谷駐屯地の自衛官を本館前に集合せしめること。

㈡左記次第の演説を静聴すること。
(イ)三島の演説(檄の散布)
(ロ)参加学生の名乗り
(ハ)楯の会残余会員に対する三島の訓示
㈢楯の会残余会員(本事件とは無関係)を急遽市ヶ谷会館より召集、参列せしむること。

㈣十一時十分より十三時十分にいたる二時間の間、一切の攻撃妨害を行わざること。一切の攻撃妨害が行われざる限り、当方よりは一切攻撃せず。

㈤右条件が完全に遵守せられて二時間を経過したるときは、総監の身柄は安全に引渡す。その形式は、二名以上の護衛を当方より附し、拘束状態のまま（自決防止のため）、本館正面玄関に於て引渡す。

㈥右条件が守られず、あるいは守られざる惧れあるときは、三島は直ちに総監を殺害して自決する。
三、右要求項目中「一切の攻撃妨害」とは、
㈠自衛隊および警察による一切の物理的心理的攻撃。

（ガス弾、放水、レンジャーのロープ作業等、逮捕のための予備的攻撃の一切、及び、騒音、衝撃光、ラウドスピーカーによる演説妨害、説得等、一切の心理的攻撃を含む）

㈡要求項目が適切に守られず、引延し、あるいは短縮を策すること。

右二点を確認、あるいはその兆候を確認したる場合は、直ちに要求項目㈥の行動に移る。
四、右一、二、三、の一切につき
㈠部分的改変に応ぜず。

㈡理由の質問に応ぜず。

㈢要求項目外事項の質問に応ぜず。

㈣会見、対話その他要求事項外の申入れにも一切応ぜず。

これら改変要求・質問・事項外要求に応ぜざることを以て引延しその他を策したる場合、又は、

改変要求・質問・事項外要求に応ずることを逆条件として提示し来る場合は直ちに要求項目(六)の行動に移る。

そのとき山崎は、一号館の同じフロアにある第二作戦室で、昭和四六年度「東部方面隊業務計画予算吻合」の審議をしていた。そこにいたのは山崎の他、次の九名だった。

防衛担当幕僚副長吉松秀信一佐、第一部長（人事担当）功刀《くぬぎ》松男一佐、募集課長清野不二雄一佐、第一部総括班長高橋清二佐、第三部長（防衛担当）川久保太郎一佐、第三部総括班長川辺晴夫二佐、会計課長川名守治一佐、会計課予算班長寺尾克美三佐、予算班員松井伊之助三佐。

彼らのいる部屋の鍵のかかったドアが外からがたがた揺すられた。松井が何ごとかと開けると、木刀を持った原が血相を変えて飛び込んできた。原は「要求書」を見せ、「総監が変だ。拘束されているらしい」と報告した。

山崎は、「今、三島由紀夫さんが面会中のはずだ。若者たちが居直ったか」と言って総監室へ駆けていった。他の自衛官たちがこれに続いた。原が呼集を命じていたので、すでに第二作戦室隣の第三部防衛班室の部員が総監室に突進し始めていた。

総監室での攻防

総監室の正面扉は内カギで開かない。だが向かって左側の幕僚長室、右側の幕僚副長室との間の扉は外カギだった。幕僚長室側から突入したのは、第三部防衛班室にいた同班長の中村董正二佐、同防衛班員の笠間寿一三曹、川辺二佐、そして原の四名だった。

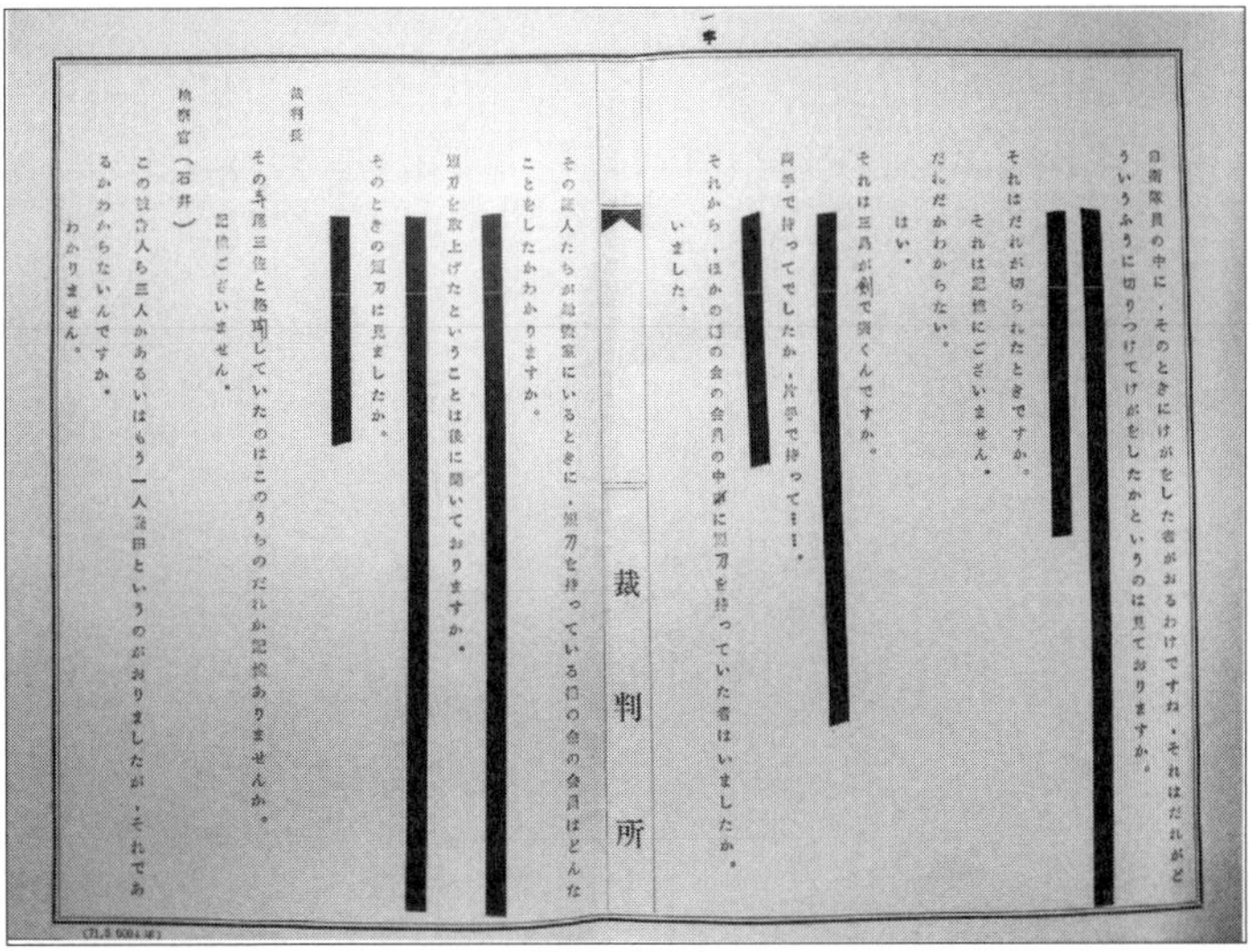
自衛隊員の中に、そのときにけがをした者がおるわけですね、それはだれがど
[redacted] ういうふうに切りつけてけがをしたかというのは見ておりますか。

それはだれが切られたときですか。

[redacted] それは記憶にございません。

だれだかわからない。

はい。

それは三島が剣で叩くんですか。

[redacted] 両手で持ってでしたか、片手で持って……。

それから、ほかの楯の会の会員の中に短刀を持っていた者はいましたか。

[redacted] いました。

裁判所

その証人たちが総監室にいるときに、短刀を持っている楯の会の会員はどんなことをしたかわかりますか。
[redacted]
短刀を取上げたということは後に聞いておりますか。
[redacted]
そのときの短刀は見ましたか。
[redacted]
裁判長
その寺尾三佐と格闘していたのはこのうちのだれか記憶ありませんか。
記憶ございません。
検察官（石井）
この証人ら三人かあるいはもう一人森田というのがおりましたが、それであるかわからないんですか。
わかりません。

裁判記録より

先頭の中村がドアを開けると、そこには日本刀関の孫六を持った三島がいた。三島は刀を振り上げてきた。中村はサーベル様の玩具と思い、左手でつかんでもぎ取ろうとした。そのとたん刀を引かれ、血が天井まで飛び、手のひらが裂かれた。即座に医務室送りになった。

次に川辺が「三島さん」と呼びかけて入っていった。楯の会の体験入隊訓練の指導教官として面識があったのだ。しかし額に二太刀浴び、それを手でかばったところ腕や肩も切られた。

笠間は刀を腕で受け、手首外側を負傷した。剣道五段の原は木刀で立ち向かった。その先端三寸ほどを切り落とされたが、引き切りにあわないよう切り返しながら退きケガはなかった。

幕僚副長室側出入口から突入をはかったのは山崎、清野、高橋、寺尾の四名だった。山崎の「ドアを破れ！」の一声に合わせて体当たりすると、ソファ、テーブルのバリケードが吹っ飛びドアが開いた。そこには小賀、小川、古賀の三名がいた。

小川は湯呑茶碗、灰皿を投げつけ、特殊警棒を振りまわした。古賀は小机を放り投げ足蹴りをしてきた。益田総監はソファにロープで縛りつけられ猿轡をされ、森田がその胸もとに短刀を差しつけていた。

森田は、「一歩でも近寄ると刺すぞ」と威嚇《いかく》した。その向こうの幕僚長室側には木刀のようなものを振り上げ、目を血走らせている三島が見えた。山崎は「俺が人質にかわる。総監を解放しろ」と言いながら森田に近寄った。総監のそばまで行き、短刀を持った森田を後ろから抱きかかえようとした。

寺尾は森田の短刀を持った右腕に飛びつき、ねじり伏せ短刀を足で踏みつけた。短刀の先が総監の右手に流れた。寺尾は短刀を離そうとしない森田の顔をなぐった。流れ刀が腕に当たったが、短刀をもぎ取った。三島は「出ないと殺すぞ」と叫び、室外に飛び出そうとした寺尾の背中に三太刀浴びせた。

高橋は自室に備えていた木刀を持っていた。その木刀で短刀を離そうとしない森田の右腕を打った。森田を助けようとした三島の刀の刃が鍔《つば》のない木刀に流れ、高橋の右手親指が切れてぶら下がった。

清野は三島に「出ろ、出ろ」と刀で突かれた。灰皿で防ぎながら後退したが、つまずいて尻もちをつき、大腿部を切られた。

功刀はガラスを割り、顔を室内に入れたとたん、関の孫六で額を切られた。——

右のように自衛官たちは総監室に突入し、三島たちと攻防した。そして益田総監をふくめ八名が重軽傷を負い、うち六名が入院した。

総監をとられたまま交渉がはじまった。交渉には三好幕僚長が不在のため、負傷していない幕僚副長の吉松一佐と第三部長の川久保太郎一佐があたった。三島の要求に従い、市ヶ谷会館に集まっていた楯の会隊員たちを迎えに広報班員の渡辺浩一郎三佐が走った。

この騒動の警視庁への第一報は一一〇番通報だった。寺尾によると通報したのは第二作戦室にいた自衛官で、通報後は後方で攻防をただ傍観していたという。

一気に騒然となった世情

〈ニュース速報です。今日午前一一時二〇分頃、東京市ヶ谷の陸上自衛隊市ヶ谷駐屯地に、日本刀を持った右翼とみられる数人の男たちが乱入しました。ニュース速報でした。

ニュースをお伝えします。今日午前一一時二〇分頃、東京新宿区市ヶ谷の陸上自衛隊東部総監部に日本刀を持った男七人が乱入しました。これまでに警視庁に入った情報によりますと、男たちはいずれも制服を着ており、作家の三島由紀夫主宰の楯の会の会員とみられています。男たちは日本刀で益田兼利総監を傷つけた上、椅子に縛りつけ、脅迫しています。リーダーの三島由紀夫が六人を指揮して侵入したもので、この際制止しようとした自衛官三人が日本刀で腹などを刺されケガをしました。このため自衛隊八百人が七人を包囲し、警視庁では機動隊員一二〇人を現場に派遣しました。現在三島ら七人は総監室前に小さなバリケードをつくり、益田総監を人質にして自分たちの主張を述べさせようと要求し、自衛隊もこの要求をのんだもようです。〉（キャニオン・ドキュメンタリー・シリーズ『嗚呼　三島由紀夫　一九七〇年十一月二十五日』キャニオン・レコード　CAD-1001）

バルコニーからの演説

三島は「要求書」とほぼ同じ事柄を墨書した大きな布をバルコニーから風鎮をつけて垂らし、檄を書いた紙を撒き、演説をはじめた。総監監禁の事情を知る幹部が、バルコニー直下のグランドに立ち、ヤジ、罵声を浴びせた。事情を知らない下士官たちは後方でただ眺めていた。徳岡孝夫の『五衰の人』から要約する。

〈魂を持ってるのは自衛隊だけだ
われわれは何を待ったか　自衛隊が国の大本《おおもと》を正すことだ
日本の根本のゆがみに気がつかない　日本のゆがみを……静聴せい
（罵声　このヤロー　チンピラ　英雄気取りしやがって）
去年の一〇月二一日　何が起こったか
自民党はすでに警察力によっていかなるデモでも鎮圧……
治安出動がなかった　憲法改正が不可能になったのだ
一〇・二一からあと……
諸君は憲法を守る軍隊になってしまったんだ
一〇・二一から一年間　おれは自衛隊が怒るのを待った　もう憲法改正のチャンスはない

日本を守るとは何だ　日本を守るとは　天皇を中心とする武士道文化の伝統を守ることだ
（罵声）
男一匹が命を投げ出して諸君に訴えてるんだぞ
自衛隊が起ちあがらなければ憲法改正はない
諸君は永遠にアメリカの軍隊になってしまうんだぞ
シビリアン・コントロールはどこからくるんだ
最後の……諸君は武士だろ　自分を否定する憲法をどうして守るんだ
これがあるかぎり諸君は永久にしばられるんだぞ
（ヤジ　下へ降りてこい）
抵抗したからだ
（ヤジ　なぜ　われわれの同志を傷つけたのだ）
おれについてくるやつは一人もいないのか
（すごい罵声）
よーし　諸君は憲法改正のために起ちあがらないという見通しがついた
天皇陛下万歳！〉
三島は演説を一〇分ほどで切り上げ、「天皇陛下万歳」と大音声《おんじょう》を発し、総監室に消えた。

三島由紀夫と森田必勝の最期

これも徳岡孝夫の『五衰の人』から要約する。

〈手足を縛られたままの益田総監は、午後零時十分ごろ、演説を終えた三島が、バルコニーから急いで総監室に入って来るのを見た。ボタンをはずして制服の上衣を脱ぎながら、誰に言うともなく「仕方がなかったんだ」と嘆くのを聞いた。独白のようでもあり益田総監に詫びているようでもあった。

古賀は、バルコニーの演説から帰ってきた三島が「二十分間くらい話したんだな。あれでは聞えなかったな」と、やはり呟くのを聞いた。上衣を脱いだ下は裸だった。縛られている総監から三メートルほどの床のうえに、バルコニーにむいて正座し、短刀を持った。

左後方には、森田が立って長刀関の孫六を大上段に振りかぶった。三島はズボンを押し下げ腹を出し、オーッともワーッとも聞こえる大音声を発した。腹の中の空気をすべて出し、小刀が腹を切り通しやすくするのだ。と、すぐさま短刀を臍《へそ》の左下に突き立てた。それを右へ、真一文字にひきまわした。引きおわって少し顔をあげるのを見て、森田が日本刀を振りおろした。

血しぶきが飛んだが、刀は三島の右肩に深く斬りこんだだけだった。「森田さん、もう一太刀！」古賀が叱咤した。森田は再度振りかぶって斬った。今度は命中したが、クビは落ちなかった。頸動脈が一気に離断されると、心臓が血を猛烈に噴き出す。しかし二拍目でそれは起きなかった。「浩ちゃん、代ってくれ」古賀が刀を受取ってクビを断った。

つぎに森田が制服を脱ぎ、裸になり、正座した。総監は「やめなさい」と二度三度叫んだ（猿轡は外れていた）が、無視された。「小賀、頼む」しかし小賀は人質の総監の確保役で応じられない。ふたたび古賀が森田の左後方に立った。すでに床は血の海だった。森田は鎧通《よろいどお》しを腹に突きたて「まだまだ」と言いながら引きまわした。引きおわって「よし」と声を発し、それを合図に古賀は大上段から打ちおろした。一刀両断であったらしい。

総監は「きみたち、おまいりしなさい」と言った。小賀が「三島隊長の命令です。総監を自衛官に無事引き渡すまで護衛します」と言いながら、総監の脚をいましめていた紐を解いた。総監が「私は暴れない。手を縛ったまま他人さまのまえに出すのか」と咎《とが》めると、それもほどいた。

三島と森田の頭部を床のうえにならべて置いた。すると涙がでてきた。総監は「わたしにも冥福を祈らせてくれ」と、頭部のまえに正座し、瞑目合掌した。三人は黙って泣いていた。総監は「もっと思い切り泣け」と言った。

死んだふたりの胴体を仰向けにし、その上に制服をかけた。

午後零時二〇分、三人は益田総監を連れて廊下に出て、吉松一佐を確認して引き渡した。日本刀も渡した。その場で現行犯逮捕され、一階に降り、正面玄関からパトカーで警視庁に連行されて行った。

それから一〇分ほどして総監が玄関に出てきた。歓声はなかったが、安堵のどよめきが自衛官たちから起った。総監は包帯をした手をちょっとあげてそれに応えてから、車に乗り込んで中曾根防衛庁長官への報告にむかった。〉

古賀による森田の介錯は「一刀両断」だったといわれている。しかも、クビの皮一枚をのこした非の打ちどころのないものだったと。私はこれに疑念があるので「らしい」と書いた。第三章で理由を述べる。

三島の最期の言葉

「自衛隊を天皇におかえししなければ日本の国は滅びます」が三島の最期の言葉だった。

〈　三島先生も現場で総監と話された時、ほんとうに一言か二言でしたが、総監が「ワシは一生懸命にやって来たつもりであるが……」と三島先生に言われた時、三島先生は「総監に対しては何の怨《うら》みもございません。これは自衛隊のためになるのです」と言われた後、一寸言葉を途切らされたうえ、

「自衛隊を天皇におかえししなければ日本の国は滅びます」

と言われ、そして制服を脱がれて自害されたのです。

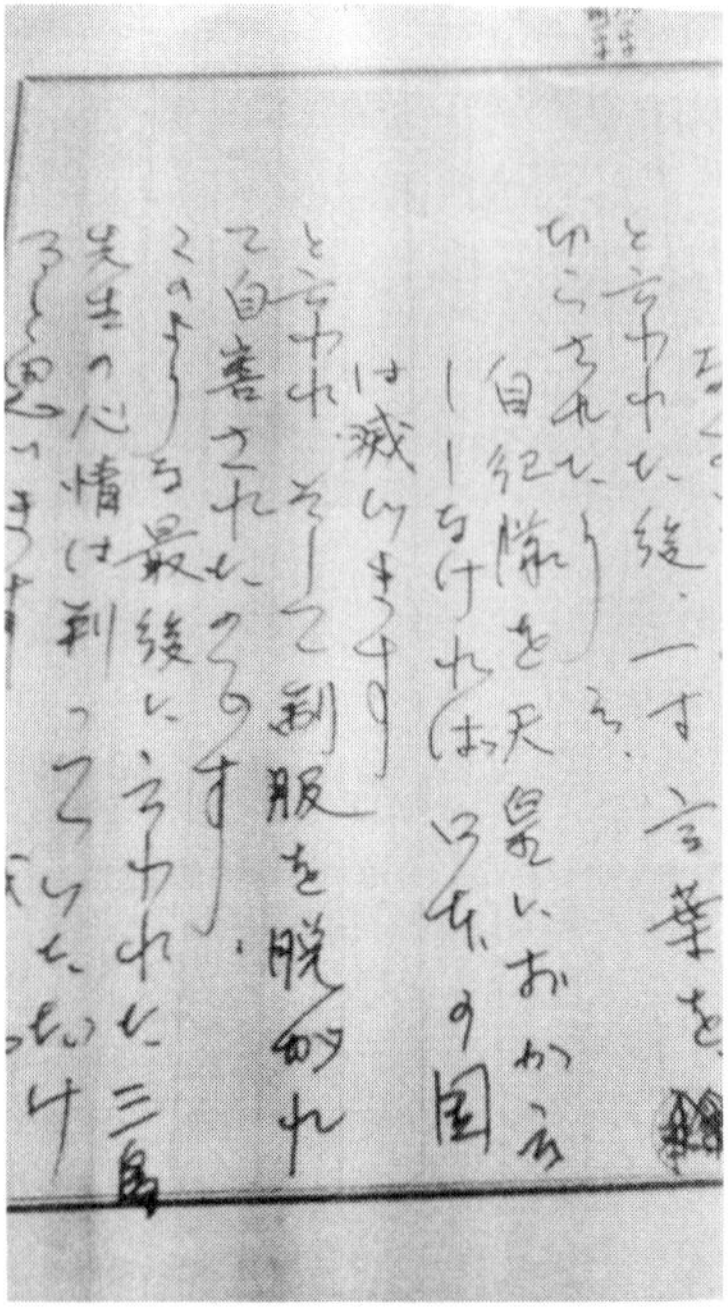

と言われた後、一寸言葉を
切らされたり

は滅びます
と言われそして制服を脱がれ
て自害されたのです
このような最後に言われた三島
先生の心情は判って

古賀の供述調書より

このような最後に言われた三島先生の心情は判っていただけると思います。〉（昭和四五年一一月二七日付、警視庁作成の古賀の供述調書）

解剖所見・傷害状況

自衛隊が基地内に導入した警察隊が動かず（これについては第三章で論究する）、静観・〝環視〟するなかで、三島は一二時一三分頃、割腹し介錯されて果てた。享年四五。続いて森田が同様にして果てた。享年二五。

〈《解剖所見》

三島由紀夫　十一月二十六日午前十一時二十分から午後一時二十五分、慶応大学病院法医学解剖室・斎藤教授の執刀。死因は頸部割創による離断。左右の頸動脈、静脈がきれいに切れており、切断の凶器は鋭利な刃器による、死後二十四時間。頸部は三回は切りかけており、七センチ、六センチ、四センチ、三センチの切り口がある。右肩に、刀がはずれたと見られる十一・五センチの切創、左アゴ下に小さな刃こぼれ。腹部はヘソを中心に右へ五・五センチ、左へ八・五センチの切創、深さ四センチ、左は小腸に達し、左から右へ真一文字。身長百六十三センチ、四十五歳だが三十歳代の発達した若々しい筋肉。

森田必勝（船生助教授執刀）死因は頸部割創による切断離断、第三頸椎と第四頸椎の中間を一刀のもとに切り落としている。腹部のキズは左から右に水平、ヘソの左七センチに深さ四センチのキズ、そこから右へ五・四センチの浅い切創、ヘソの右五センチに切創。右肩に〇・五センチの小さなキズ。身長百六十七センチ。若いきれいな体をしていた。〉（「毎日新聞」一一月

一三日）

伊達宗克編『裁判記録「三島由紀夫事件」』に引用されている警視庁の捜査報告書では、傷害の明細は次のようになっている。

〈被害者

（1）不法監禁

益田兼利

被害程度　手足を縛られ不法に監禁されたうえ脅迫を受ける。

（2）負傷者

ア、山崎皎

胸部打撲

イ、功刀松男

前額部切創

ウ、清野不二雄

右下肢（前脛部）切創　全治八週間

エ、高橋清

右前腕切創　全治四週間

オ、川辺晴夫

背部、右前腕、右前額部切創　全治四週間

カ、寺尾克美
背部、前腕部切創　全治四週間
キ、中村董正
右肘部、左掌背部切創　全治十二週間
ク、笠間寿一
右手関節、背部切創　全治八週間〉

いっぽう私が検察庁で閲覧した裁判記録（起訴状）に益田総監以外の傷害状況の明細があった。

〈被害者氏名　傷害の部位　傷害の程度
清野不二雄　右大腿・下腿部切創、右脛骨開放骨折　全治二ヶ月以上
川辺晴夫　右側頭部右頬部切創、背部切創（二ヶ所）　三ヶ月以上の加療
中村董正　右前腕・上腕切創（指伸展筋群断裂）　六ヶ月以上の加療
高橋清　左手掌屈筋腱及び正中神経尺骨神経切断
右前腕切創（指伸展筋断裂）、右拇指切創
（指骨関節損傷）　三ヶ月以上の加療
寺尾克美　背部切創及び右前腕切創　一三日間の加療
（入院一一日間）
笠間寿一　右前腕切創、右前腕伸筋腱断裂
右尺骨開放性骨折　二ヶ月以上の加療

山崎皎　左背部切創　二週間以上の加療〉

警察の「捜査報告書」と「裁判記録」の異同で注目されるのは、幕僚副長の山崎皎の傷害明細だ。裁判記録の方が本当だ。事件直後の東京新聞の取材に、本人が傷を負ったと話している。上官クラスの〝後ろキズ〟（逃げようと背後を見せて受ける身体後ろ側の傷）はまずかったので、警察には「胸部打撲」としたのだろう。当時自衛隊内部、警察関係者のあいだで、自衛官の〝後ろキズ〟が問題視されたのだ。（なお起訴状に切刀松男の名はない）

カメラは見ていた──佐々淳行（二）

ただちに現場に急行

〈──事件当日についてお話しください。あのとき佐々さんは桜田門の警視庁舎にいたのですね。

佐々　私は事件の四カ月前に機動隊の警備課から離れて、あのときは人事課長で土田国保さんの下にいた。土田さんから「君は三島の親友だからすぐ行って説得して止めさせろ」と言われた。私は「ムリですよ。もうすでに何人か斬られている。いくら友人だからといって止められると思いますか」と答えた。命令は絶対ですが、組織系統の違う私が現場へ行ったって何もできない。そういう命令は困るのです。秦野章さん、後藤田正晴さんからも、そういう場面によく駆り出された。

それにしても凶悪な事件だった。三島さんは覚悟をしてやっていると思った。

――警察への第一報は一一〇番通報だったようです。

佐々　一一〇番通報は、警視庁の通信指令センターに直に入るようになっている。第一報は、「三島と自称する酔っ払いが市ヶ谷基地内で暴れている」というものだった。私はそれを部下から聞いた。

――伊達宗克氏の『裁判記録「三島由紀夫事件」』に「警察措置　事件発生直後とみられる午前十一時十二分、自衛隊からの一一〇番通報によって事件発生を認知、当庁では直ちに機動隊二コ中隊と私服員一五〇名を現場に急行させ……」とあります。取材の結果、通報したのは、当時総監室と同じ階の別の部屋で会議をしていた業務畑の士官級の自衛官だったことがわかりました。三島に斬られた寺尾克美氏が私にそう明言しました。

佐々　私は、幹部でも自衛官でもない、事務員か門衛あたりだと思っていた。

――そうでしょうね。その自衛官は公安と通じていたかもしれません。上司の了解・指示を受けずに勝手に一一〇番をするとは、自衛官として通常考えられない行動です。上官、同僚たちが次々に総監室に突っ込んで行って日本刀で斬られるのを、ただ後ろで見ていたそうです。

佐々　突っ込んでいった者のケガには〝後ろキズ〟もあって、問題になり、批判された。

――私は三島事件の裁判記録の閲覧を東京地検に申請し許可を得ました。一一〇番通報の部分を確認しようと担当官に出してほしいと頼んだのですが、「記録の中にない。伊達氏が独自に警視庁に取材して入手したものではないか」と言うのです。たしかにそれは伊達本に「警視庁の捜査報告書」と書かれています。「事実認定は裁判で重要なはずだから、記録にないわけはないでしょう」と食い下がったのですが、担当官は「ないものはないし、必ずしも裁判に必要なものではない」と言いました。

佐々　警察は出さないでしょうね。だって、第一報が「三島と自称する酔っ払いが市ヶ谷基地内で暴れている」ですから。（笑）

――その第一報だけで「直ちに機動隊二コ中隊と私服員一五〇名を現場に急行」させたのですか。手際がよすぎる、早すぎると思います。当時東部方面隊と警視庁のあいだで、基地内の問題に警察は関与しないとの取り決めがあったと、佐々さんのカウンターパートだった平城氏から聞きました。どうしてすぐ機動隊を出動させたのですか。

佐々　私が警備課長のときに東部方面とそういう取り決めがあったことは承知している。だが、その後どうなったか知りません。当日私は指揮をしていない。私は人事課長だった。その車でサイレンを鳴らさず現場に向かった。車中で警備無線を聴いていたら「三島由紀夫割腹し、介錯を受け、首が千切れている。生死は不明」と流れた。ああ、もう、終っちまったか。でも生死は不明、ひょっとすると重傷なのかと思った。無線に割り込んで「救命措置を優先！」と入れた。

その無線を毎日新聞が盗聴していたようです。特ダネだと思って「三島を乗せた救急車が三宿の自衛隊中央病院に向う」という大誤報を打った。誤りに気づいてすぐ消して、次から改版したが、私は今もそれを持っている。〉

一一〇番通報したのは、「上官、同僚たちが次々に総監室に突っ込んで行って日本刀で斬られるのを、ただ後ろで見ていた」「当時総監室と同じ階の別の部屋で会議をしていた業務畑の士官級の自衛官だった」。ということは、「要求書」の項で挙げた、吉松秀信一佐、功刀松男一佐、清野不二雄一佐、高橋清二佐、川久保太郎一佐、川辺晴夫二佐、川名守治一佐、寺尾克美三佐、松井伊之助三佐のうち、総監室に突っ込まず、負傷を負わなかった者ということになる。私は、この自衛官は警察に通じていたのではないか、との疑念を持っている。

血を吸いこんだ赤絨毯

〈佐々　現場に着くと「脈はあるのか、体温は」と、牛込署の三沢由之署長に訊いた。すると「ちょっと課長、来てください。これで息があると思いますか」と言う。宇田川信一管理官の「三島由紀夫の首と胴体の距離、約一メートル」という現場からの無線連絡が最も的確だった。すさまじい現場だった。赤絨毯の上を遺体近くにすすむと、靴の下がジュクッとした。血を吸い込んでいた。遺体には楯の会の制服がかけられていた。まだ現場検証前だったが、それを外して見た。三島さんはものすごい精神力と鍛えた腕力で、脇腹まで切りまわしていた。日本刀の関の孫六は介錯で前へ流れて床を叩いたのか、ひん曲がっていた。床に三島さんと森田の首が並べられていた。三島さんはすごい形相だった。舌が歯の間から出ていた。首の後頭部が斬り込まれ、切り口はギザギザとして、支えるものがないと転んでしまう状態だった。〉

自決した三島の首は目を見開いたままだったという。しかし〈それではあんまりだということで、現場の写真を撮るときに気丈な自衛官が目をつぶらせてあげた。〉（伊藤圭一「文藝春秋」平成

一三年一月号）

川端康成は当日昼、たまたま市ヶ谷にほど近い青山葬儀所にいた。そこで三島の変事を聞き、タクシーを飛ばして市ヶ谷駐屯地に駈けつけたのは一時半すぎだった。遺体となった三島のいる本館二階の踊り場まであがったところで、現場検証中の牛込署の署員によって、それ以上の立ち入りを阻まれた。

蒼白の益田総監

――益田総監の様子はどうでしたか。

佐々　現場から救出された益田さんの顔は真っ青だった。三島さんたちは総監にひどい屈辱を与えた。総監にあんな恥をかかせてはいけない。生き残った総監は気の毒だった。斬っちまったらよかった。そうしていれば、五・一五事件、二・二六事件になっていた。総監が猿轡され縛られた写真があるが、（その写真が）あること自体を秘密にした。現場に駆けつけた警察が、室外から三島たちの行動を撮影しつづけていたのだ。三島さんの生首は出てしまったが、これは絶対に出さない。出したら息子（後に同じ東部方面総監に就いた）には屈辱だろう。

――しかし縛られた総監の写真はインターネット上に流れていますし、週刊誌のグラビアにも出てしまっています。三島氏たちは決起の四日前まで三二連隊長を人質にするつもりでいました。その連隊長が当日不在だと分かったので、急きょ人質を益田総監に変更しました。しかしその扱いを変更する猶予はなかったのでしょう。当初から総監が人質にする標的だったら、違った段取りだったかもしれません。総監は事件から三年後に五九歳で亡くなっています。元自衛官たちに会って直接訊いたのですが、総監は憤死したとも医療事故死だったとも言っていました。私は息子さんにインタビューを申し込んだのですが「事件のことはよく知らない。父からも事件のことは何も聞いたことがない。私は何も語れないと思う」と断られました。

佐々　警察は益田さんを心配して、しばらく様子を注視していた。もし自決だとしたら、（事件から）三年後は遅いだろうが、自死に近いかたちだったと思われる。〉

「（総監を）斬っちまったらよかった。そうしていれば、五・一五事件、二・二六事件になっていた」とは激越な発言である。しかし総監の不審な死を考えると無下《むげ》にできない。

東部方面隊で益田の直属の部下だった平城弘通は私に、総監の死は無念の憤死だったと言った。告別式がなく弔うことが出来なかったという。いっぽう、三島に斬られた寺尾克美は私に、医療事故が死因で、告別式に出たと言った。それはいつどこであったか訊くと、しどろもどろになった。

私は総監の死因に疑念を持っている。自衛官だった子息の人事も、親が事件の責任をとらされて辞職した補償の意味のほかに、その死因を隠蔽するためだったのかもしれない。これについては第三章で論究する。

秘められた最後の写真

佐々は、「総監が猿轡され縛られた写真があるが、（その写真が）あること自体を秘密にした。現場に駆け付けた警察が、室外から三島たちの行動を撮影しつづけていたのだ。三島さんの生首は出てしまったが、これは絶対に出さない」と言っていた。

「三島さんの生首は出てしまった」とは、昭和五九（一九八四）年に『FRIDAY』創刊号に出たことだ。「総監が猿轡され縛られた写真」も出てしまっている。平成一七（二〇〇五）年『週刊新潮』一二月一日号が、総監室に立て籠もった三島たちの写真を何枚もグラビアで公開した。その一枚がそれだ。

これに関連して石原慎太郎の『三島由紀夫という存在』という一文をかいつまんでみたい。

〈私は、親友であるかつての警察高官の家で彼が秘蔵していた三島さんに関係のある数葉の写真を見せてもらい、三島さんに関わるすべてのもやもやを払拭することが出来たものだ。

何ゆえにといえば、その写真に写っている三島さんはかつて見たことのないほど、絶対に素晴らしく、美しかった。（略）

予定していた死のまさに寸前にこそだろう、その準備を命じながら氏の顔にはすでに気負いも怒りも焦りも、他の何の表情も浮かんでおらず、その顔はただただ清明に澄み切っていて、これがその直後に壮烈無残な割腹を果たす人間かと思わせるほど美しいものだった。（略）

あの秘められた最後の写真は、死の寸前故にかねがねまといついていた自意識が払拭されいかなる表情も殺ぎ落として、何の無理も感じさせず、氏がかねがね願っていたとおり氏は初めて雄々しく、美しくもある。（略）

あれこそが最後の最後に自らも知らぬ間にさらけ出した三島由紀夫自身の姿だったと思う。〉（「文藝春秋」平成一二年六月号）

ただし、この「秘められた最後の写真」は、週刊誌のグラビアには掲載されていない。

佐々は私に、「親友であるかつての警察高官」が自分であることをみとめた。都内の介護付き施設で会ったときに、この「秘められた最後の写真」を見たいと言った。佐々は諒解してくれたが、自宅に確認すると親族が他の持ち物といっしょに処分してしまったという。

しかし佐々は日々の行動や入手した情報まで細かく記した多数の手帳などを国会図書館に寄贈した。まだ整理中で閲覧できないが、もしかするとその中に三島の写真があるのかもしれない。

三島展と三島書誌の不思議

自決の年に三島は自己の生きた軌跡を総括する大回顧展の準備をすすめていた。総作品目録制作の段取りもつけていた。どちらも三島が発案したものではなく、持ちかけられたのだという。しかし自死の直前におあつらえ向きにそれらの企画が向こうからやってくるものだろうか。

七月に企画が動き出し、自決直前の一一月に池袋の東武デパートで開催する大規模な「三島由紀夫展」の準備に入った。そこの催事部門が三島に持ちかけた企画だったという。デパートで回顧展をやるなら、楯の会の制服の特注を引受けたり、三島との誌上対談の相手もしている個人的にごく親しい堤清二社長の西武デパートがあった。そちらのほうがやりやすかっただろう。より盛大にできただろう。

三島が決起の直前（一〇月末）に総作品目録の制作を持ちかけられたという経緯にも不可解な念を持つ。一一月初めに訪れてきた二人の編集者と妻瑤子に三島が指示し、その死後編まれ、『定本　三島由紀夫書誌』として上梓された。内藤三津子によると、三島と面識もない島崎博という編集者からその企画をやりたいと相談され、三島に持ちかけたという。（『薔薇十字社とその軌跡』論創社、平成二五年）

内藤は渋澤龍彥が責任編集した「血と薔薇」シリーズ（創刊号巻頭を三島の裸体写真と奇妙な詩がかざった）や写真集『男の死』（モデルとなった三島のさまざまの死にざまを撮ったもの。撮影したのは篠山紀信。いまだに未刊）を手がけた編集者だった。

しかし三島の作品目録を編むなら、その過半を手がけた大手の出版社があり、そこには三島の作家活動をよく知る編集者が何人もいた。島崎は内藤に「『三島さんにはファンが多いから、あなたのところで三島由紀夫書誌を出しなさいよ』と勧めた」（『幻影城の時代　完全版』講談社、平成二〇年）と言っている。島崎は三島の旧全集の月報にもそう書いているが、ほんとうだろうか。

大回顧展も総作品目録制作も、三島がみずから発案したのではないだろうか。横尾忠則は、五月の彼の個展をみた三島が、「こんなに人が入るなら俺も展覧会をやろう」と言っていたと述べているという。そうなら横尾の個展に刺激されて、さっそく翌月からみずから動いたのではないか。しかし、ふだん親しくしている者に相談したり持ちかけたら、決起や自死を気取られるおそれがある。ゆえに他所を選んだのではないのか。『男の死』も同様である。それらを持ちかけられたことにしたのは、親しい者たちへの配慮だったのではないだろうか。

ところで『定本　三島由紀夫書誌』（島崎博・三島瑤子共編、薔薇十字社、昭和四七年）に「蔵書目録」があるが、これには奇妙な基準が設けられている。

〈「蔵書目録・凡例」〉
一、本蔵書目録に収録したのは三島由紀夫生前所蔵の図書の一部である。
一、三島家の要望により、原則として、昭和四十五年十一月二十五日現在、現存の日本の作家、

劇作家、文芸評論家、詩歌人の著書は島崎の責任において整理除外した。〉

なぜ「昭和四十五年十一月二十五日現在、現存の日本の作家、劇作家、文芸評論家、詩歌人の著書」を「整理除外」したのだろう。ずいぶん不可解な基準におもえる。「三島家の要望」とは、瑤子がそう要求したのだろうか。この作業をした島崎は旧全集の月報で「書誌の第五部である蔵書目録は没後、夫人の了承を得て新たに加えた」と言っている。蔵書目録は島崎（ら）の発案で、奇妙な基準は「三島家の要望」だったのか。が、なぜそんな基準で蔵書を選別させたのか。

あるいは、これもすべて、三島自身の指示であったのだろう。生きている人の著書を除いておかないと、それを見た警察が著者たちに問い合わせ、迷惑がかかると配慮したのであろう。

これを明らかにしようと、内藤三津子に手紙を書いて面会を申し込んだが、怪我（骨折）の加療を理由に拒まれた。

〝変言自在〟の人――中曾根康弘

警察出動を指示

閲覧した裁判記録のなかに、事件当時の防衛庁長官・中曾根康弘の法廷証言があった。自衛隊を所管する組織のトップが事件をどう見ていたかが分かる。私が注目したのは警察導入の経緯だ。

〈――事件を最初にお知りになったのはいつですか。
中曾根　二五日の確か一一時半から一一時四〇分くらいの間で、私は当時（註・この後、一行黒塗され判読不能）ている最中に第一報がはいったと記憶しております。
――その第一報を受けられたときに、長官としまして、どのような措置をお命じになったのですか。
中曾根　私はまさか三島君がそういうことをすると思いませんでしたから、ほかの人間が三島君の名前を偽ってやったんじゃないかと、よく真相を調べてみろと、それから、もしそれが真実であるならば、即刻逮捕せよと、こういうことを言ったと思います。それからしばらくたって、三島君に違いないというのがまたはいってきまして、そのときにこれは大変なことだと思いまして、三島君のようなノーベル賞候補の作家であるような人の問題でありますから、警察と協力して、むしろ警察を先に立てて、防衛庁はその警察の後ろだてになるようにしながら逮捕せよと、そういうふうに命じた記憶があります。〉

後年、中曾根は『天地有情　五十年の戦後政治を語る』（文藝春秋、平成八年）のなかで、佐藤誠三郎から「防衛庁長官のときに三島事件が起きていますね」と問われ、次のように答えている。

〈そうでしたね。天皇陛下を迎えて国会（第六四回臨時国会）の開会式に列席したあと、事務所に戻ってモーニングを脱いでいると、陸上幕僚監部の竹田津護作《たけだつごさく》幕僚副長から電話があって、「いま東部方面総監部に暴漢が入って暴れている。どうも三島由紀夫らしい」と報告がありました。

それで、「全員逮捕し各部隊に動揺が起きないよう厳重態勢をとれ」といったら、「それは警察の仕事です」っていうんですよね。家宅侵入罪だから警察の仕事だというわけです。驚きましたよ。

「益田総監が人質になっているんだから、自分たちでそれを救助しろ」といったのですが、事務官以下、法規がそうなっている以上、越権はできないという調子でした。主として警察が現場に入って、自衛隊は取り巻くだけで自ら手出ししないというのです。〉

閲覧した裁判記録で黒塗されている箇所は、中曾根が第一報を受けた場所もしくは状況だ。それは『天地有情』から「天皇陛下を迎えて国会（第六四回臨時国会）の開会式に列席し」「ている最中」と推定される。法廷証言からすると、この時点ではまだ首謀者が三島かどうかはっきりしていない。

中曾根は法廷で「それからしばらくたって、三島君に違いないというのがまたはいってきまして」と証言している。これは『天地有情』にある竹田津からの電話連絡と照応する。しかしやり取りの中身が法廷証言と一八〇度食い違っている。

中曾根は事件直後の一二月一日、日本外国特派員協会の会見で事件対応について発言していた。中曾根が外国人記者からの質問に答えている録音テープが協会に保管されていた。そこから聴こえてきたのは、自信満々に語る防衛庁長官の声だった。

〈警察を使ったということは、私がそのように指示したのであります。自衛隊はあれを取りまいて、できるだけ警察で処理するように。刑事事件でありますから、出来るだけ警察を表に立

てたほうが国民に対する感情のうえからも賢明であると私が判断したからです。〉

中曾根は事件の六日後の外国人記者相手の会見で、自ら警察出動を決断し指示したと発言していた。一年余り後の法廷では、相手が三島とはっきりした時点で警察に任せるよう指示したと証言した。

しかし後年出した語り下ろしの『天地有情』では、幹部に説得されて仕方なく警察に任せたと言っている。おそらく後年の中曾根の記憶には、偽りでなく実際のことだけが残っていたのだろう。当時事件で面子を失った防衛庁は、警察出動にいたる本当の経緯を糊塗しなければならなかったのだろう。

三島との濃密な交流

中曾根は自著でこうも述べている。

〈その夜、全国各地からずいぶん抗議の電話がかかってきました。「おまえは三島の親友じゃなかったのか。やり方が少し冷た過ぎはしないか」というわけですよ。一晩中鳴りっぱなしでした。しかし、三島君とはそれほど親しくはなかったのですよ。

たしか、その年の二月だったと思いますが、山王経済研究会に招待して話を聞いたことがありました。そのときのかれの話は録音していますが、もう自分は腹を切るんだという、それを示唆する調子でした。

腹を切るとはいわなかったが、「私はふつうの文士とは異なり、思想と心情に殉ずる。そして、人生の結末をつける」というような話をしていましたね。それで、まあ、一杯やろうというわけで、新橋演舞場近くの料理屋に行って飲みました。そんなことがあったくらいで、ふだんはまったく付き合いがなかった。〉（『天地有情』）

中曾根は法廷でも次のように証言している。

〈――三島氏との交友関係ですが、どの程度にお知合いだったのですか。

中曾根　私は前後三回お会いいたしました。

みんな研究会とか座談の場合であります。

第一回目は確か四五年の一月に朝雲新聞で対談をしたとき、それから第二回目は四五年の四月にある研究会で三島君を講師に呼んで話を伺ったとき、第三回目は同じく九月に私ども新政同志会青年研究会に、講師として三島君に来ていただいてお話を伺ったとき、その三回お会いしただけであります。〉

中曾根の回顧録に山王経済研究会が二月とあるのは誤りで、三島が呼ばれた同会は四月二七日、場所は平河町の北野アームスだった。そこで三島は『現代日本の思想と行動』のテーマで講演している。三回目の新政同志会青年政治研修会は九月三日、代々木の国立オリンピック記念青少年総合センターであった。三島は『我が国の自主防衛について』のテーマで講演している。

三島が死んだ年に、中曾根は三回〝も〟三島と会っているのだ。そのすべてで国防、自衛隊、憲法問題について熱く語り、講演をし、食事もして濃密に交わっているのだ。

第一章に抄録した防衛大学校での昭和四三年の講演のなかで、三島は当時の防衛庁長官と防衛論を交したと言っているくだりがある。三島は中曾根だけでなく自決までの四年間、歴代の長官、次官や制服組幹部と緊密に交流していたのだ。

中曾根は回顧録にあるように「三島君とはそれほど親しくはなかったのですよ」とか「ふだんはまったく付き合いがなかった」と言えるだろうか。法廷証言にあるように「三回お会いしただけです」と言えるだろうか。

三島と中曾根の暗闘

二人のあいだにあったのは三回の邂逅だけではなかった。三島が山本舜勝にあてた、死の三カ月半前に出した手紙に、中曾根との間に暗闘があったことが記されている。

〈同封のタイプ印刷は、たび〳〵申上げた拙論でお目新らしくもないと存じますが、御笑覧いただければバ倖《しあわ》せであります。

この小論は、七月上旬、保利官房長官に、防衛に関する意見を求められて、口述したものであります。

（註・佐藤）総理と（註・保利）長官が目を通し、閣僚会議に出す、ということでありましたが、これを知った中曾根氏が長文の手紙を保利氏に寄せ、閣僚会議に出すことを阻止しました。従って、二、三の要人の目にしか触れてないと思われます。〉（昭和四五年八月一〇日付）

晩年の三島と中曾根のあいだには、濃密な交流があり、だがしかし、そこから生まれた確執と暗闘もあったのだ。このあと引くが、中曾根はこの三島の主張について新聞記者の取材をうけて否定している。中曾根は平成二四年に出した本で、それまでと異なるニュアンスで三島について語っている。
〈ちょうど防衛庁長官だった私は、三島と親しく、彼の言動に対して、好意的な感情を持っていました。〉（『中曽根康弘が語る戦後日本外交』新潮社、平成二四年）
ある時期の中曾根には、この言葉に偽りはなかったであろうが、この年の八月、自らの政治生命にとって三島の言動に危いものを感知して、手のひらをかえして三島との距離をとっていったのであったろう。

三島は、山本あての手紙に、こうも書いている。
〈御承知のとおり、「国防の基本」は大幅改定されつつあり、中曾根氏原案も、大幅に改められると思われますが、自民党の立場は、一方では安保中心で米国の顔色をうかがい、一方では、非核三原則はあくまで佐藤内閣のみの公約に止める、という国際協調主義とナショナリズムの折衷案であり、他方、中曾根氏の近代主義的ニュー・ナショナリズムを加味したところに落ちつくと思われます。今後二、三年の重大な時機に、きわめて腰の決らぬ態度であります。あくまで憲法改正を前提条件とするわれわれの主張は、かくて少数者以下に顚落すると思われます。自衛隊の、自ら意識せぬ変質はすでにはじまっており、小生としても憂悶に耐えませぬ。〉

真相を知る唯一の生存者も逝った

石原慎太郎は『国家なる幻影　わが政治への反回想』（文藝春秋、平成一一年）のなかで、三島が言っていた〝自衛隊を使っての反クーデター〟とは、左翼の暴動→自衛隊の治安出動→撤兵を条件に、交戦権を認める憲法改正を行う、というものだと説明し、さらに三島が山本への書信で触れている保利官房長官との交流について回想している。

〈氏が自決を遂げる一年ほどまえのことだったが、その年度の通常国会が開催される直前に、官房長官の保利茂氏が赤坂のホテルニューオータニの一室に三島氏と、今日出海氏、そして私の三人を呼んで、総理の施政方針演説のための参考にと意見を求め雑談したことがある。（略）

私の後今氏が何をいったか全く覚えていないが、今氏が終わるとそれまで全く何も口を挟むことなしにいた三島氏が、

「もういいですか、私が話していいですか。なら私に二十分ください」

念を押して座り直した後、なんと、政府が自衛隊を使っての反クーデタの詳細な計画をぶち上げたものだった。

その内容たるや、どの方面には何師団、どこそこに戦車を何台、海軍はどことどこを塞いで固め、空軍はどこに威嚇の低空飛行を行いどこに空挺隊を降下させる。議会はもちろん閉鎖し、佐藤総理自身が革命軍の総指揮官となって憲法を改正し、天皇の身分の規定をどうこう直し、さらに何と何を規制改定した上での日本の近未来の設計図について滔々と話して見せた。あれは今思い出してもかなり奇異な光景だったと思う。（略）

私にも三島氏が最初から、政府を代表して保利氏が何か具体的な反応を示すと期待などしていなかったのはよくわかった。むしろあれは時の政府に対する三島氏の一種の恫喝だったに違いない。三島氏はその以前からしきりに退屈だ退屈だといっていた。その退屈さが国家への危機感をいたずらに助長した訳でもあるまいが、結局氏は自らの私兵を使っての国家の改造を口

にし、その実現に突っ込んでいった。〉

石原は「老獪《ろうかい》な政治家は相手の話に段々引き込まれていくかのように、声まで出してうなずいてみせてもいたが、（略）『いや、なるほどなるほど、いかにもですなあ。しかしまあ、残念ながらなかなかそうはまいりませんでねえ』慨嘆して見せて、終わりだった」と回想している。

しかし三島の政界入りに熱心に動いていた佐藤政権は、その後、石原の知らないところで国防問題を名目にして三島と接触していた。昭和四五年七月一三日、保利官房長官と木村俊夫官房副長官は三島を築地の吉兆に招いた。そこで三島に国防について提言することを求めた。三島は目を閉じ端座しながら約三〇分間語らい続けた。それを録音テープから起こして政府部内でタイプ印刷した。これが決起の三カ月半前、三島が山本舜勝に渡したものだったのだ。

それは事件から八年を経て「月刊プレイボーイ」誌上で、三島の山本舜勝あての手紙とともに『武士道と軍国主義』、『正規軍と不正規軍』と題して初めて公開された。

昭和五三年六月二四日付朝日新聞の記事のなかで、保利は「テープはその後、佐藤総理のもとに届けたが、総理が聞かれたかどうか、私自身は確認していない。中曾根氏から私に手紙がきたとか、閣僚会議にかけるはずだったとか、そのような話は誤りだ。内容からみても、そのような性質のものではない」と語っている。中曾根は同記事中で次のようにコメントしている。

〈三島氏とは新聞紙上の対談などで何度か話したことはあるが〝献言〟といった話は聞いたこともない。だから保利さんに手紙を出して妨害したなどということがあるはずもない。大体、保利さんは当時私が「国防の基本方針」の改定を提唱したとき「いまはそういう時期ではない」と抑えに回った人だ。三島氏の個人的意見を閣僚会議に出すなど荒唐無稽な話で三島氏の

抱いた幻影というほかない。〉

三島が「幻影」を「抱いた」のか、そうではなく本当にあった話で、中曾根が横槍を入れたのだろうか。その真相を知る唯一の生存者の中曾根も、ついに令和元年に逝った。享年一〇一。護憲紙に、「対米追従を批判し、憲法改正の旗を掲げて宰相の座に就きながら、在任中は改憲議論に手を付けなかった。『現実主義者』『風見鶏』と評価は分かれるが、政界引退後も改憲にこだわり続けた」（「東京新聞」二〇一九年一一月三〇日）と辛辣に追悼された。

「檄」の謎

中曾根は法廷で、三島の「檄」文についてこう証言している。

〈――この檄文をご覧になって証人はどういう考えをおもちになったんですか。

中曾根　その訴えとしていることは理解はできるけれども、その行動は容認できない。

操守は厳明なるべくしかも激烈なるべからず。三島君が訴えんとするその心は我々もわかると、しかしそういう考え方、自分の思想というものを社会的に表す場合に、日本人全体が約束している秩序を破壊して、あるいは他人を傷つけてまでやるということは正しいとは思わない。〉

三島が国防の要《かなめ》としての自衛隊のありさまを憂える気持ちは「檄」によくあらわれている。その冒頭、「われわれ楯の会は、自衛隊によって育てられ、いわば自衛隊はわれわれの父でもあり、兄でもある。その恩義に報いるに、このような忘恩的行為に出たのは何故であるか」とあり、恩を仇で返す行為だとはっきり認めている。

「檄」には以下こうある。摘記する。

〈•自衛隊のどこからも「自らを否定する憲法を守れ」という屈辱的な命令に対する、男子の声はきこえては来なかった。かくなる上は、自らの力を自覚して、国の論理の歪みを正すほかに道はないことがわかっているのに、自衛隊は声を奪われたカナリヤのように黙ったままだった。

•われわれは悲しみ、怒り、ついには憤激した。諸官は任務を与えられなければ何もできぬという。

•政治家のうれしがらせに乗り、より深い自己欺瞞と自己冒瀆の道を歩もうとする自衛隊は魂が腐ったのか。武士の魂はどこへ行ったのだ。魂の死んだ巨大な武器庫になって、どこへ行こうとするのか。

•国家百年の大計にかかわる核停条約は、あたかもかつての五・五・三の不平等条約の再現であることが明らかであるにもかかわらず、抗議して腹を切るジェネラル一人、自衛隊からは出なかった。

•あと二年の内に自主性を回復せねば、左派のいう如く、自衛隊は永遠にアメリカの傭兵として終るであろう。

•われわれは四年待った。最後の一年は猛烈に待った。

•共に起って義のために共に死ぬのだ。日本を日本の真姿に戻して、そこで死ぬのだ。

•生命尊重のみで、魂は死んでもよいのか。生命以上の価値なくして何の軍隊だ。

•今こそわれわれは生命尊重以上の価値の所在を諸君の目に見せてやる。それは自由でも民主主義でもない。日本だ。われわれの愛する歴史と伝統の国、日本だ。これを骨抜きにしてしま

った憲法に体をぶつけて死ぬ奴はいないのか。〉

この「檄」には謎の言葉がある。「あと二年の内に自主性を回復」や「われわれは四年待った」のくだりである。「檄」のほかにも三島が数字に言い及んだ、理解に苦しむものがある。外国の新聞への寄稿（昭和四四年）で、一七〇名ほどの神風連の決起を「約百名」と言っている。日本外国特派員協会での応答（昭和四一年）では、「Sooka-Gakkai（創価学会）」について「buddhist school since 17th century or so（一七世紀くらいからの仏教徒集団である）」と発言している。「会計日記」（昭和二一〜二二年）の数字（計算）に誤りが散見されるが、「あと二年」「四年待った」には三島なりの重要な意味があるのだろう。「あと二年」については、昭和四七年五月の沖縄返還のことだといわれている（「四年待った」については第一章「晩年遷移した憲法論」のところで述べた）。

三島は待ち合わせ時間や原稿〆切日をきちんと守る人として知られていたが、あるいはそれは、逆に現実や時間、数字にたいする感覚がきわめて希薄なせいであったかもしれない。そんな自らを律して、三島は約束の時間を守っていたのだろう。

自衛隊蔑視論である

元自衛官の平城弘通は、「三島の『檄』は自衛隊蔑視論である」と憤っていた。私が聞き取ったその言を記す。

〈**平城**　「檄」は全文を通して、自衛隊が政治家や一般マスコミ、世論、官僚政治におどらされ、反自衛隊とのさげすみに反発する男、武士の魂を持ったものはいないのか、という自衛隊蔑視論である。

警察予備隊以来、その名のごとく、警察の下位におかれた自衛隊の実情であったことは認めざるを得ない。

しかし、これに反発し、自衛隊を真の国民的軍隊にせねばならないと念願したのが、制服組幹部の大部分であった。ただ旧軍の政治関与の弊を犯すことを自戒して慎重姿勢をとっていたのだ。

クーデターのごとき、警察だけでなく群衆にも銃を向ける場合は、国民の大勢がそれを認める場合でなければならない。歴史上、諸外国の軍隊が、一般国民に砲火を浴びせた事例では、後世ほとんど失態と非難されている。

自衛隊は継子《ままこ》扱いされているがために、国民に支持され、愛される部隊たるべく、努力をつづけている。しかしそれを識者といわれる人々、マスコミ、メディアなどが、左翼的言論で我々の努力の骨抜きをはかっている。まさに中国、北朝鮮、ロシアの手先の役をなしている。

三島氏のいう、昭和四四年一〇月二一日にむけて、自衛隊は治安出動を予期して準備万端整えていた。しかし過激派・同調群衆は警察力で完全に制圧された。このとき、自衛隊に対する治安出動命令は、総理・防衛庁長官から発令されなかったのは当然である。

三島氏自身、当日身を挺して暴徒に斬り込む決意であったが、そのような事態にはならなかった。それを自衛隊が治安出動しなかったのが、武士の魂を失ったものと、なぜ、非難するのか。〉

益田兼利東部方面総監の法廷証言

韜晦の裏の苦衷

事件の当事者かつ現場のトップだった益田兼利の法廷証言にこれから目をとおす。三島事件の特異性をあぶり出す上で重要な証言である。そこからは益田の徹底した韜晦《とうかい》ぶりと、その裏にある苦衷が読みとれる。たとえば三島の著書に対する無関心ぶりだ。息子兼弘は朝日新聞（平成二二年一一月二六日）のインタビュー記事の中で、体験入隊で仲が深まり父の書棚に三島のサイン本が並ぶようになったと言っている。しかし益田本人は人づてに送られてきた三島の署名本くらいしか持っていないと法廷で述べている。「檄」さえまともに読んでいないと言っているのだ。

〈弁護人（江尻） 証人は三島さんのお書きになりました「檄」の文章をお読みになりましたでしょうか。

益田 失礼ながら、あんまり読んだことございません。

江尻 事件後お読みにならないでしょうか。

益田 まだ読んでおりません。新聞や週刊誌の見出し等でいろいろ書いてあることはもちろん事件後見ましたけれども、文を全部読んだということは今までございません。

江尻 その「檄」の中に、三島さんの現在の社会情勢の分析、判断あるいはあなたが最も関係のふかい自衛隊の位置、そういうものの憲法的な立場というようなことについて重要な意見を発表されているように思われますが、あなたはお読みになった中で、この三島さんが書かれていることで、もっともだと思われた点はございましたでしょうか。

益田　事件前はさきほど申上げましたように、熱心に読んでませんし、事件後も全巻読んだということもございません。ただ、小汀利得《おばまとしえ》先生と対談された記事を書いた本が私のところに三島氏の署名入りで人づてに送ってまいりました。それはちょっと興味を持って、小汀先生と対談されたところだけ、はなはだ失礼ですが、ちょっと読みました。で、自衛隊について非常に理解をし期待をしていただいておると私は思ってましたので、小汀先生との対談のところを読んだと、非常に痛快だったというお礼のお手紙を出したことはあります。それぐらいでありま す。〉

マニヤックな裁判長

「三島事件」を担当した櫛淵理《くしぶちおさむ》裁判長は、賤ヶ岳《しずがたけ》の七本槍の一人である福島正則の後裔で、櫛淵家は神道一心流兵法という剣術流派を開祖した家柄だった。刀剣にくわしく、かなりマニヤックな尋問をしている。

〈**櫛淵**　ところであなたとしては刀を見るとき、刃紋のほうに注意を向けていたんで、いわゆる刃のところは全然注意を払わなかったんですね、つまり三本杉といわれる……。

益田　三本杉を見ようと思ったら刃まで見えます。それは見えると思います。

櫛淵　あなたは老眼鏡か何かかけてご覧になったんですか。

益田　老眼でありますが、新聞等を見ますときは、こうして見ますから。あのときは、刃紋がしっかり見えるようにすかしたりしましたので、刃こぼれに気付かなかったということは、私は刃こぼれはなかったと、そういう意味で申し上げました。確かに刃紋は一所懸命見ました。
櫛淵　それで刃紋はあったんですか。三本杉といわれる。
益田　立派にありますと思いましたですが。〉
「三本杉」とは、尖った互《ぐ》の目乱《めみだれ》が三本ずつ連なる刃紋のことだ。
「三島が吉田松陰よりもその弟子の久坂玄瑞のほうを尊敬し愛していた」かどうかも訊いている。そのことが検察調書にあるにしても事件と直接の関係はない。裁判長の個人的な興味を引いたのだろう。
〈櫛淵　検事が提出された証拠に現れているので尋ねますが、三島が吉田松陰よりもその弟子の久坂玄瑞のほうを尊敬し愛していたというのがありますが、その点三島から直接聞いたことはありませんか。
益田　ありません。
櫛淵　吉田松陰の弟子で神道無念流の達人であった木戸孝允、桂小五郎ですか、また高杉晋作について三島から批判を聞いたことはないですか。
益田　ありません。〉

帝国陸軍と自衛隊

櫛淵の父が旧陸軍の高級参謀だったせいか、旧帝国陸軍の作戦要務令、二・二六事件をさばいた軍法会議、軍人勅諭にもふれて、戦前の軍隊と自衛隊をくらべ、統帥権の解釈や憲法論、憲法と自衛隊との関わりなどについて、ずいぶんこまかい質問をしている。これらから挙に出た三島と楯の会隊員たちを突き動かした思想性を解明しようとしたことが見てとれる。検察は思想問題をはずして単なる傷害事件として公判を維持しようとした。しかし裁判長が職権で検察の申し立てを退けたのだ。

〈櫛淵　かつての旧陸軍の幹部であったあなたとして、軍の要件は何であると承知されますか。

益田　現在の自衛隊は、自衛隊法に規定する自衛隊の任務に忠実で、その任務を達成するだけの力を持っておればよろしいと、国民の信望を集めておればよろしいと、思っております。

櫛淵　どういう要件があれば軍だと言えるか、ということです、あなたがかつて軍の幹部であったという体験からです。

益田　………（註・無言）

櫛淵　軍たる要件は、まず目的、戦力、交戦権、軍法会議、統帥権の点などが問題事項として考えられるんじゃないんですか。

益田　そうであります。

櫛淵　軍の目的は戦争であるということ、つまり戦争目的のある組織体であるということがまず重要でしょう。だから昭和十三年の軍令陸第十九号で天皇は作戦要務令というのを制定公布しましたね。それには何と書いてあるでしょうか。

益田　軍の使命でございますか。「戦闘ナリ」と。

櫛淵　そのあと覚えておられますか。

益田　「百事皆戦闘ヲ以テ基準トスベシ」と。
櫛渕　戦力の点、これも軍であるための重要な要件ですね。
益田　それは、敵に勝つ資格のない軍隊は軍隊の資格がありませんから、その通りであります。
櫛渕　交戦権を持っていなければなりませんね。
益田　交戦権は国であって軍ではないと思います。
櫛渕　軍法会議があるかどうかという点はいかがでしょうか。必ずしも要件じゃありませんか。
益田　軍という定義が、むかしと今は非常にあいまいになってますので、軍法会議が軍の非常に大事な成立要件と考える人もおれば、そんなのはいいと考える人もおりますから、はなはだ、ご説明といいますか、が難しいと思います。
櫛渕　統帥権の点はどうですか。
益田　統帥権というのを、天皇からずっと指揮官を通じてやるのを統帥権といえば、今の自衛隊には統帥権はないけれども、総理大臣を通じてずっと下級指揮官に指揮権が継承されているということを統帥というふうに解釈すれば、今の自衛隊でも立派な統帥権があると思います。
櫛渕　先ほど、旧陸軍においては「軍の主とするところは戦闘である」ということでしたが、自衛隊の主とするところは何でしょう。
益田　防衛であります。〉

自衛隊の統帥権

〈櫛渕　大日本帝国憲法一一条は、「天皇ハ陸海軍ヲ統帥ス。」、一二条は、「天皇ハ陸海軍ノ編制及常備兵額ヲ定ム。」、一三条には「天皇ハ戦ヲ宣シ和ヲ講シ及諸般ノ条約ヲ締結ス。」というう大権が規定されていましたね。これに基いて「統帥参考」（註・軍の最高機密）が統帥権の存在、行使についてどう言っていたか記憶にありますか。

益田　そのような統帥事項は内閣の審議といいますか、輔弼《ほひつ》の責はないと、陸軍でいえば参謀総長、海軍でいえば軍令部総長等が陛下をお助け申上げると、これが少し今と違うところであります。

櫛淵　今のような帝国憲法の規定があるから、政治は法により、統帥は意思によるうんぬん、これをもって統帥権の本質は力にしてその作用は超法的なりうんぬん故に軍令は政令より独立せざるべからず、と言いましたね、現在の日本では、主権は国民が把握していますね。この「統帥参考」、「統帥綱領」（註・これも軍の最高機密）の考え方は現在では通用するんでしょうか。

益田　現在は新憲法に基いていろんな法律も作られており、その通り日本がだんだん発展しておりますので、その精神にそって自衛隊も発展していくべきだと、こう観じております。

櫛淵　じゃ、旧陸軍——仮に陸軍の例をとるとすれば——旧陸軍とはどう違うんでしょう。国が外国に、場合によっては攻めていくということを決めることが、むかしはしばしばあった。現在は、外国から侵略されたときは国を守るために、自衛隊を日本の国内で出動させる。端的な相違のあるところは、そんなところだと思います。国の意思の決定の仕方が、多少、むかしと今は違う。今は内閣総理大臣が国会に相談をして自衛隊を出動させるかさせないか決める。相談する暇がなかったら、国会閉会中等は、総理大臣が、時間の余裕のないときは出動を命ずることがあるが、事後的に国会の承認を得なければならないという、自衛隊の出動の国の意思の決定の方法が、民主的とむかしと、さように違っております。そういう点が違っておるだけで、あとは……。相違点はありませんか。「軍の主とするところは戦闘なり、故に、百事、皆戦闘をもって基準とすべし」と、何もかもすべて戦闘を目的としたものでしたね。

益田　いいえ、そうではありません。

櫛渕　むかしですよ。

益田　むかしは、戦闘に臨んだら、すべて戦闘を目的にしてやりますが、平常運営等は、朝から晩まで戦闘のためにやっておったら大変だったろうと思って、実は、私たち、多少余裕をもってやっておった。

櫛渕　すべての日常生活も訓練も、戦闘を忘却したものがあったんですか。朝起きてから寝るまで。

益田　まあ、非常に熱心にやったつもりであります。

櫛渕　戦闘は全然考えないという生活があったんですか、軍隊に。本来はですよ。本来はそういうものじゃないんでしょう。

益田　そうであります。

櫛渕　しかし、自衛隊は、さきほど言われた防衛出動もあり、災害派遣もあるんですね。

益田　（うなずく）

櫛渕　その点はむかしの軍隊と同じなんですね。

益田　むかしも戒厳令が敷かれたり、あるいは災害があったりしますと、軍隊は出動してその任にあたりました。

櫛淵　その点は変わりませんんか。
益田　変わりません。
櫛淵　さて、それでは自衛隊の統帥権というのは、先ほどあなたお話しになりましたが、統帥権の独立というのは保障されているんでしょうか。
益田　主権が国民にありますので、総理大臣といえども、自衛隊を防衛のために出動させるときは、国会の了解を受けることになっていますので、それは現憲法下とむかしの軍隊とは、その点が大いに違うと、こう思います。
櫛淵　三島は、自衛隊のシビリアン・コントロールについて、あなたに何か話をしましたか。
益田　いつかそういう話が、軽い話の中にあったような気がします。
櫛淵　どういう内容でしたか。
益田　やはり、戦争の経験者等がしっかりして気持を残しておかんとだめですねとかいったような、軽い会話だったと思います。いつどこであったかちょっと記憶いたしません。
櫛淵　被告人たちは、あなたにこの点について何か話をしましたか。
益田　しません。
櫛淵　あなたは、檄の内容を本件当時自衛隊に話をしても立ち上がる者はないと思ったと証言されましたね。
益田　はい。
櫛淵　なぜ、そう思われましたか。
益田　自衛隊は国民の軍隊である、したがって自衛隊が力をふるうときは、防衛とか治安出動とか災害派遣とか、こういうような場合に、国民の期待と希望に応じて総理大臣が命令するから、その線に沿って活動すべきだ。自衛隊は合憲だというふうに、日ごろから教えておりましたし、あんなとっさな場合に、すぐ三島氏の要望にこたえて立ち上がる者はないと、まあ、あのときそう思いました。
櫛渕　伊沢甲子麿《きねまろ》さんという人の検事に対する供述調書に「三島は、かつて、自衛隊はサラリーマン化していて、隊員にクーデターを呼びかけても呼応するものはないと話していた」というのがあるんですが、そのような点について、三島はあなたに何か話をしましたか。
益田　……記憶にありません。〉

戦前の軍法会議

〈**櫛渕**　あなたは旧陸軍の軍法会議の判士に命ぜられたことがありますか。
益田　あります。
櫛渕　判士長は兵科将校ですね。
益田　そうであります。
櫛渕　職業軍人であるけれども、判士となった人は法律も勉強しましたね。
益田　私はあまり勉強いたしませんでした。
櫛渕　判士になった人の中には、完全な兵科将校でも、イギリス・アメリカ・ドイツ・フランスの刑事判例を勉強した人もおりますね。
益田　おると思います。

櫛渕　特設された東京陸軍軍法会議の昭和一一年七月五日の判決というのはご存じですか。
益田　それは……。
櫛渕　いわゆる二・二六事件の判決。
益田　その当時は覚えていましたが、今はちょっと忘れました。
櫛渕　この判決の中で、上官の命令どおりに従って違法行為をしたけれども有罪とされたものについて、その判決はどう述べているか、記憶がありますか。
益田　忘れました。
櫛渕　無罪にされた兵隊もおりますね。
益田　いると思います。
櫛渕　無罪にした兵に対する判決は特異な理論を示しているんですけれども、有罪とされて、しかも執行猶予にされた准士官が一人、下士官二六名、兵三名に対する判決は、非常に興味の深いことを言ってるんですが……。
益田　……（註・無言）
櫛渕　記憶ありませんか。
益田　今ちょっと覚えていません。〉

上官の命令

〈櫛渕　「平素から上官の命令に絶対服従する観念を馴致せられあり、なお同僚はじめ大部隊の出動するなど四囲の状況上これを拒否しがたき事情等のため、やむなく参加し、その後もただ命令に基き行動したに過ぎず」こう言っていながら、有罪にして執行猶予にしたんですね。これは、つまり上官の命令だから、もう服従せざるを得ないという、いわゆる期待不可能性の理論を認めなかったんですね。言い換えれば、上官の違法な命令に従ってはならないという論理を根底にした判決ですね、これは。

益田　（うなずく）

櫛淵　ご存じですね。

益田　（うなずく）

櫛淵　あなたは「上官の命を承ること朕が命を承る義なりと心得よ」という勅諭をご存じですね。

益田　（うなずく）

櫛淵　ここで言っている上官の命というのはどういうことをいうんでしょう。

益田　上官も、立派な良識で命令を下す、そういう上官にはそういう責任がある、そういうことを前提にして言っております。

櫛淵　つまり上官の命というのは適法な命令だけをさすわけですね。上官の違法な命令が朕の命令であるということではないんでしょう。

益田　そうであります。

櫛淵　自衛隊の命令と服従の関係はいかがですか。

益田　自衛隊にもそのような考えが残っています。上官の命令が違法であると自分が思った場合には、順序を経て上官に申し述べなさい。そして最後に、どうしても上官が無理に命令に服従せよと言った場合に、服従した場合は、先ほどの二・二六の判決のように、多分に自衛隊でも、その点認めるようなことになっています。〉

裁判官に託された職務は、被告（人）たちが法律上の罪を犯しているかどうかを吟味し、犯しているならしかるべき相当の罪科を認定し刑を課すことだ。本件訴訟では傷害行為の違法性だけを争えばいいのだ。ところがそれと関係のない「三島思想」を法廷の場で解明しようとしている。おそらく被告人たちの情状酌量の余地を探りたかったのだろうが、いささか裁判官の矩《のり》を越えていると思われる。益田は旧軍の体験者だっただけに、答えに窮するところがあったに違いない。

古賀浩靖と総監の論戦

刑事訴訟法の規定（一五七条）により、検察官、弁護人だけでなく、被告人も「裁判長に告げて、証人に尋問できる」。これに則《のっと》った法廷での古賀浩靖と益田のやり取りにはなかなかの迫真性がある。戦後生まれの二〇代の若者が、還暦間近の旧帝国陸軍の参謀だった総監に対して堂々と論戦を挑んでいるのだ。古賀は現憲法の不条理を問い、それに総監はきちんと答えてはいるが、本音を言っているとは思われない。察してくれということなのだろう。

〈古賀　[redacted]（註・黒塗され判読不能）自衛隊を、極端にいうならば、いざことがあったときには、死ぬことを要求されて存在してると思うわけです。ぼくは、しかし、現在の自衛隊が最後に守るべき根拠というか、それを果たして明確にされておるのかどうか、そして、また自衛隊が存立する理念というんですか、成立理念あるいは忠誠の対象、あるいは日本の自衛隊がよって立つべき本義が、果たして明らかにされているのかどうか、もしそれが明らかにされてあるならば、ここでお答えいただきたいんですけれども。

益田　自衛隊法という法律がありまして、その中に自衛隊の任務、自衛隊を出動させるときはどういう手続をもって出動させるか、こういう規定がはっきり書いてあります。それは国会で審議して、日本は民主主義ですから、国民の代表の先生方が国会で審議してお決めになったことであり、私は、まずそれに忠誠……、それが立派に、自衛隊ができることが前提であって、それもできないようなことで、ほかの大事なことができるわけないと思っています。

古賀　議会制民主主義という、いわゆる内閣総理大臣の権限でもって自衛隊は動くんだ、そういうことですね。しかし果たして、それでは議会制民主主義というものを守るだけであったならば、これは、ぼくは日本の自衛隊でなくても、アメリカの軍隊であったとしても、極言すれば中共の軍隊であったとしても、議会制民主主義というものは守ってくれるかもしれない。我々が最後に守るべき根拠というものが、自衛隊に、日本の歴史あるいは伝統といったものの連続性なり一貫性というものを、果たして守ってくれるかどうかということです。それが今の自衛隊に存在するのかということをお尋ねいたしたいと思います。

益田　自衛隊にしろ何にしろ、法律にきちんと従うことは、やはり勇気が必要であります。この勇気を現在の法律にでも従えるような勇気をもっておれば、どんなことにでも、お国の役に立ちうると私は信じております。

古賀　先ほど、総監は暴力をもって憲法を改正するということは納得しがたいというような趣旨のことを言われたと思うんですけれども、それは、たとえ憲法の中に立派なことをうたわれてあったとしても、その成立過程において誤りがあれば、暴力があれば、それは憲法として認められない、そういう趣旨の下で言われたわけですか。

益田 ………（註・無言）

古賀 成立過程において暴力なり、あるいは不正なことが行われていれば、たとえ憲法の中に立派なことがうたわれてあっても、これは憲法と認められないじゃないかという趣旨ですが。

益田 いや、私が言ってますのは、世の中も変わるであろうし、日本民族も発展していくであろう。時代の移り変わりに従って、日本民族のためになるように憲法を改正するような機会があるであろう、そういうことが起きてくることは当然考えていいだろうと思う。しかし、その憲法改正に、よかれあしかれ、自衛隊が出ていって改正ができるものならばすぐ改正してしまう、こういうやり方は日本の将来のためにいけない、こう私は思ってます。

古賀 総監は戦前・戦中・戦後という間、一貫して日本の国土に生を享けて生きてこられたと思うんです。そして戦後に占領政策下におかれて、日本が議会制民主主義の名の下に憲法を改正されたんですけれども、果たして、その間に総監が戦争直後の日本の現状をかんがみて、果たして、その時期が日本にとって、国民の間に自由な意思があったかどうか、あるいは国の機能に自由な意思があったかどうか。もしそれがなければ憲法を改正する時期ではなかったんではないか。もし、それがされているという今の現実を考えるならば、そこにはアメリカの日本を弱体化せんがための一つの政策があったのではないか。急迫不正の事実というものが、資料や何か調べれば多々見付けられるんですけれども、そういう占領政策、占領軍が一つのサーベルの力でもって、日本の今守っているところの現行憲法というものを成立させていった、その事実に関して、どのようにお考えでしょうか。
益田　ものごとには、いいことと悪いことと両面あることがしばしばあると、私は信じます。だが、あの占領下、我々日本民族は、よく辛抱してそしていいことだけ発展させていく、悪いことはできるだけ遠ざけてきて現実ができ上がっておると思っています。

それで、これは憲法のみならず、私の処世訓として、自分だけがほんとうにいいことであったら、これだけ日本の文化も発展し、すべての皆さんが学校その他で勉強し、社会性を持ってきたこの日本の世の中ですから、ほんとうに正しい誠実なことを言ったら、日本中の人がすぐ賛成してくれると私は信じています。そういう方向に日本人が団結をし、しっかり気持を合わせていくことが大事なことである。憲法の改正もそうであってほしいと私考えています。私の今までの人生観というか考え方です。〉

〝憂国三銃士〟の上申書

三人の自筆の上申書

事件後に警察が公開した、三島から小賀あての命令書には「君の任務は同志古賀浩靖君とともに人質を護送し、これを安全に引き渡したるのち、いさぎよく縛につき、楯の会の精神を堂々と法廷において陳述することである」とあった。古賀に渡された命令書も全く同じだとの元隊員の証言がある。

いっぽう小川にあてたものは、小賀や古賀と異なっていた。サンケイ新聞（昭和四五年一一月二六日夕刊）によると、〈森田必勝の首をはねる予定だった小川正洋への命令書には現金三万円（註・これは三者とも同額）が同封され、小川が今後の「楯の会」のリーダーになるよう指示している。〉

小賀と古賀は一〇代からともに生長の家とかかわりがあり、大学が同じ神奈川大で、楯の会に入る前からの知り合いで、隊員として同じ班の班長と副班長、さらに憲法草案の研究会にもそろって（三島の指示で）入っていた。いっぽう小川は、ふたりとは別の明治学院大にいて、入隊したのは森田と親しくしていた縁からだった。小川は、小賀や古賀と立ち位置が異なっていた。これから引く上申書から特異な性格を有していることも分かる。その三人は「楯の会の精神を堂々と法廷において陳述」し、命令書の「任務」をいちおう忠実に果たした。

法廷にはそれぞれの手書きの上申書が提出された。これらは昭和四六年七月五日の第七回公判で朗読された。しかし傍聴席のだれもそれを書きとめず埋もれてしまった。さいわいなことに、それらは私が閲覧を許された裁判記録にふくまれていた。三人が自身で書いた上申書には、取調官が書きとめ検事がまとめた調書と異なり、当局の恣意はまったく入らない。よって資料としての価値が高い。直筆で書かれているので、筆跡・筆勢に性格や当時のそれぞれの情感もよくうかがえた。

しかし三人は法廷で陳述したあと、事件や三島について一切口を噤《つぐ》んでしまった。すでに小川正洋はこの世から去った。命令書には、「森田の精神を後世に向かって恢弘《かいこう》せよ」とあるが、その責務を十全に果たしているとは思えない。その意味でも〝憂国三銃士〟の上申書は貴重であろう。それぞれの全文は本書に収めきれない。ここではそれらの興味深い、重要と思われる箇所を引く。

小川正洋（日本の改革を願うなら、まず自ら行動することである）

〈•中学二年生の時、同級生が「天皇は税金泥棒だ」と言ったことに腹がたち、その同級生を思わず殴ってしまったことがありました。思想的にも政治的にも目覚めているはずがなく、自分の行為に自分でも驚きました。

•その頃は、山口少年の浅沼社会党委員長刺殺事件、中央公論の小森事件（註・中央公論社長宅が山口少年と同年（一七歳）の小森少年に襲われ死傷者がでた）等を通じ、右翼＝暴力団というイメージと、右翼というと何か陰気な感じがして嫌いでした。

•高校二年生の時、教室にビートルズの写真が貼ってあったのを私が破ったことから（別にビートルズが嫌いであった訳ではなく教室に貼ることに不満だった）どこでどう問題がこじれたのか、天皇と自衛隊についてクラス討論が行われました。

•自衛隊については「憲法を改正して軍隊にすべきだ」という私の意見と「自衛隊も必要ない、非武装中立になるべきだ」という意見にわかれ、討論しましたが、私の意見に賛成する者はいませんでした。

•私は「俺は天皇を崇拝している。自分でも何故だか判らない。日本人としての血がそうさせるのだろう。日本は一民族一国家一言語だ。建国以来延々と続いてきた神秘こそ、我々日本民族の宝で精神のよりどころだ。天皇を一個の人間としかとらえることができないのは心が貧しいからだ。天皇に類するものが他の国にあるだろうか」と答えられる程度でした。

•同年（註・昭和四三年）五月八王子の大学セミナーハウスで理論合宿があり、全国から五〇～六〇名位の学生が集まり、天皇、憲法、国防、教科書裁判等について話し合いがあり、三島由紀夫、林房雄、村松剛の三先生を招いての話し合いもありました。三島先生の「右翼は理論ではなく心情だ」という言葉はとてもうれしいものでした。

•自分は他の人から比べれば勉強も足りないし活動経験も少ない。しかし日本を想う気持ちだけは誰にも負けないつもりだ。

•三島先生は如何なる時でも学生の先頭に立たれ、訓練を共に受けました。共に泥にまみれ、汗を流し、雪の上をほふくし、その姿に感激せずにはおられませんでした。

•これは世間でいう三島の道楽でもなんでもない。又、文学者としての三島由紀夫でもない。日本をこよなく愛している本当の日本人に違いないと思い、三島先生こそ信頼し尊敬できる御方だ、先生についていけば必ず日本の為に働ける時がくるだろうと考えました。

•三島先生は
「楯の会の目的は間接侵略に対する民間防衛である。間接侵略に対するには武器でなく魂というが、行動しない魂は魂でない。一九七〇年に新左翼の力が強大となり、警察力では押えられなくなった時に、自衛隊の治安出動が考えられるが、簡単にはいくまい。非常に難しい。出動するにしても何時間か何日間の空白ができる。その間に共産党側の平和勢力の名においての行動がおこるはずだ。その時こそ楯の会の働く時である。憲法を改正しなければならないことはいうまでもない。自民党政府が最大の護憲勢力となった今、改正できる唯一のチャンスは治安出動しかない。その治安出動を行わせる為に、我々は捨て石になるのだ。民兵というものは正規軍に利用されることは昔からだ。しかしそれを承知でやらねばならない。左翼のチャンスの時こそ、我々のチャンスでもある」

と明らかにされました。

・共産主義に何故に反対するかということについては、「国体即ち日本の文化、歴史、伝統と絶対に相容れず、論理的に天皇の御存在に相容れることはなく、しかも天皇は、われわれの歴史的連続性、文化的統一性、民族的同一性の他にかけがえのない唯一の象徴だからである」ということばで表わせます。このことは楯の会会員である以上、互いに口に出さなくても判りきっていることでした。

・天皇観そのものについては水戸学から民社党までと言われるように、絶対神とする者や現人神とする者様々でした。私自身それは各人で追求する問題であると思っておりました。

・憲法の問題にしても明治憲法の復活を唱える者、あるいは新たに創ることを唱える者もおりました。水戸学を学んだ者、生長の家の谷口（註・雅春）先生の教えを受けた者、皇学館大学の平泉澄先生の理論を追求した者、あるいは私のように系統だった理論はなく、自分で求めた者のようにいろいろでした。

・三島先生は

「軍隊は政治的な体制とかかわりのないところで国民と直結する方法はない。統帥権独立というのは問題がある。軍がイニシアチブをとって内閣ができるようになるし、統帥権の問題では、旧憲法での徴兵制度との関係、そして軍閥と関係している。天皇をそのような政治的責任を負う立場にもってきてはいけない。天皇は栄誉の中心であられ栄誉大権という形で勲章や軍旗を授与する形に、最高指揮権はやはり総理大臣に置いておいたほうが無難だろう。徴兵制度も復活してはいけない。その点でも旧憲法の復活には反対なんだ」

と答えて下さいました。
・三島先生は
「徴兵制度はいかん。一朝事ある時は、一市民でも立たなければいけないが、そのためには国民が自発的に訓練をうける。それが防衛の基本だ」

とよく言われておりました。
・三島先生の
「天皇をただ政治概念としての天皇に戻して戦前のように天皇制を利用した軍閥政治を復活するということではなく、天皇を文化的概念の中心として考えなければいけないのだ。天皇は権力ではない。だから何ものも拒絶しない。これを象徴するのが八《や》咫鏡《たのかがみ》だ。だから共産主義者も鏡にうつる。映っていいのだ。ただし共産主義者と行政権を結びつけてはいけない。共産主義は行政権と結びつかなければ恐ろしくないが、もし共産党が一党独裁になりそうな情勢となり、それを天皇がやすやすと容認できるような鏡である場合は、我々は立ち上がって排除する。一党独裁は終極的に天皇を否定するものだから、その否定するものを排除するのが忠義なのだ。又、いまの週刊誌天皇制もいかん。あれは小泉信三の大失敗だ。文化の全体を映す鏡としての大きな高いディグニティと誇りと崇高さが非常に失われてしまった。週刊誌をみて、まだ国民は皇室を愛しているなどとたわけているような宮内庁の役人の頭も切りかえなければいけない」

「（註・先生の）言論の自由を守るには議会制民主主義を守らなければならない。何故なら言論の自由、文化的天皇制の政治的基礎としては、複数政党制による民主主義の政治形態が最適だ」

との考えは理解できました。

•先生は
「左翼と右翼との違いは、〝天皇と死〟しかないのだ」

とよく説明されました。

「（註・先生は）左翼は積み重ね方式だが我々は違う。我々はぎりぎりの戦いをするしかない。後世は信じても未来は信じるな。未来のための行動は文化の成熟を否定するし、伝統の高貴を否定する。自分自らを歴史の精華を具現する最後の者とせよ。それが神風特攻隊の行動原理〝あとに続く者あるを信ず〟の思想だ。有効性は問題ではない。政治は結果責任を負わねばならないが、我々は結果責任を負わなくてもよい。そのかわり行動責任だけは負わなければならない。武士道とは死ぬことと見つけたりとは、朝起きたらその日が最後だと思うことだ。だから歴史の精華を具現するのは、自分が最後だと思うことが武士道なのだ」

と教えて下さいました。

•先生は
「我々には誠しかない」

というのも口ぐせでした。

•私は組織としても個人としても行動は一回限りでなければならないと考えていました。一回であるからこそ命を賭けたぎりぎりの行動であり純粋になるのであって、最初の行動がスタートであるとしたら自分自身の未来を信ずることにもなる。もしたとえ行動して生きたとしても人生一回限りの行動をしたのだから、その後は一切の活動、発言はしてはならない。行動の純粋性を保つ意味でも、かつ、自分自身の純粋性を保つうえでも、沈黙を守るのが生き残った者の唯一の道であるからです。

〝知ハ行ノ始メニテ行ハ知ノ成ナリ〟この陽明学の知行合一を説いた言葉は常に頭の中にありました。

〝知ハ行ノ始メニテ行ハ知ノ成ナリ〟を自分なりに、「我々は天下国家を論じ、日本の改革を願っている。自分の身を安全な場所において、現状を批判し改革を唱えるのは卑怯ではないか。日本の改革を願うなら、まず自ら行動することである。行動してこそ思想は生きてくるのだ。体制を批判し、左翼を批判し、これではいけない、これではいけないのだから、なんとかしなければと、その苦しみのようななんともやりきれない気持ちは行動していないからだ。そうだ、自分の考えを行動で示さないからだ」と思いました。

•認識と行動の一致こそ、自らの論理に責任を持つことです。行動の伴わない認識は認識ではありません。

•軍は国体を守るのです。国体を守るべき軍を、政体を守るものとし、現状維持という点では自民党も共産党もどこもかしこも手を結んでいる。

・戦後二十数年、偽善の中に経済大国と化した日本が、国の大本をとりもどす為には、まず憲法を改正することです。九条にこだわるのではなく、又、政治概念としての天皇を復活するのでもありません。
・天皇の御存在は共和制とか君主制とか、全てを超越しているもので、多数決とか国民の総意とかで決めるものではありません。文化・伝統・歴史の象徴であられる天皇が御存在することは、日本の誇りであり倖《さいわい》であります。
・天皇を文化概念の象徴としてとらえ、文化・歴史・伝統を守るには、そして国家独立の根本である国防を明らかにし、日本に日本をとり戻すには、現憲法を改正し、あくまで西欧化して侵されてゆく日本を守らねばなりません。
・あとに続く者が五十年先か百年先か、いつになるのか、そんなことは大事ではありません。自分が今ここで日本を守らねば駄目だという使命感です。それが日本人としての信義であり誠であり真心だと信じました。
・私たちが行動したからといって、自衛隊が蹶起するとは考えませんでしたし、世の中が急に変ることもあろうはずがありませんが、それでもなお誰かがやらねばならなかったのです。
・恋闕《れんけつ》の恋とは、裏切られたと恨むものではありませんし、天皇に対する恋とは永遠の片恋で、片恋を承知して恋するのが忠義と信じました。
・明治の文明開化期に於ける西欧絶対の思想が未だはびこり、民族の主体性を圧殺された。言いかえるなら、日本人が日本人たることを忘れ、日本人の魂を失くし、名誉白人になることを押しつけられた屈辱以外の何ものでもない現憲法、その憲法は民主主義という単なる政治の一手段にすぎないものを絶対のものとし、政体はかわることがあっても絶対にかわることのない国体を蝕《むしば》んでいます。
・その国体を守るべき軍隊（註・自衛隊）は、憲法で保障されず、米軍の一部隊としての位置しか与えられず、かつ、建軍の本義である天皇を中心とした日本の文化・歴史・伝統を守ること、即ち、忠誠の対象も与えられることなく、ただ、四次防、五次防と装備を与えられているにすぎません。〉

昭和三五年、三六年、山口二矢《おとや》と小森一孝はともに一七歳で社会的大事件を起こし、小説にもなった。六〇年安保の政治状況が当時一〇代の少年たちまでも強く揺さぶっていたのだ。七〇年安保に向けた時代状況も青年たちを烈しく揺さぶった。小川の心もそれに共振していたのだ。

小川正洋は千葉市で生まれ育った。父は元警察官で警備関係の職に従事し、母は元教員だった。ふだんは無口でおとなしい少年だったが、シンの強い性格で、高校・大学の進学では両親の希望を受け入れず、自分の主張を押し通したという。高・大を通じて応援団に入った。家でTVのニュースをみながら、「日本は日本人が守らなければいけない」「全学連の行動にはついていけない」ともらしていた。家族は、小川の楯の会入隊を、事件前年の一一月三日の隊の一周年パレードで旗手をしている姿を、TVでみて知った。県立船橋高校時代の小川について担任教員は、「あることで正洋君を叱ったら、非を認め『なぐるならなぐってくれ、そのほうが気が済む』とこたえたことがありました。ふだんは無口な性格でしたが、ホームルームでは活発に発言し、ときには強引に自分の主張を押し通すことがあったとおもいます」と言う。当時小川は自身の行動記録書の信条の欄に、〝日々是努力〟と記していた。大学は明治学院大学を選んだ。

小川は上申書で、「行動の純粋性を保つ意味でも、かつ、自分自身の純粋性を保つうえでも沈黙を守るのが生き残った者の唯一の道」と述べている。はたしてそれでよいのだろうか。平成三〇年逝った。享年七〇。

小賀正義（当然あるべき自衛力さえも否定している現行憲法が存在することこそ「悪」）

〈・天皇は歴史によって共に証明され、また歴史・文化・伝統は天皇によって断絶することなく、伝えられ、継承されてきたのであります。そして吾々は天皇のこの永遠の連続性の中に回帰し帰一するとき、吾々の過去から未来に向っての永遠性もまた見い出し得るのです。

・日本民族の、民族的統一の唯一の中心としての御存在として、天皇以外にはありようがないので、祖先から受け継いできた日本の変らざる理念として吾々も子孫に伝えていく責任があり、日本を守るとは、最終的に天皇を守らねばならないのだと考えるのです。

・現行憲法はその第一条に「天皇は、日本国の象徴であり日本国民統合の象徴であって、この地位は、主権の存する日本国民の総意に基く」とあります。天皇の地位は天皇が御存在するが故に、歴史的に天皇なのであって、大統領や議員を選ぶように多数決で決まるものではないのです。菊は菊であるからこそ菊なのであって、どのようにしてもバラにすることはできないのと同様に、天皇を選挙やそれに類するもので否定することはできないのです。もしや、それができたとしても、それは歴史を抹殺することに等しく、日本の終焉を意味し、正常な人間のするべき業ではないと考えます。それなのに「総意に基く」とあるのは、現行憲法が西洋の君主概念を誤って天皇に当てはめ、天皇が国民と対立する、あたかもヨーロッパの暴君のように描き出したアメリカ占領軍の日本弱体化の企みで、この第一条に代表せられるように、日本の本質を欧米式思考方法で判断し、歴史を分断し、心のよりどころを無くし、日本を精神的に再起不能にしようとする意志の下に起草された草案を翻訳して作られた占領憲法であって、それゆえ現行憲法を真に日本人として自覚するならば黙って見過ごすわけにはできないはずです。

・戦争がないのが理想だからといって、これに備えないのは自己放棄以外のなにものでもないと思います。とりわけ日本にとっては、防衛力のない日本とは、何の防備もなく美女が犯罪の多い夜道を一人歩きするようなもので、危なっかしい限りです。多くの日本人は永世中立のスイスを憧憬をもって語るけれども、スイス国人の日夜の軍事的努力を知っている人は少ないのではなかろうか。かの小国は、国民皆兵で瞬時も国防を忘れず、備えを怠ってはいない。

・日本はヨーロッパや中国のように権力者の交替に断続してきたのではなく、万世一系の天皇の継承によって存続してきたのですから、正に日本の存在証明は天皇にのみあるのです。ですから自衛隊は最終的には「天皇国日本」という国体の護持に存在価値があって、シビリアン・コントロールという制限は必要でしょうが、変遷していく政治権力にはないのであると考えます。

・現行憲法では当然違憲であることは誰がみても明白で、その否定された憲法を自衛隊が守ろうとしているのだから悲劇であります。それで苦渋の拡大解釈によって合憲だとする政府の態度は欺瞞だと思うのです。しかし自衛隊を合憲だとする欺瞞性よりも、もっと悪魔的欺瞞なのは、米軍占領中に制定され占領基本法の性格をもつ現行憲法が、サンフランシスコ平和条約締結後も存在していることであります。つまり自衛隊が「悪」なのではなくて、当然あるべき自衛力さえも否定している現行憲法が存在することこそ「悪」なのであり、正にそれは戦後の元凶であると言うべきだと思います。
・憲法前文は自国の生存を他国のお情けにすがっていくということであり、まったく独立国の憲法にいう言葉ではなく、隷属国のような態度で、そのお情けすらも完全にうけられるという保障すらどこにもないのであって、極言すればこの言葉こそ被占領の承諾文なのだと言えます。そう考えれば自衛権を持つことは占領軍に対する戦闘行為を示すから、第九条も納得がいくのではないかと思います。つまりもし他国によって我が国が生存を保持できるとしたらそれは隷属か被占領かにおいてでありましょうから、現憲法が存在しているということは、世界に向かって占領されることを挑発していると同様のことであるはずです。〉

小賀正義の家は、和歌山県有田市で農業をしていた。父は小賀が四歳のときに病死し、母が女手ひとつでミカン栽培をしながら、小賀ら子どもたちを育てた。父の兄は神社の神官だった。生長の家の信者だった母は小賀について、「小さいときからみんなに好かれる子でした。男の子らしいわんぱくはしましたが、どちらかと言えばおとなしい子でした。運動神経はとても発達していて、屋根を走りまわって、叱ったりしたこともあります。小学校のときは成績優等で、通信簿はいつもオール5、先生にもしじゅうほめていただきました」。

小賀は和歌山市内の伏虎《ふっこ》中学に進んだ。そこから県下きっての名門、桐蔭高校に入った。高三の担任教諭は小賀について、「小柄で、成績もいいというほどではなく、目立ちませんでしたね。

明るい礼儀正しい子でした。ニコニコして、言葉もはっきりしているし、私の注意も素直に聞く。人に好かれるタイプでしたね。思想的には無色だったと言うより仕方がありません」。県庁に勤める小賀の従兄は、「しっかりした子でしたが、幼い頃に父を亡くしたんで寂しかったんだと思います。だから三島さんを父の代りに慕ったんじゃないでしょうか」。

大学は神奈川大に進んだが、時節柄学園紛争の最中《さなか》で、その嵐の中で三島に接近していった。

古賀浩靖（一連の欺瞞・虚偽のうえに、戦後の社会は上積みされてきた）

〈•占領軍にとっては「日本弱体化のため」に〝改正の必要〟があったかもしれないが、日本国の憲法を定める当事者たる日本国民には改正の必要などなかったと思われます。

•自由意思の存在を必須要件とする憲法制定において、普遍妥当的な理法を欠き、「意思に重大且つ明白なる瑕疵《かし》」が認められれば、その法的効力は無効あるいは取り消されるのが法の建前ではないのかと考えられるわけです。第二次大戦後の西ドイツは、占領軍による新憲法制定の指令にもかかわらず、占領中は憲法制定の必須要件たるべき自由意思を欠如する故をもって、憲法制定を拒否し、その代わりに、「基本法」を制定し、しかもそれが占領中の暫定法に過ぎざることを、その前文に明記し、更に「将来ドイツ国民が自由な決意によって制定すべき」憲法の発効と同時に失効すべき旨を本文の末条に明記しているのである。

•フランス第四共和国憲法においては、占領中の憲法改正を禁断せることを明文化している。

•それにもかかわらず、ひとり日本のみが、占領憲法たるも内容が美しければ、自然法に合致しておればよいではないかと、無気力に甘んじ、その「成立」の態様が、自然法に合致しておるか否かの問題に触れることなく、それを受け入れているのである。

•個人の尊厳性は大いに謳《うた》うが、共同社会としての民族共同体・祖国・国家といったものの尊厳性はどこにも認められず、ただただ文化・伝統といったものを崩壊せる方向へ現憲法は導いているのであり、このような中から、真の憲法の権威は生まれようはずもなく、遵法の精神を国民から喚起させることもできないものと思います。

•一連の欺瞞・虚偽のうえに、戦後の社会は上積みされてきたのである。そして事実的規律力よりも美辞麗句に飾られた形式的効力が優先するという幻影・迷信を内包してその欺瞞を隠蔽し、また、隠蔽し続けようとしているのである。その欺瞞の根元となっている現憲法、即ちポツダム宣言受諾以来の戦後体制の桎梏《しっこく》下より、精神的に脱却・克服することなくして日本の主体性と解放独立を回復する道はないと痛感するわけであります。

•日本の国を愛し、世を憂い、日本の健全な発展を慮るものにとっては、日本の国を自縄自縛せる現憲法の荒縄を解き、真の主体性と権威と実力を備えた日本に回復させるためにも、憲法の改定を願わざるを得ないのである。

•自衛隊は、己を日蔭者扱いにしている九条の根底をなし、戦後日本における占領体制の欺瞞の根源である現憲法を、又日本の歴史の連続性を否定し、文化・伝統の高貴を否定し、これらを骨抜きにした現憲法をこそ決然と衝《つ》くべきではなかったのか。そして戦後の汚辱を払拭し去って、そこに道義の支配する国家を回復すべきではなかったか。

•自分の思想・信念において、一大変革ともいえる衝撃を与えられたのは、先日検事調書でも述べてありました通り、私が高校時代、生長の家高校生練成会を受けることによってでありました。そこには小中学校時代の学校教育を通じて教わることのなかった真の人間の存在なるものの価値、肉体人間の深い奥に確固として実在している生命そのものが自分であるという人間観に触れることによって私の価値観（人生観といいますか）、そういったものが自分の内で変化していくのを感じたのです。ここではじめて今まで知ることのなかった、大東亜戦争開戦時における天皇の御心、あるいは終戦時における天皇の御心等の事実を知り、利害打算、党利党略、私利私欲を超越して、一つには世界平和と国家・国民の繁栄・平和を願う一貫した無私の天皇の姿に触れ、胸打たれるものがあった。太古以来この一つの島の中に同民族が、同文化・同言語を使って連綿と続いてき、自らこの国を成してきたのだという誇り、そしてこの日本に生を享けた歓びを得たのです。

•はなはだ概念的に言いますならば、日本の歴史の生命と自分の生命の一体化であり、祖国日本に流れている歴史的生命そのものが自分である。日本国家の生命が自分の生命なんだから、国家を生かすほかに自分を、生命を生かす道がない、祖国を生きることが自分が生きることなのだという確信を得たのです。そして人間はたとえ十年、二十年の短い人生でも、その人間の魂が歓べる生き方をすることこそ人間としての真の生き方ではないか。八十年、九十年生きたところで、魂が歓ぶことなく、自分の肉体に固執し執着して、なんら充実した人生を送らなかったならば、なんら人間としての価値がないのではないか。人間、肉体の滅ぶのを恐れることなく、魂の、精神の充実した歓びうる真剣な生き方をすることこそ、真の人間の価値ある人生ではないかと思ったのです。即ち、日本の国のために死ぬ、生命を捨てることは、生命が死ぬのではなく、生命が一層大きく生きることであり、永遠生命への回帰の扉を開くことになると思ったわけです。

•また、国の存立の根本問題であるべき国防問題が、安保論議、憲法九条の解釈論議にすりかえられて、多くの疑問を内包しつつ、それらがなんら解決されないままに放置されて今日まできている。また、多くの日本人は欺瞞と虚偽との上ぬりを繰り返し、これらの事実を隠蔽し、天皇とともにタブー化し、無関心を装いつづけてきたことに、憤りをおぼえたわけです。そして、大学に入学し、「戦後の日本はこれでいいのか、このままでいいのか」という深刻な疑問とともに、日本の歴史と伝統に着目したところの、日本の建国の理念・精神を源泉とする歴史・文化・伝統を研究し、それを血肉化し体現して、新生日本の歴史を主体的に建設・創造していこうという主旨のもとに日本文化研究会を友人とともに結成し、ここで小賀正義君とも一緒に活動したわけです。

•日本の現状を見るとき、自分はひたすら祖国の問題から逃避して、遊惰《ゆうだ》な自己満足にひたったり、勉学にいそしむか、政治的無関心の殻にとじこもっているというようなことはできなかったのです。

•いざという時、日本の国を外敵の直接侵略・間接侵略から守る気概を持することは、この日本に生を享けたわれわれの義務であり、権利であることを痛感するとともに、肉体的訓練をとおして三島先生からその重要性を知らされたのです。

•なぜなら国家は力なくして国家たり得ず、そして国家は国境の中にその存立の基礎を有している。領土を確保し、自己が国家であるとの保証は、一定の領土の不可侵性と主権の不可侵性を守ることであり、力の保持によって、それらを守らざるを得ないということであると思うからです。
・お茶を飲み、お菓子を食べながら、いくら国防を論じ合ったところで、真の防衛の解釈にはならないのではないか。自分の体を駆使し、汗にまみれ、泥にまみれ、野山を駆け回り、自分自身で体得し経験する中においてしか、国防は語れないのではないかという三島先生に深い共鳴をおぼえた。〉

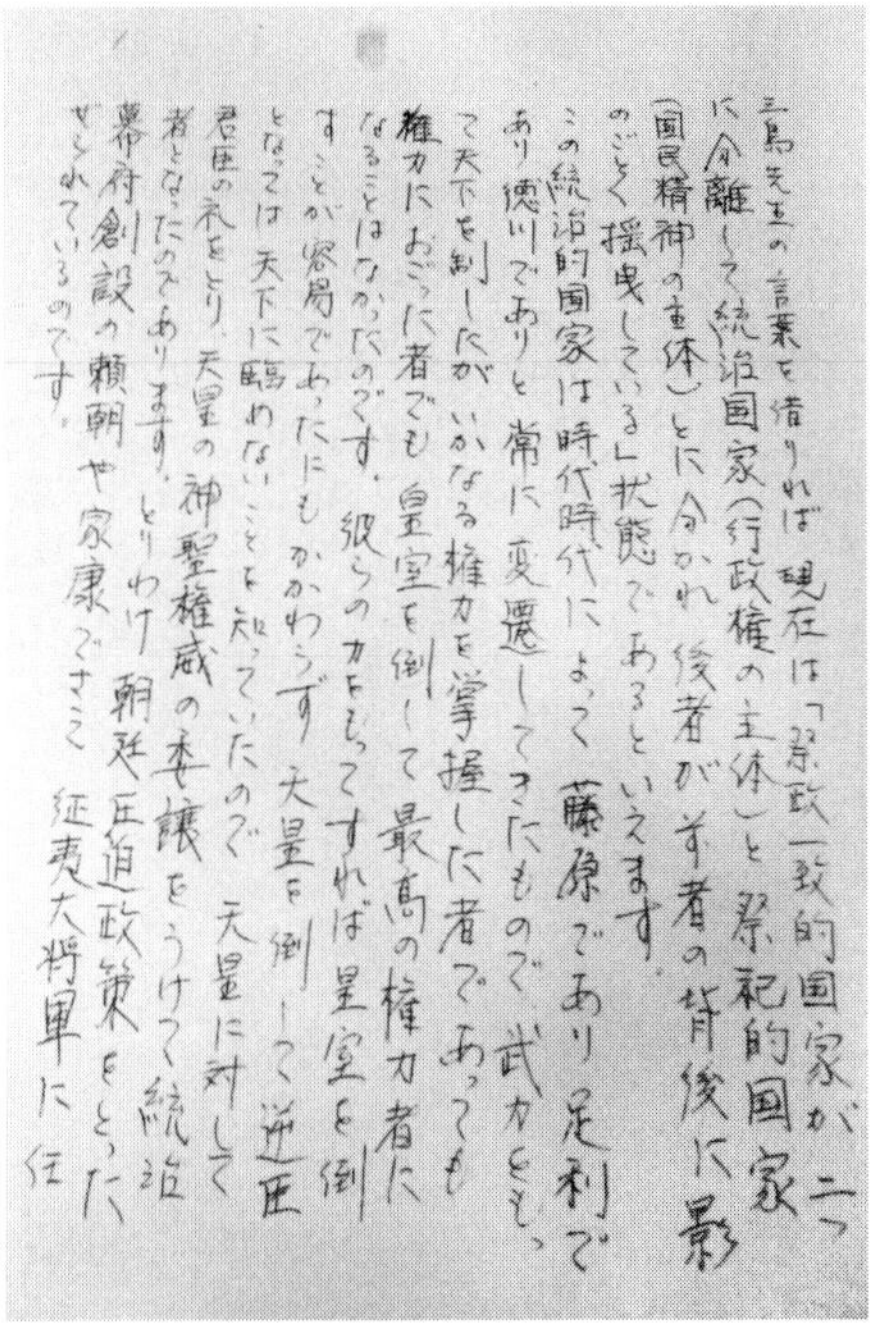
三島先生の言葉を借りれば現在は「祭政一致的国家が二つに分離して統治国家（行政権の主体）と祭祀的国家（国民精神の主体）とに分かれ後者が前者の背後に影のごとく揺曳している」状態であるといえます。
この統治的国家は時代時代によって藤原であり足利であり徳川でありと常に変遷してきたものの、武力をもって天下を制したが いかなる権力を掌握した者であっても権力におごった者でも皇室を倒して最高の権力者になることはなかったのです。彼らの力をもってすれば皇室を倒すことが容易であったにもかかわらず天皇を倒して逆臣となっては天下に臨めないことを知っていたので天皇に対して君臣の礼をとり天皇の神聖権威の委譲をうけて統治者となったのであります。とりわけ朝廷臣従政策をとった幕府創設の頼朝や家康でさえ征夷大将軍に任ぜられているのです。

古賀浩靖「上申書」より

古賀浩靖は、北海道滝川・美唄で、九人兄弟の末っ子として生まれ育った。教師をしていた父の転勤で中三のときに札幌に移った。札幌西高校時代の修学旅行で東京と関西をまわった。そのときの皇居前での写真に、「日本の美、大和の美、それがひとつに結集してこの偉大な皇居になったような壮麗な感じがするとともに、日本に生れての意識がふつふつと感ずる」と添え書きした。またこうも書いている。「青年は人生の花である。落花した花ではなく、まさに満開の直前にあるような新鮮な美しい、そして生気を持った花である。そして人生を美化する花であることを自覚し、その自覚のもとに新鮮に、清らかに生きていくことによって、可能であることを信ずる。僕たちが住んでいるこの人生が、一層よくなるであろうという希望を持ちうるのは、ただ青年の純粋な浮世の汚れに染まないひたむきな理想と、その理想実現のためには一切の情実をこえて直進する勇猛邁進の力に信頼しているからだ……」。

古賀は神奈川大生のときに楯の会に入った。それを古賀の母、そして小賀の母も止めなかった。父母ともに生長の家の会員で、古賀の部屋には生長の家の〝歓びの春、いまこそ宇宙一計す〟の詞が貼られ、本棚にはその創立者谷口雅春の『生命の實相』があった。

蹶起前日に両親にあてて、「自分は憲法と刺し違える」と書き送った。この意味を公判で問われ、「国家の悪を身を挺して排除し、天皇中心の国家、天皇中心の自衛隊をつくるため、生命を捨てようと思い、そのような表現をつかった」と述べた。さらにこうも述べた。

〈じぶんはあの現場で、物質的なものはなにひとつ要求していない。日本人として持つべき魂の復活を訴えたかったのだ。外国のクーデターや革命ではない。そんな権力的な私心は持っていなかった。責任は死で贖《あがな》おうとした。〉

三島の「命令書」の〈楯の会の精神を正しく伝えよ〉の〝精神〟とはなにかと問われ、〈一言であらわすならば、〝天皇陛下万歳〟ではないかとおもう〉とこたえている。

古賀の上申書は全体の体裁・文調が整っていなかった。一旦書き終え、署名し、さらに書き継いだ跡があった。他の二人に比べ、心の内は穏やかでなかったようだ。しかし主張は確固としている。

改憲を強いた占領軍の横暴と日本の不甲斐なさを憤る。そのいっぽう、同じ敗戦国ドイツの毅然とした態度を讃している。西ドイツは占領軍の新憲法制定指令を拒み、「基本法」という名称で暫定法とした。そして独立してドイツ国民が自由意思で憲法を制定したらそれは失効すると定めたのだ。それに比べて日本は……と悲憤する。古賀は小賀とともに楯の会の憲法研究班に加わっていた。法廷での陳述と上申書の作成にその成果がフルに生かされている。

「肉体の滅ぶのを恐れることなく、魂の、精神の充実した歓びうる真剣な生き方」「即ち、日本の国のために死ぬ、生命を捨てることは、生命が死ぬのではなく」「永遠生命への回帰の扉を開くことになると思った」と、これは三島に深く感化されての言葉であったろう。にもかかわらず、己れは二人の命を絶ち、自裁することなく、この世に置き去りにされたのだ。

刑期満了前に仮釈放され出所した古賀に、楯の会の仲間が、「何があなたに残ったんだ？」と訊いた。そうしたらゆっくり右の手のひらをただ上に向け、何かを持つようにしてその手をじっと見つめたまま一言もなかったという。古賀は自分が介錯し、斬り断った三島と森田の頭部を持ち上げ総監室の床に並べて安置した。その重さ、彼だけが知るその感覚を思い返していたのか。

裁判後ずっと沈黙を守り続けていた〝憂国三銃士〟だが、古賀（現在は荒地姓）が数年前にジャーナリストの取材に応じた。手紙での取材に応じかけたことがあった古賀だが、直接取材に応じたのは初めてのことだろう。事件からの長い歳月が口を緘《かん》する覚悟を包む堅い殻を溶かしはじめているのだろうか。

ジャーナリストは訊いた。

「三島と森田は、自分たちの死を誇れるのかもしれません。でも、生きていかねばならない三人は、どうすればいいのでしょう。その後の三人は、骸《むくろ》ではないですか」（髙山文彦「三島由紀夫自刃　介錯した男の後半生」、『文藝春秋』平成二七年一月号）

古賀は、間をおかず「そうです、骸ですよ」と返したという。しかし骸のままでいてはいけない。刑期をおえた古賀は国学院大学で神道を学んだ。そして神主の資格をとるために神奈川県の鶴見神社にしばらくいた。そのとき小賀や小川といっしょにそこで三島と森田の御霊を弔った。これがきっかけとなり楯の会の元隊員たちは、両名の祥月命日にこの神社に集っている。

森田必勝の夢

先生のためには、自分はいつでも命を捨てます

森田必勝は、昭和二〇年八月の敗戦直前に三重県に生れた。必勝《まさかつ》という名は、両親が大東亜戦争に日本は必ず勝つと念じて命名したという。その両親は、森田の物心がつくかつかないうちに相次いで病死した。教員をしていた一六歳上の実兄に三重県四日市で育てられた。通った中学・高校は、その兄が信仰していたカソリック系のエスコラピオス海星学園だった。森田は明るい性格で、人を魅了する独特の人柄で、社交性に富み、活動的だった。高校一年の夏休み、ひとりで北海道まで自転車で旅をした。

弁論が好きで生徒会長になった。高校時代の友人は、森田は「何らかの形で、学生運動と関わろうと思っていた」と回想する。森田にキリスト教を講じたリベロ学園長は、「ほんとうの愛国心は政治の主張と無関係なもので、自分と違う考えの人を憎んだりするのは愛国心ではないと諭したことがあるのだが……」と。

森田は昭和四一年、浪人生活を経て早稲田大学教育学部に入った。新入生の森田は、いわゆる第二次早大闘争を主導していた学生らに対して反対派の周辺にいた。同年末に結成された民族派組織、「日本学生同盟」に加わった。三島は翌四二年、その機関紙「日本学生新聞」創刊号に、祝文『天窓を開く快挙』を寄せた。

当時の森田を知る仲間によると、「竹を割ったように溌剌とした日本男子という感じで、笑顔の中に浮かんだ真白い歯がいかにも健康そう」で、「明るく冗談が好き」だったという。

森田は日学同の中堅幹部として、後輩をともなって都内の東大、一橋大、お茶の水女子大、明大、中央大などをめぐる日々を送った。民青（日本共産党の下部組織）の牙城の東京教育大（現在の筑波大）で家永三郎弾劾の集会をした。これを民青が二〇〇人あまりの活動家を集めて妨害し、午後の授業が中止される騒ぎになったという。

その森田と三島の実質的な出会いは昭和四三年三月、富士の裾野の自衛隊廠舎《しょうしゃ》でだった。三島が試みに学生を募ってした最初の体験入隊に森田は遅れて参加したのだった。

森田は体験入隊後すぐ、「先生のためには、いつでも自分は命を捨てます」と三島に礼状を速達で送った。三島は後日、森田に、「どんな美辞麗句を並べた礼状よりも、この一言で参った」と打ち明けた（安藤武『三島由紀夫「日録」』未知谷、平成八年）。三島はこの直後、「命売ります」との広告を出した若者を主人公とした小説『命売ります』を「週刊プレイボーイ」五月二一日号から連載しはじめている。

昭和四三年六月、森田が初代議長となり、「全日本学生国防会議」が市ヶ谷の私学会館で結成された。三島はそこに駆けつけ、演壇に立ち、祝辞を述べた。その後行われた米・ソ大使館へのデモ行進にも国会議事堂ちかくまでタクシーで伴走し、先頭の森田に手を振った。

昭和四四年一月、森田は東大安田講堂での、全共闘らと警察機動隊の烈しい攻防の現場に行った。その時仲間に、「自分の大学三年間の青春は、民族派学生運動にだけあった。運動を通じて三島氏を知り、氏に大恩を受けた自分としては、何も思い残すことなく日学同から離れる」と言ったという。

三島は昭和四四年一一月三日の朝日新聞・夕刊に国防論を寄稿した。それは楯の会の一周年記念パレードを国立劇場で挙行した当日だった。寄稿は、同紙が企画した毎回論客が入れ替わるリレー連載で、三島は《「国を守る」とは何か 70年安保 第3部》の〈3〉を担当した。そこには〝仮面はがれる時代 幻滅の後に真の選択〟の見出しがつけられた。三島はその掉尾で「一人の学生」との問答にふれ、人を殺したら自らも死ななければならない、と諄々と説いた。

〈最近私は一人の学生にこんな質問をした。「君がもし、米軍基地闘争で日本人学生が米兵に殺される現場に居合わせたらどうするか?」

青年はしばらく考えたのち答えたが、それは透徹した答えであった。「ただちに米兵を殺し、自分はその場で自刃します」

これはきわめて比喩的な問答であるから、そのつもりできいてもらいたい。この簡潔な答えは、複雑な論理の組合せから成立っている。

すなわち、第一に、彼が米兵を殺すのは、日本人としてのナショナルな衝動からである。第二に、しかし、彼は、いかにナショナルな衝動による殺人といえども、殺人の責任は直ちに自ら引受けて、自刃すべきだ、と考える。これは法と秩序を重んずる人間的倫理による決断である。

第三に、この自刃は、拒否による自己証明の意味を持っている。なぜなら、基地反対闘争に参加している群衆は、まず彼の殺人に喝采し、かれらのイデオロギーの勝利を叫び、彼の殺人行為をかれらのイデオロギーに包みこもうとするであろう。

しかし彼はただちに自刃することによって、自分は全学連学生の思想に共鳴して米兵を殺したのではなく、日本人としてそうしたのだ、ということを、かれら群衆の保護を拒否しつつ、自己証明するのである。

第四に、この自刃は、包括的な命名判断（ベネンヌンクスウルタイル）を成立させる。すなわちその場のデモの群衆すべてを、ただの日本人として包括し、かれらを日本人と名付ける他はないものへ転換させるであろうからである。

いかに比喩とはいいながら、私は過激な比喩を使いすぎたであろうか。しかし私が、精神の戦いにのみ剣を使うとはそういう意味である。〉

三島が問答した「一人の学生」とは、おそらく森田必勝であったろう。まだ時期は決まっていなかったが、早晩決起し、自決してその責めを負う覚悟を、三島は、そのときすでに巡らせていたのだろう。森田は、それを逸《はや》く、逸く、と三島に強く迫っていたようだ。

森田は隊員仲間に「ここまできて三島が何もしなければオレが三島をやる」と言っていたとい

う。文藝春秋の堤堯も「ぼくはぜったいに三島先生を逃がしません」と森田から聞いている。

川戸志津夫（元楯の会隊員）は当時を回想して「天皇制と暴力を是認する民族派の学生軍事団体と森田必勝の夢を具現化する集団との二重構造になっている感が否めない」（『決定版　三島由紀夫全集』月報29）と述べている。「森田必勝の夢」とは、即ち、逸く死ぬることであった。

民族運動の起爆剤を志向

森田必勝は昭和四三年夏、学生として北方領土復帰運動にどうかかわってゆくべきかを模索していた。現地に出かけて一般市民、漁民、市長らとまじわった。そこで感得した想いを直截に『民族運動の起爆剤を志向』にしたためている。当時の国際状況に広く視線を向け、日本の進むべき道を論じている。この論文は読売新聞の論壇時評で取りあげられた。三島は、森田の予想だにしなかった論理的文章に驚いたという。森田は、「自分は理論家になろうとは思わない。議論だけに終る連中が多い中で、自己の言動に責任をとるべきだ」と日ごろから口にしていたという。

死に臨んで遺書もなにも遺していないので、同文を要約して森田という人物、その思想を看取したい。


【はじめに】

この（昭和四三年）八月上旬に、私達は新民族主義の学生運動の一環として、現地根室を訪れ、色々な人達と懇談したり、さまざまな活動を行なったりして来た。ノサップ岬には数回足をのばし、ガスの晴れ間から水晶島にソ連の監視兵が動いているのさえ観ることが出来た。還らぬ北方の島々への関心はさすがに高く、私達の使命感はより一層高まった。現地の漁民はただもくもくとして働き、涙さえ浮べようとしない。子供たちは、寒い烈風がふきつけるノサップの突端から、じっと肉親が漁業に励む光景を見ていた。

私たちもノサップ岬での演説会とビラ配布の作業の手をしばしば休め、強い塩の匂いのかがれる海と、荒涼とした風景の中で考えたものだった。——一体、北方の島々は何時、還ってくるのだろうか。


【現地との食い違い】


私達は根室行きの前から、運動を進めてゆく上でのスローガンの強弱は、漁民と学生との理解の仕方で、微妙なギャップの存在を痛感した。たとえば私達の「全千島、南樺太奪還」というスローガンと、当事者の「国後、択捉、歯舞、色丹返還」、さらに根室市の「島よ還れ」という抽象的な呼びかけには明らかにニュアンスの相違がある。

しかしながら、運動とは、学生も、漁民も、市民も、一丸となって行なう複合形態にこそ意義があるのであり、学生だけが先走り、浮きあがった行為をしても意味がないのだ。

全学連が暴徒だといかに罵られようとも、尚且つ強靱な戦線を張って戦い得るのは、後方からの支援体制がしっかりしているからである。デモのときは、官権との間に反戦青年委員会がわり込み、カンパには各種組合と文化人組織が応じ、裁判では左翼弁護人団が頼みもしないのに助けてくれる。

民族派戦線では、何故それが出来ないのか。とくに北方領土に関しては、結束が可能となる唯一の運動目標であるのに——。

学生運動は社会的起爆剤としての役割を持っている。学生及び青年の行動が、連鎖反応的に運動の輪を拡げ、大きな力へと成長させてゆく。その歴史的自覚を持ったときこそ、新しい学生運動の明るい展望は開けてくるのである。

とするならば、北方問題に関しても、政府も漁民も立場上言えないような主張を代弁するのが学生ではないのだろうか。民族の悲願として、全千島、南樺太をあらゆる条約や障害をのりこえて取り戻すこと。この正当な主張も、政府及び根室市がソ連と交渉するときには、歯舞、色丹、国後、択捉だけが対象となっている。

千島列島はサンフランシスコ条約で放棄したから可能ならば日本に復帰させて頂きたいと及び腰である。外交のベテランソ連に対し、はじめから下手で臨むものだから、馬鹿にされて相手にされないのも当然だと言えるかも知れない。

私達は学生運動で、過激ではあるが理想的な主張を高くかかげて闘ってゆく。すると、そうした流れは、やがて実際の交渉段階や官僚機構の中で、妥協的な中間的なものへと転化してゆくであろうしそれが政治であると位置づけている。つまり、交渉へ入るきっかけを作る起爆的な運動をすれば良いわけである。

【何のための戦いなのか】

私達は一体何のために「北方領土復帰運動」を行なうのだろうか。ただ単に魚の獲れる漁場がほしいとか、領土的野心からとかでは決してない。根室市で、私達と関係者との懇談会の席上、ある一人の老人は絶叫調でこう言った。「たとえ、ソ連が何十年居坐ろうとも、われわれは日本民族の闘いとして、この運動を続ける」と。この老人の一言に、恐らく私達すべての立場は代表されるのではないだろうかと思う。

今日全学連に対抗してぞくぞくと起上る新しい学生運動の組織は、どれもその運動目標の一つに、「北方領土復帰」を加えている。北海道札幌市では、民族派学生たちが「北方領土復帰全道学生実行委員会」を結成させ、六月下旬には大々的な集会を持った。そしてここでは
(一)　北方領土復帰を全道学生のみならず全日本学生にも広く呼びかける。
(二)　北方領土復帰を実現し、更に日ソ友好を深める。
(三)　北方領土の現在の状況をより発展させるために理論強化に努める。
という大会決議を採択している。

また日学同を中心に、全国の大学の領土問題研究会などのサークルを総結集し、〝北方領土回復促進学生会議〟結成の動きも表面化している。

八月二十四日、ソ連軍がチェコに侵入して三日目に私達はソ連大使館へ抗議デモをかけた。二時間にわたって大使館前に坐り込み抗議したが、問題はチェコなんぞよりも、日本の固有の領土が、既に二十三年も前からソ連軍によって一方的に侵略されていることを強調し、北方領土返還要求に重きを置いて訴えた。

チェコ情勢がマスコミでかまびすしく取沙汰されたときでもあり、この機会を北方領土復帰運動拡大の突破口として位置付けるために、私達は出来る限りの努力をした。夏休み中とはいえ予想以上の学友が参加したのもそのためである。


【北方問題、世界の動きと照応】

よく考えてみれば、北方領土返還運動の過去、現在及び将来は、世界情勢の過去、現在、将来

に、微妙に照応していることが判る。その場かぎりの安全操業の保障や、一部の島々だけでもとりあえず返してもらおうとする動きは、民族主義としての運動に亀裂を生じさせ、運動を鈍化させるものでしかない。

戦後二十三年間、世界は米ソの支配体制の中でゆれ動いた。今、そうしたヤルタ体制に世界のあちこちでほころびが出はじめていると見て良いのではないか。

第二次世界大戦後欧州からの米軍の撤兵は東欧の共産化を生み、トルーマン・ドクトリンによって西欧は反共で連帯する。米ソの軍備競争は激しさを増し、軍拡のエスカレーションは「ダモクレスの剣の上の平和」（ケネディ）という極めて不安定な状況を形作っていた。

米ソ共通の利益のために核戦争も避け、武力を背景とした両国は、他の列国を系列化させる「パックス・ルッソ・アメリカーナ体制」を現出させた。米ソ二大国を基軸に、押しつけられた「秩序」によって戦後の歴史はあったとするならば、各地、各国で起きた局地戦や内紛、政変もこの二大国体制の中でのささやかな事件でしかなかった。

日本に再び国粋主義の過熱が起らないようにと、米占領軍は歴史上実験的な「平和憲法」を押しつけ、あたかも日本国民合意の上に成立したと宣伝した。武装解除と歴史教育、地理教育の禁止、民族意識の歪曲化と共産党の育成は、しかしやがて米国支配に反発する「異形のナショナリズム」として再登場するのだ。

日本独立後の国家的危機――六〇年安保はまさに、アメリカ支配への反抗として、土壌のナショナリズムと攘夷的な心情に裏打ちされて暴発した。

日本は海洋国家という地理的条件と、単一民族という歴史的条件をほとんど自己認識せずに歩んで来た。国境を接しているわけでもなく、侵略をしたり、されたりする事件もないため、「民族」を自己認識する必要さえ日本人にはなかったのである。

いっぽうソ連側は、赤軍戦略五〇年の伝統である南下膨張政策と「新しい帝国主義」(ワトソン)の方針にしたがって、終戦の混乱に乗じた。北方領土の掠奪は、ソ連が長年望んだ東洋での不凍港の獲得であり、対米軍事戦略上不可欠の土地であった。住民を強制的に日本本土へ送還し、一切をヴェールに包んでしまった。この作戦は明らかに、ソ連を有利な地位にたたせた。

米国は沖縄の潜在主権を認め、住民もそのまま基地と同居の形で住んでいる。そして安保条約の一環としての軍事使用が、大衆に明らかにされた。しかしそれは戦後の平均的日本人の、「平和の理想」に反するとして、左翼から反米ナショナリズムが巧みに投影され、基地反対、沖縄返還運動は繰り広げられている。

ところが北方領土は、日本人が誰一人居らず、全ては、謎に隠されたままである。つい最近(昭和四三年七月一日)の米軍機強制着陸事件で、ようやく択捉島に(ソ連の)大飛行場の存在が判明したくらいだ。

日本には虚構の平和論と非武装中立論が満ち溢れたが、経済的な回復と、工業力の驚異の発展は、日本人にナショナリズムを新たな形で誕生させた。確かにある時期までは、反米、平和運動の渦中にナショナリズムは吸収されたと理解して良いであろう。が、この冷厳な国際環境の中で、果たして「平和論」だけで日本は生きてゆけるのだろうか。

民族として、国家として当然の不安が、やがて眠っていた心をゆり動かし、新しい学生運動が抬頭しはじめたのである。新しい民族主義の興隆は必然的帰結として、反米反ソ感情を刺激し、米ソの支配体制に反発する。かくして、下火だった「北方領土復帰運動」に、民族運動のホープである学生運動が介入し、急速に火は燃え拡がってゆくのだと思う。

北方領土復帰運動の将来は、こうした歴史的事実を踏まえて把えなければならない問題なのである。（「日本及日本人」昭和四三年一一月号）

第三章　「三島事件」に秘められたもの

謎の人——ＮＨＫ記者伊達宗克

三島さん一流の華麗なる遊び

昭和四四年一一月三日に行われた楯の会一周年記念パレードの前日、その露払いのような記事が東京新聞にでた。見出しは《三島〝軍団〟閲兵式に招かれた１０７人　共鳴派や無縁派　元皇族から踊り子まで〝カッコよさ〟が魅力》というものだった。主催者サイドから求められて書かれた記事だろうか。一人でも多くの招待客に来てほしい三島の気持ちが滲んでいる内容だ。しかし提灯記事の甲斐もなく、参列したのは半数ほどにとどまった。

これにＮＨＫの社会部記者であった伊達宗克が関与していたようだ。事件後、伊達はそれをうかがわせることを打ち明けていた。

〈作家対記者の、そういう濃い取材関係のなかから、三島さんはいつとはなしに私にいろいろと相談をもちかけるようになった。相談の内容は、主としてマスコミ対策、より効果的に訴えるには、どうすればいいかということだった。いい例が昨年十一月三日、文化の日を選んでおこなった楯の会のパレードである。いったいどういう形式で開催し、どんな顔ぶれを招待すればよいのか、ということで、とどのつまりは招待者名簿まで三島さんといっしょに作成することになった。その結果、観閲者は元陸上自衛隊富士学校長・碇井準三氏、演奏は同富士学校音楽隊、招待者には作家、評論家、ジャーナリストはもちろんとして、浅丘ルリ子、市川染五郎、北大路欣也、佐久間良子、越路吹雪、中村晃子、奈良あけみ、ミッキー・安川、村松英子、若尾文子、勝新太郎夫妻という芸能人から横尾忠則まで名簿に刷り込んだ。これは芸能週刊誌まで取材ねがうには、芸能人もぜひ招待しなければという三島さんの深謀遠慮だった。しかしノーベル賞に関しては、下馬評がでただけでさっとマスコミから逃れた三島さんが、楯の会ではなぜこうもPR効果まで計算したのか。いや、いまにして楯の会のことはわかるとしても、なぜヌードモデルやシャンソン歌手といった奇矯な行動までおこしていたのか。私は楯の会をふくめて、それらは三島さん一流の〝華麗なる遊び〟と思っていた。だが、あまりにもわかっていなかったのだ。〉（「週刊現代」昭和四五年一二月一二日　三島由紀夫緊急特集号）

「私は楯の会をふくめて、それらは三島さん一流の〝華麗なる遊び〟と思っていた。だが、あまりにもわかっていなかったのだ」というのは本心ではないだろう。韜晦《とうかい》しているのだ。先述したとおり、佐々淳行は私に「我々は伊達を楯の会の一味、徒党と見ていた」と明かした。伊達という人物の存在とふるまいが不思議でならなかったが、この佐々の言で腑におちた。伊達は三島事件の裁判記録本を出したことについて「たまたま司法担当記者だったから」と説明しているが、楯の会と一心同体だったからなのだ。

不可解な行動

元毎日新聞記者の徳岡孝夫が伊達の事件現場での不可解な行動について回想している。

徳岡は伊達とともに三島に市ヶ谷に来るよう依頼されたのだった。

〈ＮＨＫの伊達氏と私は、市谷会館の屋上に立って、駐屯地を見ていた。すぐ目の下である。（略）と、手前の駐屯地正門からグラウンドに通じる急な坂を、パトカーが凄いスピードで駆け上がって行った。その後ろ、ほとんど車間距離をおかずに白いジープが、これも猛スピードで随いていった。白いジープ、警務隊、自衛隊の憲兵である。伊達氏も私もアッと声を上げた。まだ十一時四十分になっていないが……。（略）

「何かあります。行きましょう」と伊達氏が言った。私は咄嗟に（楯の会隊員から渡された）三島さんの手紙や写真の入った封筒を靴下の内側に隠した。（略）市谷会館の玄関まで降り、坂を駆け下り、市ケ谷駐屯地の正門から入って急な坂を駆け上がった。誰もがバルコニーを見上げている。建物の玄関には警官が立って中へ入れない。他にすることがないから、私もバルコニーを見上げていた。グラウンドに来てからは、もう伊達氏を見なかった。〉（徳岡孝夫『五衰の人』）

伊達は記者なのに、取材もせず現場から立ち去ったのだった。このときのことについて徳岡は「正論」編集長桑原聡を相手に次のように語っている。

〈**桑原**　徳岡さんが伊達さんに初めて会ったのは、昭和四十五年十一月二十五日に檄文を渡されたときですか。

徳岡　そう。それも一瞬ですよ。そんなあんた、三島さんが演説してる時に、伊達さんはいないんだもん。

桑原　彼は一体どこで何をしてたんですか。

徳岡　あとでＮＨＫの人やったか誰かに聞いたんですけど、「伊達さんどうしたんですか、あの時」って言うたらね、「局へ帰ったんですよ」って言うわけや。

桑原　何をしに。

徳岡　要するにNHKちゅうのはね、そういう大事件に立ち会った記者がおったら、そいつをテレビに出してしゃべらせるほうが大事なんだ。僕は三島さんが演説を聞いてくれと言うから、じーっと聞いてメモ取ったんですよ。（略）まあ、三島さんはしゃべるの早いし、全部メモできるわけではないですけどね。伊達さんについては、オーディオ・ビジュアルでやってはる会社はちょっとわれわれとは常識が違うなあと思ったんですけどね。

桑原　私も徳岡さんと同業ですからよくわかります。

徳岡　記者なら当然、三島さんの最後までいますわね。

桑原　いますよ。〉（「正論」平成二二年一〇月号）

徳岡は「NHKちゅうのはね、そういう大事件に立ち会った記者がおったら、そいつをテレビに出してしゃべらせるほうが大事なんだ」と言っているが、当時はまだそんなことはなかった。伊達自身は事件について、先に引用した週刊誌上で次のように述べている。

〈私は（註・市ヶ谷会館の）ロビーの片隅で、そのとき初めて会った徳岡氏と名刺を交換し、二人で三島さんの帰りを待っていた。

そのうちパトカーのサイレンの音が、けたたましく聞こえてくる。

「様子がおかしいですね」

「しかしまさか三島さんには関係ないでしょう」

——二人でそんな会話をかわしながら、事実そのときになっても、そんな気でいた。

ところが、あまりにも様子がおかしいので、二人で市ヶ谷会館の屋上に上がってみると、自衛隊の門の前でパトカーの赤い信号がチカチカ点滅しており、門から旧大本営本部に通ずる坂道を機動隊の警備車がフルスピードで登ってゆく。

なにかが起こった、私と徳岡氏は急いで駐屯地へむかって走った。（略）

市ヶ谷会館から駐屯地に駈けつけてみると、まだ隊員たちが前庭にぞろぞろと集まっているところで、やがてバルコニーから檄を書いた垂れ幕が下がり、三島さんが蒼白な顔で、悲壮な演説をはじめた。

もはや私はぐずぐずしておれなかった。一刻も早く小脇に抱えた写真と檄を局に届けねばならない。それがその場におけるジャーナリストとしての私の使命である。

私は車をとばした。私が「三島由紀夫割腹自殺」の報を聞いたのは、局（註・ＮＨＫ）に帰ってからである。〉（「週刊現代」昭和四五年一二月一二日 三島由紀夫緊急特集号）

ジャーナリストとしての職業観というか使命感が、徳岡と伊達では真逆だが、伊達はなぜ現場を離れ、局に向かったのか。

疑惑の目が向けられ記者活動を中断

伊達は、事件から一〇年経って半生記を出した。その「三島由紀夫事件の体験」という項で、事件直後に週刊誌上で述べたり、徳岡にも言っていない事情があったことを明かしている。

〈（註・当時霞が関にあった最高裁判所内の司法）記者クラブに着いたのが（註・事件当日の）九時五十分。（略）ＮＨＫの机の上に並んだ三本の電話のうち、三島さんと前日話した一台を手元に寄せて待機する。ベルが鳴る。

「ご面倒ですが、十一時に市ヶ谷会館へお越しいただけませんか。楯の会の制服を着た田中か倉田という者がいてご案内します。カメラと腕章をお忘れなく」（略）

社旗をまるめ〝身元〟を隠した車で東京・新宿区の陸上自衛隊市ヶ谷駐屯地に隣接する防衛庁共済組合の市ヶ谷会館に着いたのは午前十時五十八分。（略）玄関のわきに「十一時より〝楯の会〟御席、三階GH室」と案内板が出ているのに気づき三階へ急いだ。

それらしい部屋を探すと、同会の制服姿の青年がいた。（略）改めて身元の確認を求められた。国会の記者証を見せると「三島先生からお預かりしていました」と、封筒を差し出した。中には私あての手紙と檄文、それに楯の会の制服姿の写真が入っていた。（略）周囲を見まわした。ロビーの反対側で同じ封筒を手にして立ち上がった人がいる。手紙にあるサンデー毎日の徳岡氏。歩み寄って、せきこむように話を交わす。

「大変なことが始まったようですね」

「だけど、手紙にあるように十一時四十分までは待たなければ……」

「とにかく、これ（註・封筒の中身）を隠しましょう」

私は、手紙、檄文、写真を二つに分けて、両足のブーツの中にしまい込んだ。そして手紙の指示のとおり階段を駆け上がった。（略）

そのとき、けたたましいサイレンを響かせながら警視庁機動捜査隊の青いワゴンと自衛隊警務隊の白いジープが坂道を急いで登ってきた。（略）こんどは階段を転げるように降りる。時計の針は十一時四十分。もはや（註・三島の文書にある）〝蹉跌による中止〟はない。

事件記者はつねに現場をめざすものだが、このような場面に遭遇しようとは……。

徳岡記者をうながして今度は社旗を広げた私の車にとびのり、すぐ隣の東部方面総監部へ。前庭では警官約五十人が総監部の建物をじっと見守っている。（略）やがて地上約七メートルのバルコニーから檄文が撒かれ、ついで垂れ幕がおろされた。

そして三島さんの登場。何度も目にした楯の会の制服姿。〝七生報国〟の鉢巻をきりりと締めている。

「ああ」と私は（略）二度、三度、目をこすって見上げた。うっすらと涙の幕がかかっていたのかもしれない。市ヶ谷会館の屋上にあがったときからシャッターを押しつづけていたのに、バルコニーにレンズを向けていながら指先がマヒしたように動かなくなっていた。（略）

三島さんは、私たちを立会い人にして現場で事件のすべてを目撃させることを考え、その準備を進めていたことが捜査記録で明らかにされた。（略）事前に連絡を受けて事件現場に出向いていた〝放送記者〟には、疑惑の目が向けられることになった。

だから遺書や檄文、それに写真を持って報道局に戻った私は、毎日新聞社における徳岡記者の立場とは異なってしばらく〝記者活動〟を中断、三島さんの呼出しを受けるようになるまでの四年間のできごとについて事情を説明しなければならないことになり、その後やっとテレビの記者座談会などに出演ということになった。〉（伊達宗克『放送記者』りくえつ、昭和五五年）

楯の会のシンパサイザーだった

伊達は事件直後の雑誌に、楯の会会員を通じて三島から託された写真と檄を「小脇に抱え」と書いているのに、一〇年後は、「両足のブーツにしまい込んだ」ことにしている。徳岡は「三島さんが演説してる時に、伊達さんはいないんだもん」「グラウンドに来てからは、もう伊達氏を見なかった」と述べているのに、伊達はバルコニー上の三島を見たと言っている。伊達が自衛隊員や警官のなかに紛れてしまい、徳岡が見失った可能性もあるが、どちらの言い立てに信を置けるだろうか。

それより、この一文で重要なのは、「徳岡記者の立場とは異なってしばらく〝記者活動〟を中断」というくだりである。目を注ぐべきは、伊達にだけ「疑惑の目が向けられることになった」ことだ。外形的には三島から、「立会い人にして現場で事件のすべてを目撃させる」という同じ役割を振られた二人なのに、伊達だけが「〝記者活動〟を中断」せざるを得なかったのだ。

伊達自身あいまいにしているが、「楯の会の一味」とみられて、警察からマークされていたのだ。つまり「事情を説明しなければならない」相手は、警察だったのだ。

伊達が裁判記録本に収載した「捜査報告書」にあるとおり、警視庁は事件後ただちに楯の会会員への視察を強化した。警察は事件発生と同時にNHKに伊達の所在を問い合わせていたのだ。NHKは伊達が使っていた小型の無線機を載せた社用車に連絡を入れ、すぐ局に戻るよう指示した。それで彼は市ヶ谷の現場を離れたのだ。

しかしそれだけではなかったろう。現場に留まっていれば大スクープを物にできたのだ。記者なら徳岡のように現場に留まり事件を取材するのが当然だ。しかし伊達は記者であるより、楯の会のシンパサイザー（共鳴者）だった。徳岡が見届け役として現場にいれば、自分はいなくてよかったのだ。

伊達はおそらく建物のなかで何が起ろうとしているのか、すでに何が起っているかも察知していただろう。つまり伊達は万が一、徳岡が見届け役を務められないときの抑え、控えだった。だから局からの呼出しにすなおに応じすぐ現場を離れたのだ。三島はシンパサイザーとアウトサイダーの二人の記者それぞれに相応の役割を振っていたことになる。

じつは三島から市ヶ谷に呼ばれず、そのことを終生悔しがったジャーナリストがいた。児玉隆也だ。後年『淋しき越山会の女王』ほかで名を馳せる児玉だが、女性週刊誌記者時代、三島に取材の申し入れの電話をした。「きみの話し方はとてもいい、家に来なさい」と言われ、それが縁で文章指導を受けるようになった。弟子をとらない三島の唯一の弟子的存在だった。その近しいとおもっていた三島から呼ばれなかったショックは大きかった。児玉はこのことを終生秘した。文藝春秋の東真史が伊達から聞いた話だ。

NHK会長が明かした隠密行動

伊達は事前に、三島が市ヶ谷の自衛隊基地で「ある重大な決意のもと、ある重大な行動を起こ」すことを知っていた。これを裏付ける資料がある。当時の伊達の上司、後にNHK会長となった島桂次の回顧録だ。

〈NHKは三島氏の演説を「偶然」撮影することができた。もちろん事件発生の一報を聞いて駆けつけたなら間に合っていない。

実はその前日に、三島氏から私のもとへ「予告状」が届けられていたのである。三島氏の手紙を取り次いだのは、社会部の「敏腕」として鳴らした伊達宗克記者だった。

報道局政経番組班部長をしていた私のもとへ、一通の手紙を持ってきた。「島さん、実は、私は三島由紀夫さんと親しくお付き合いさせてもらっているんですが、折り入って頼みがあるということで、この手紙を持ってきたんです」

その書状には、「ＮＨＫの責任者の方へ」と書いてあったと記憶している。実物を紛失したため手元にないのが残念だが、そこにはおおよそ次のようなことが書いてあった。

「様々な事情があって、明日午前十時に市ヶ谷の自衛隊駐屯地で、ある重大な決意のもと、ある重大な行動を起こします。いまの段階では具体的なことはいえませんが、この私の行動が曲げられて伝えられると困ります。私の肉声を、ぜひ全国民に正確に伝えてほしい」

初めて見る三島氏の字は几帳面で達筆なものだったが、本当にこれが三島由紀夫の「手紙」だろうか。伊達記者はキッパリ言った。

「間違いなく三島さんの手紙です。お疑いになるなら、ここから電話を入れましょう」

そこまで言われたならば、もはや信用するしかないだろう。たとえ嘘か間違いであっても、何か起きたら大変だ。

とにかく、バルコニーに向かってテレビカメラを用意しておけばいいという。さいわい、ＮＨＫには機材と人員（人材に非ず）だけはたくさんあった。それがあのような事件になるとは、予想だにしなかった。せいぜい自衛隊員の跳ね上がりと組んで、何かデモンストレーションでもやるくらいに考えていたのである。

それにしても、「肉声を正確に伝える」というテレビの特性を「ペンの世界」に生きる三島氏が、見事に見抜いていたとは驚きだった。〉（『シマゲジ風雲録　放送と権力・40年』文藝春秋、平

成七年）

「事件発生の一報を聞いて駆けつけたなら間に合っていない」というのは、そのとおりだろう。渋谷のＮＨＫよりずっと市ヶ谷に近い民放ＴＶ局で間にあったところがあったという。四谷のラジオ局も間にあい、三島の音声を録った。これはデンスケ（録音機）を担いだ局員が走って駆けつけていたからだ。しかし他のＴＶ局は、撮影機材を運ぶ車が大渋滞にはまってたどりつけなかった。

島桂次がこれを書いたのは事件から二五年後だ。記憶だけに頼っているので正確でないところがある。三島の「ＮＨＫの責任者」あての手紙の「十時」は「十一時」の誤りだ。しかしその分、正直に感じられる。島がこれを書いたのは伊達の死後だが、あえてウソ話をでっち上げる必要も理由もない。島が記憶している手紙の文面も三島らしい書きぶりである。私は、手紙は実在したとおもう。「実物を紛失したため手元にない」と言っているが、控えやコピーをとる間もなく、警察に押収されたのだろう。押収物は通常返却されるのだが、三島家に行ってしまったのだろうか。言いつくろったのは、局員である伊達が楯の会にかかわっていて警察に事情聴取されたことを秘したかったからだろう。

切腹を窺知

ここから明らかなのは、伊達だけは、三島の「重大な決意のもと」での「重大な行動」であることとその場所を、事前に知っていたことだ。おそらく伊達は三島に、ＮＨＫあてに取材を要請する手紙を書くことをアドバイスしたのだろう。それを慎重で万遺漏なきを期す細心な三島は了解した。事が事前に漏れるリスクがあったが、それだけ伊達は信用されていたということだ。

決起の四カ月前の七月下旬、三島は食事に招いた伊達に「もしぼくが切腹すると決めたら、それを生中継するかい」と訊いていたという。同席した新潮社の編集者・新田敞《ひろし》の証言である（ジョン・ネイスン『三島由紀夫―ある評伝―』新潮社、平成一二年）。伊達は三島が死を決していたことも窺《き》知《ち》していて、その取材を上司にもちかけたのだろう。

伊達はこの手紙の存在を明かさずに逝った。徳岡と同じように、当日朝一〇時に三島からの電話で行く場所を告げられ、一一時に楯の会の隊員から渡された三島からの文書で取材内容を知らされたと言い続けた。しかしそうではなかった。〝影の楯の会隊員〟がこの事実を隠蔽したのは当然だ。警察の取り調べを受けることがなければ、挙げた大スクープに表彰状と金一封を物にしていたことだろう。

伊達が三島について個人的な思いをほとんどなにも語らず、書かずに逝ったのはうなずける。あまりに深く楯の会と三島にかかわり、その多くを知り、確信的に同調していたからだ。その伊達が、「あの日、三島氏の〝手紙〟を手にし、死の最期を目にして受けたショックはいまなおあまりにもなまなましい」「私は楯の会をふくめて、それらは三島さん一流の〝華麗なる遊び〟と思っていた。だが、あまりにもわかっていなかったのだ」と書いているのは、繰り返すが、言わずもがなの韜晦だったのだ。

川端康成〝幻の長編小説〟発見

伊達は事件後、楯の会のマスコミ対策を担当していたと週刊誌上で明かした。三島はその一周年パレードに招待客のかなりが欠席することを危惧し、それをおもんばかった伊達が、さきにふれた〝提灯記事〟を昭和四四年一一月二日の東京新聞に書かせたことは想像にかたくない。

ここで同じ東京新聞の別の記事をとり上げたい。それは楯の会パレードの記事のすぐあとに載ったものだ。同月二〇日の東京新聞に、《川端康成〝幻の長編小説〟倉庫から発見 50年前の「サヨナラ」》という見出しで、見開き二面の上半分を占める大きな記事である。「ノーベル賞作家、川端康成氏の〝秘稿〟が出版界の老舗春陽堂の倉庫で発見された」という書き出しで、その二年以上前に春陽堂の編集部長が倉庫を整理したら［川端康成氏預かり物］という名札のついた包みが出てきた。そのなかに「サヨナラ」と題した原稿用紙四〇〇枚以上の長編小説があったというのだ。本人に確認してもらうために、原稿は春陽堂から北条誠経由、川端に渡った。川端は「よく覚えていないんです。ぼくの字には違いないんだが、ぼくの書いたもの（創作）じゃない」と、中身に記憶はないという。

これについて今東光が記事中で、「当時（大正十年頃）は菊池寛のところが、デューマの小説株式会社みたいになっていてね。川端とか横光（利一）とかを集めて、盛んに翻訳をやらせていたんだよ。（略）川端はだいぶやってるよ。腕のあるヤツは代作もやらせられたんだよ。当時は江戸時代からの伝統で、弟子が師匠のものを書くのに、なんの不思議もなかったんだな」と川端がゴースト・ライターをやっていたことを明かしている。

四〇〇枚あまりの原稿は、この記事の二年以上前に見つかっていた。それを川端は自分の筆跡に間違いないと認めていた。そのことがなぜ、楯の会のパレードの直後に、その〝提灯記事〟を載せた同じ東京新聞に〝スクープ〟されたのだろう。三島と川端は昭和二〇年以降、師弟のように親しくしていた。しかし、川端がノーベル賞をとった昭和四三年秋以降、にわかに疎遠になった。二人が交した手紙が激減していることから見てとれる。

二人の仲に決定的な亀裂が走ったのは、昭和四四年の夏以降だった。三島はこのとき川端に長い手紙を書き、そこで秋の楯の会パレードへの出席を懇請した。川端は当初出席に応じていた。一〇月には三島は鎌倉の川端邸に出向き祝辞も請うた。しかし川端はそれに応じず、パレードの前日に電話で出席も断った。川端に対する三島の怒りは察するに余りある。その怒りを伊達も共有し、はけ口としたのが、一一月二〇日の東京新聞の記事だったのではなかったか。

先に昭和四二年に三島が主唱し、安部公房、川端康成、石川淳の四名で、中国の文化大革命を批判する記者会見を開いたことを記したが、「声明文」全文を入れて大々的に報じたのは東京新聞だけだった。朝日、毎日、読売は、ベタか、写真入りでも小さく、二〇行から三〇行ほどのお茶をにごした扱いだった。東京新聞だけは三島たちの会見を社会面トップにすえ、《紅衛兵問題に抗議の声明　川端康成氏ら四作家》の大見出しをかかげ、紙面の半分ちかい横幅の写真を入れ、一〇五行を割いた。この前年に映画『憂国』の極秘制作と海外の映画祭への出品をスクープしたのも東京新聞だった。三島と同紙の親密さはかなりのものだったことがうかがえる。

三島夫人へのインタビューに割り込む

編集者の立林昭彦から聞いた、伊達、徳岡、立林の三者にからむエピソードがある。それは「諸君!」昭和六〇年一月号に載った伊達、徳岡両者による三島由紀夫未亡人瑤子へのインタビュー記事『三島家十四年の歳月』にまつわるものだ。マスコミにいっさい出ようとしない夫人が、事件後はじめてインタビューに応じたのは、前年一一月の「FRIDAY」創刊号に載った三島の頭部だけの写真に大激怒したからだった。

〈主人のこと、彼との生活のことについては、いままで一度も書いたことがありません。書く手法も知らないし、主人との昔からの約束もあります。達意の文章も書けない妻がむりに夫のことを書いて、正しく表現できるはずがありません。

こういう主人でございましたと妻が書いても、それはたかだか興味の対象になるくらいでしょう。私自身、そういうものを読むのが好きではないし、妻が書くことによって亡くなった人の姿を変えるすべもありません。書く意志もなければ書くこともできない、書いたからといって何の効果もない。それが、今日まで沈黙を守ってきた大きな理由です。〉（「諸君！」昭和六〇年一月号）

夫人は、昭和五一年、ジョン・ネイスンが書いた三島の評伝の内容に怒って、「週刊朝日」にコメントを寄せた。このとき夫人は版元に書籍を回収させた。「FRIDAY」のときは、版元に出版差し止めと同誌の回収を、警視庁には写真の出所の調査を要求した。あきらかに鑑識課筋から流出したものだったからだ。佐々淳行も調べられたが、その手許にあったのは警備課の撮ったものだった。

立林はインタビュー役の徳岡と二人で三島邸に出掛けた。するとそこに予告なく伊達もいて、夫人の随伴者、三島家の代理人然として同席した。編集部は仕方なく徳岡と伊達で共同インタビューした体裁にした。夫人はマスコミ対策を伊達に頼っていた夫に倣ったのだろう。このことを徳岡は『五衰の人』で回想しているが、本当のいきさつをぼかしている。

〈写真週刊誌が三島さんの生首の写真を掲載するという事件があった。私はその写真を見ず、見たいとも思わないが、某編集者に頼まれて三島邸に行き、瑤子夫人の原稿の代筆を依頼された。それは三島さんの死から十四年後のことで、着くとＮＨＫの伊達宗克氏が先着していた。一緒に市谷会館を駆け出していらいの邂逅だった。〉

徳岡はこの後、立林が夫人から呼ばれ三島邸で会食したときに同席したのは、サイデンステッカーと伊達だったという。

無頼な記者

三島は伊達と徳岡に、同文の手紙（取材対応の依頼）を託したが、それぞれとの付き合いに謝意を述べる末尾のくだりだけが異なっていた。伊達あてには「二年有半にわたる格別の御友誼に感謝を捧げます」とあった。伊達と三島の交流は、『宴のあと』裁判が和解したとき以降だから四年間だったはずだ。二年有半というと、楯の会を結成する準備を進めていた昭和四三年初頭以降ということになる。伊達の週刊誌での言い立てと合致する。三島は伊達に信を置き、その力を借りてマスコミを活用し、私兵組織を拡大しようとしたのだったろう。伊達もその意気に感じていたのだろう。三島からの手紙を金属板にエッチングして居間にかざっていたという。先に引いた島桂次の本に伊達のエピソードが残されている。

〈日本の企業は法令で規模に応じて身体障害者を雇用しなければならないことになっている。ところが、ＮＨＫでは採用している障害者の数が足りない。そこで、人事部の職員が適当な書類を作り、伊達氏を障害者扱いにしてしまったのだ。確かに、そのころ伊達氏は酒をよく飲み、万全の体調とはいえなかった。だが、それをいいことに、障害者に仕立ててしまうとは、管理職の立場にあった私でさえ、本当にひどいことだと思ったものだ。なぜ、この一件がバレたかといえば、伊達氏の自宅に福祉事務所から通知が届いてしまったからだ。人事部の連中も、さすがそれは知らなかったようだ。激怒した伊達氏は、翌日、車椅子に乗りＮＨＫの正面玄関に現れて、「坂本ッ（当時の会長）出てこい！　身体障害者・伊達宗克ただいま参上」と大騒ぎしたのである。結局、人事部の責任者が平謝りに謝ってことを収めたが、いずれにしても伊達氏のような無頼な記者は、もうどこの新聞社にも放送局にもいなくなってしまったようである。〉（『シマゲジ風雲録』）

ある編集者によると、伊達は、ＮＨＫ時代に皇族の結婚のスクープを逃して坊主頭になったことがあったという。いくつかそのスクープをモノしていた記者としてくやしかったのだろう。電話に出ると、「伊達でございます！　伊達であります！」と芝居がかったところがあったという。そんなクセのつよい「もうどこの新聞社にも放送局にもいなくなってしまった」「無頼な記者」だったようだ。

〝院殿〟と〝大居士〟が入った戒名

伊達の仕事ぶりを知る者の見方は違う。「スクープは一日にして成らず」が座右の銘で、スクープ・特ダネ取りのためにあらゆる分野に人脈をはりめぐらせていた。自分だけの〝歳時記〟をつくって、ネタ元の結婚記念日や家族の誕生日までおさえ、電話をかけてきたという。神出鬼没で姿を消すことが多く、特殊潜航艇〝ノーチラス〟の名を他社の記者につけられていた。思想やイデオロギーとは別に、取材対象に全人的に飛びこみぶつかっていく熱血記者だった。

いっぽう、局内の後輩や若手作家の面倒見がよかったという話も聞いた。これはという記者に執筆のアイデアやプラン、取材の仕方、ネタ取りの方法をさずけて育成していたという。「名刺や肩書で仕事はできない。まして、スクープなど望むべくもない」と教えていた。柳田邦男や沢木耕太郎に目を掛けていたそうだ。ある元新聞記者は私に「彼は人を手配したり、動かしたり、頼まれた人を就職させたり、そういうことが得意だった」と言っているから、親分肌のところがあったのだろう。

徳岡は伊達を「僕にとっても謎の人」と私に言った。事件当日伊達に初めて会って以降つき合いはなく、一度会社に電話があったくらいだったという。そのとき「いま、何をしてます？」と訊くと、声をひそめて「Xデー（昭和天皇の崩御）にそなえております」と言っていたという。

「昭和天皇がもっとも信頼していた記者でもあった」（『シマゲジ風雲録』）

伊達は、その崩御のほぼ一年前に逝った。享年五九。柳田邦男は葬儀で「伊達学校生徒　柳田邦男」と名乗って弔辞を読んだ。

伊達自身が生前遺した戒名は、「宝道《ほうどう》院殿浄誉覚忍《じょうよかくにん》聴沙大居士」である。意を汲むと、「報道において情報の確認調査に尽した者」ということか。このなかに〝院殿〟と〝大居士〟があるが、両方を使えるのは総理大臣など三権の長や上位の勲章受章者など貴顕の士クラスだという。伊達の先祖は戦国から江戸時代にかけての大名で、戦前までは華族であるが、当人が両方入れる矜持の人であったのだろう。

ちなみに今東光が川端康成につけた戒名は「文鏡院殿孤山康成大居士」である。伊達は川端に、

『裁判記録「三島由紀夫事件」』への序文を依頼した。川端が死去したのはその締切日だった。これが川端の〝書かれない絶筆〟となった。序文を書こうとする川端の心に、三島の死に対するさまざまな思いが襲いかかり、それが死へと駆り立てていったのではなかったか。

益田総監の死

恩を仇で返す行動だ

自衛隊は三島たちの決起をどう見たか。これを先の大戦での実戦経験を持つ平城に聞いた。平城の略歴は第一章に記したがそれをかいつまむ。大正九年広島の呉に生まれ、昭和一六年陸軍士官学校を出て帝国軍人として中国戦線に加わった。戦後は昭和二六年警察予備隊の創隊に加わり、保安隊を経て自衛隊に奉職し、近代日本の変遷する軍事組織に半生を捧げた。帝国軍人時代は、幼年学校出でないことで出世は遅れても直言居士を通し、情報諜報活動の才を認めた上司に引き立てられ、自衛隊では秘密諜報機関（通称「ムサシ機関」）の長をつとめた。

平城は三島の愛国の至情には感銘しているという。しかしその精神を具現するために、あれだけ世話になり恩を受けた自衛隊を舞台にして、総監に監禁の侮辱を与えた行為は絶対に許せないと語った。

三島は体験入隊でどれほど自衛隊に世話になったのかだが、自身がまず単独で昭和四二年四月から五月にかけ一月半にわたって久留米の陸自幹部候補生学校、御殿場の陸自富士学校、習志野空挺団の世話になった。楯の会の学生たちの長期（ひと月）の体験入隊はすべて陸自富士学校だった。その初回は昭和四三年三月一日からひと月間二〇名、第二回は同年七月から八月にかけひと月間三五名、第三回は翌四四年三月のひと月間六三名、第四回は同年七月から八月のひと月間三三名、さいごの第五回は四五年三月のひと月間三〇名、そして同年六月三五名、九月五〇名、一一月四五名が、それぞれ三日間。当初それらに対応したのは教育訓練担当の益田兼利だった。

平城は「三島氏のしたことは自衛隊側からだけでなく、一般人からみても暴挙であることは明らかだ」と言う。大義のないところに軍隊権力が前面に出れば、不幸な歴史を繰り返すことになる。三島があの挙に出たことは、自衛隊に恩を仇で返す、武士ならとってはならない行動だ。平城はそう思っている。いっぽう三島はそれが分からない人間ではなかったはずだ。平城はそう信じている。三島ほど武士の面目を重んじる者が、なぜ自衛隊をあのように挑発したのだろう。矛盾した行動に出た謎は深い。

自衛隊への痛憤

市ヶ谷で撒かれた「檄」は自衛隊への罵詈《ばり》雑言《ぞうごん》のオンパレードである。しかし三島の自衛隊への侮蔑を怒る声はその内部にあまりないという。斬られた自衛官さえ三島を恨んでいない。それには怒り恨むという感情をあからさまにできない事情もあるのだろう。

平城がなにより痛憤するのは、有事にあたり迅速適切な処置ができなかった身内の現場指揮官たちに対してだった。昭和四五年六月に日米安保条約が自動延長され、自衛隊の人事は有事から平時に切り替っていた。その弊も出たとの見方がある。平城は私に語った。

〈平城　三島たちの異変を察知して総監室に飛び込み緊急対応したのは丸腰の士官級の自衛官ばかりだった。彼らはすべて撃退された。不甲斐ないことである。

自分ならその時点で次のような処理を決心した。三二連隊だけでなく腕におぼえのある者は基地内に多数いる。有段者を一〇人ほど集め、木銃を持たせ突入の準備をさせる。

まず「どうしてこんな手荒いことをするんだ。何が目的か？」などと問答して時間をかせぐ。三島氏はバルコニーに出ていて、同行の四人と分離していた。そのタイミングで装備させた銃剣道士を二手に分けて、両方のドアからどっと突入させる。そうしたら人質を奪還し、三島氏らを取り押さえられただろう。これに要する時間は、発生から長くても三〇分だったろう。そうすれば機動隊は間に合わず、自衛隊だけで処理できたろう。

家宅侵入罪にしても、現行犯なら民間人でも逮捕できる。自衛隊はこういうときのために、日頃から訓練してきていたのだ。要は現場指揮官の決心の遅疑逡巡に尽きる。

三好秀男幕僚長が不在で、現場指揮官は、山崎皎陸将補（行政幕僚副長）と吉松秀信一佐（防衛幕僚副長）であったが、山崎氏が先任であるから、彼が遅疑逡巡したのだろう。本来は防衛副長の吉松氏が断をくだすべきだが、山崎氏に遠慮したのか。〉

実戦経験を持つ元帝国軍人らしい言である。

総監辞任の真相

中曾根は、益田から辞任を申し出たと法廷で証言している。

〈**裁判長**　益田総監がやめられましたね。その理由はどういうことでしょうか。
中曾根　本人は事件直後私のところへ辞任を申し出てまいりましたが、私は事件の全貌を警察で把握するまでは責任上もおらなければならない、それから国会においてこの問題がいろいろ糾明されるであろうから、国会における答弁その他の処理も一段落する必要がある、そういう二つの理由で辞任したいというのを抑えておりまして、そして警察の調べが終わり、また臨時国会も終了いたしました。たしか（註・昭和四五年一二月）一八日でありましたが、辞任を認めた。本人はいさぎよしとせずということで辞表を前からだしておりました。〉

しかし、そうではないとの証言がある。人質となった総監を救おうとして、三島から背中に三太刀浴びる重傷を負った元自衛官の寺尾克美が私に語った。

〈**寺尾**　事件後、一一月末から一二月初めだったと記憶するが、益田総監と中曾根防衛庁長官が総監室で膝詰め談判をした。その録音テープを聴いた。これは総監の秘書が通常業務として録音したのだが、長官はそれを知らなかっただろう。

それを聴いて腸《はらわた》が煮えくりかえる思いがした。中曾根長官が総監に「俺には将来がある。総監は位人臣を極めたのだから全責任をとれば一件落着だ」と言ったくだりだ。

「東部方面総監の俸給を2号あげるから……」。これは退職金計算の基礎が上がり退職金を増やすという意味だ。こんなことを言って長官は総監に辞職を迫ったのだ。

中曾根氏が責任をとって長官を辞めても議員を辞めるわけではない。いずれ返り咲くことができる。益田総監は陸幕長、統合幕僚長の第一候補だった。一旦辞職したら総監はもう自衛隊に戻れないのだ。〉

中曾根は実際と違うことを法廷で述べたのだろうか。そうだとしたら偽証罪になりかねなかったことになる。

自衛隊の事件対応とこのような益田の総監辞任の見方に対して、怒りと憤懣を持つ元自衛官もいる。その平城弘通の弁である。

〈平城　総監を縛った三島は、あの演説をやらせてもらえないと覚悟していたはずだ。自衛隊のあの醜態は何なんだ。それを私は怒っているんですよ。

その後の自衛隊の処置もぜんぜんなっていない。総監の真意は、「自分は殺されてもいい。自衛隊の名誉を守れ。三島らを取り押さえろ」だったろう。

現場の自衛官たちは、縛られ猿轡をされた総監をじっと見ていただけだ。総監の心情をまったく分かっていない。

元部下たちは総監に何かあったらということを言っていたが、私には総監が死ぬ覚悟を決めていなかったとは考えられない。総監は、神風連が起つような最強精鋭の熊本師団がある郷土出身の赤い血の流れる武人の心情を持つ。

総監は、しかし、事件後、部下を責めることをしなかった。むしろ部下をかばうのが上官の態度だと思う人だった。だから総監は、自分を助けるために命を懸けてやってくれた、烏合の衆のように突破しようとしてケガをした部下たちを立派なものだとほめた。

責任者を処罰せず、関与した自衛官、総指揮を執った幕僚副長たちも全員昇任させた。総監はそれを断腸の思いでした。

だらけた陸幕中央は総監一人に責任をとらせた。それを見た総監は、自衛隊の堕落はますますきわまり、本当に将来は危ないと心の中で思って責任をとって、あの後すぐ辞めて行った。

中曾根長官が益田総監に辞めろと言ったから辞めさせられたと怒っている連中がいるが、それも間違っている。〉

総監の悲壮

こういう中曾根を組織の長とする自衛隊は、三島事件をきちんと内部で総括することを怠った。怠ったというより、できなかったと言った方が正しい。自衛隊内で、事件そのものがタブーとされてしまったのだ。事件対応と事後処理に問題があったからだ。

総監が人質となり、自衛隊は混乱を自ら解決することを放棄して警察に処理を委ねてしまった。そんなぶざまな対応をした関係者は処分されるべきなのに、益田総監は翌年一月一日付で彼らを特別昇級させていた。強要されて隊員を集合させた吉松一佐は陸将補になった。さすがに中曾根は「あいつは飛ばせ」と指示し、陸自大阪地方連絡部長に左遷されたという。

特別昇級は、彼らの退官をうながす意味合いがあったとも言われる。昇級すれば退職金が増えるからだ。それもあるだろうが、益田は誰の責任にもしたくなかったのだ。自衛隊に恥のうわぬりをさせたくなかったのだ。ここに総監としての苦慮と痛憤があった。辞任する気はなかったが、一人で責任を負ったかっこうにされ、事件の翌月、自衛隊を静かに去って行った。そして三年後、五九歳で逝ってしまった。

益田兼利は蓮田善明と同じ熊本市植木町の出身で、先の大戦時旧陸軍の参謀だったが、終戦直後、同僚の参謀晴気誠少佐自決の見届け役を果たしていた。

〈少佐は正坐し、上衣を脱いで右にたたみ、軍刀を抜いて用意の包帯で切先から二寸位のところを巻き、拳銃に装塡して右においてから再度宮城を拝し、私をかえり見て「同期生として迷惑をかけてすまぬ……元気でやってくれ。失敗したら拳銃で射ってくれ、では頼む」とまことに平静そのものでした。

私が「安心してやってくれ」と辛じて告げますと、少佐はシャツをあげ、軍刀を右手にし「失敗せぬよう腹は程々に切るから」と云い、左下腹から右下腹まですっと切って「これでよし」と軍刀を右におき、拳銃を持ち銃口を口にし、何の乱れるところなく撃発して立派に自決されました。

私は二メートル程離れて固《かた》づをのんで見守っていましたが、涙がとめどなく流れ、最後はおのずと頭が下り深く敬礼をしていました。

爾来二十年、何故その自決を止められなかったのかとくり返し自責もし反省もしていますが、その時は晴気少佐の崇高な軍人精神にうたれ、それを遂げさせることが親友と頼まれた私の唯一の務めであると思いつめていたのでありました。〉（「同期生　益田兼利氏の手記」、『世紀の自決日本帝国の終焉に散った人びと』芙蓉書房、昭和四三年）

益田はこれから四半世紀ののち、もう一度切腹に立ち会う仕儀になったのだ。人質として緊縛・猿轡の恥辱を受けた益田は、警務隊に突っ込まれたら刺殺されるくらいの覚悟はできていただろう。人質である自分をかえりみることなく、自衛隊がみずからの手で事態を鎮圧することを願っていたろう。平城は、その益田の真情を部下たちはくみ取れなかったというのである。

総監死の真相

自衛官の寺尾克美は、総監室で三島たちに拘束された益田総監を救出しようとして、もっとも深手を負った。よって爾後、益田は特段の情を寺尾に寄せ、自衛隊を去ってからも親密にしていたという。第二章に記したが、寺尾は私に益田の死は医療事故だったと語った。

〈寺尾　益田氏は辞任後しばらくして、日本航空の子会社、日本航空貨物の顧問に就いた。その当時、帰宅途中に腹痛をおぼえ、我慢ならず、近くの病院に駆け込んだ。すでに盲腸が破裂していて、すぐ手術をした。しかし腹部の脂肪が厚く盲腸を取り出すのがたいへんだった。手術後ガスがでないので再手術をした。それでもガスが出ない。そしてとうとう腸閉塞で亡くなった。盲腸炎が破裂して死に至ることがあるのか？　自衛隊中央病院の医師たちから医療ミスだろうという声があがった。おそらく盲腸を探しあてるのに苦労して、それを元に戻すとき、腸が捻じれたままだったのではないか。再手術のときも直しきれなかったのではないかというのだ。しかし、遺族は、告訴しても死人は戻らないと裁判沙汰にしなかったようだ。〉

寺尾に益田の葬儀に参列したかを訊くと「任地の北海道から羽田に飛んで参列した」と言う。しかしどこで執り行われたかを訊くと、しどろもどろになり、参列についても曖昧な口ぶりになった。私はこの寺尾の言に疑念を抱いた。

東部方面隊で益田の直属の部下だった平城には思い出深い出来事があった。総監から「東京都の地震や災害の救援の任にある東部方面隊だが、都庁との連絡が途絶えている。これを何としても改善したい。都知事との会見を設定してもらいたい」と命じられた。平城は、総監は反自衛隊の急先鋒の美濃部亮吉と対決するハラだと感知し、都庁に何度も足を運んだ。断られる連続だったが、ようやく会うとの通知があった。総監と二人で出向くと長く応接室で待たされた。ようやく現れた美濃部は立ったままだった。総監が起ちあがり「都庁の担当部署が自衛隊との接触を避けていては非常時の連絡が心配だ。この状態を改善してほしい」と申し入れた。美濃部は「大災害時には自衛隊の協力が必要だ。下の者に私からよく申しつけておく。それでは」と言うなり出て行った。わずか数分のできごとだった。しかしこれでようやく都と東部方面隊の連絡ルートができ、以後災害対応の協議ができるようになった。

その平城が益田の死因を知らないのだ。「その死にざまは誰も言わないから分からない」と言うのだ。平城は私に語った。

〈平城　あの頑健な人が三年後に死ぬはずがない。その死にざまは誰も言わないから分からないが、おそらく悶々とした憤死ですよ。

葬儀があったかも知らされなかった。だから参列できなかった。割腹だったのかと聞かれても、もしそうだったとしたら蒸し返されて自衛隊の恥の上塗り、大恥になる。

情報活動にたずさわった者には分かります。この件について自衛隊が触れようとしない、反省しようとしないのは、そういう真相（憤死）があるからです。真相を知っている隊員は権力に抑えられ、今まだ言えない。〉

第二章に記したが、佐々淳行は私に、「警察は益田さんを心配して、しばらく様子を注視していた。もし自決だとしたら、（事件から）三年後は遅いだろうが、自死に近いかたちだったと思われる」と語った。真相は奈辺にあるのだろう。

親族に訊くしかない

益田は医療事故で死んだのだろうか、それとも〝憤死〟したのだろうか。

死因を知るには親族に訊くしかない。

益田兼利総監の子、兼弘も自衛官だった。事件当時、兼弘は真駒内の陸上自衛隊勤務だった。子も父と同じ東部方面総監に昇り詰め、平成一一年に退官した。警備会社に勤務した後長野県に在住していた。兼弘は朝日新聞（平成二二年一一月二六日）のインタビュー記事《自決から40年人質総監の胸中、長男が語る「三島さんを恨んではいなかった」》でこう述べている。

〈父は最期まで三島さんを恨んでいなかった。（略）「三島さん」と呼んで慕っているようすだった。〉

益田が三島を「さん」付けで呼んでいたのは、単なる思慕の情だけでなく、胸中に秘めた苦衷もあっただろう。先にふれたとおり、益田兼利は事件直後に「三島さんは武士道をまっとうしたが、俺の武士道はどうしてくれるのか」と憤慨していた。その心境が三年のあいだに変わったのだろうか。

三島が最初に単独でひと月半の自衛隊体験入隊をしたとき、益田兼利は陸幕部の教育訓練部部長だった。その後の楯の会隊員の富士学校での教育訓練への道筋もつけた。三島との仲は深まり、書棚には三島のサイン本が並ぶようになった。この兼弘へのインタビュー記事に記者名「岩崎生之助」がクレジットされていた。早速その記者に連絡をとり、兼弘取材の仲介を頼んだ。快く引き受けてくれた岩崎から兼弘のメッセージが届いた。

〈私は事件のことをよく知らないんです。父からも事件のことは何も聞いたことがない。西さんという方が興味を持っていることを私は何も語れないと思う。父と三島さんの特異な関係は親子でもそこは分からない。今回は遠慮したい。〉

との

ことで、益田兼利元総監の死の真相は不明のままとなった。しかし、もしその死因が平城の推測する〝憤死〟だとしたら、それは三島だけにその責めを負わせられない。果たして益田の辞任の真相と死の真因は奈辺にあるのだろう。この二つはつながっていたのだろうか。

朝日新聞は昭和四八年七月二五日夕刊で益田の死を、「マヒ性腸閉そくのため埼玉県上福岡市の清水病院で死去」と報じている。特段のことがないかぎり新聞は遺族の発表とおりに記事にするという。医療ミスが事実なら、それによる体調不良が佐々のいう「自死に近いかたち」の〝憤死〟を誘発したとも考えうる。

保田與重郎の厳しい見方

保田與重郎は、事件時の総監についてずいぶん辛辣なことを述べている。

〈註・(三島氏たちは)打ち合せてあった合図通りに、総監を羽交いじめにして自由を拘束し、椅子に縛りつけた。軍刀は鞘に納まっていないわけである。

この時総監がこれを冗談だと思ったと云っているのは、私はまことに理解し難《がた》い。総監が縛られて、参ったとかもう降参といったということが、冗談と思ったからのことばだと自身で云っているのも、新聞の間違いでなければ、全く理解のしようがない。

理解できないから非難もできない。そんな状態や心理は、私の想像を絶しているのである。これは白昼総監室での出来ごとである。(略)三島氏は軍刀で、それぞれと近よるものを後ろへさがらせるような動作で、太刀のさきを追い出しのさし図に使ったらしい。刀を振って侵入者を斬るということをしていない。
刀を振ったものなら、刀は銘刀、斬り手の手腕は十分、死者が出て当然と、この事情を話した人は云った。即ち三島氏には誰人をも斬るという考えは全然なく、異常の心理の中にいて、のけよ、のけよ、という程度に刀でさしずしたというのである。〉(「天の時雨」、「新潮」昭和四六年一月 三島由紀夫読本)
三島は益田に武人として辱めを与えてしまった。そうなることを三島はよく分かっていたろう。佐々淳行は「総監を斬ってしまえばよかったんですよ」と私に語った。たしかにそれが武士の情けだったろう。しかし三島からすると、総監を斬って死なせてから自決しようとしたときに邪魔が入って未遂に終わり、自分だけ生き残ったらどうだろう。単なる殺人になってしまう。自分が自決してから森田に総監を斬らせても、森田は三島と同じ立場に置かれる。つまり三島は益田に〝武士の情け〟をかけられない状況にあったのだ。

監視の網のなかで——佐々淳行(三)

虎がネズミに襲われて猫を呼んだようなもの

〈——なぜ、自衛隊は武器使用が許される基地内の警務隊を使わなかったのでしょう。

佐々　それは実戦経験のない自衛隊はひ弱で、自分でやる度胸がなかったのでしょう。剣道五段が日本刀をふりまわしていたら、拳銃の使用は許されるのですが。

――非常時にのぞんで当時の警察力は戦後最強だったと思います。日大夜間部卒で警視総監に就いた秦野章氏をはじめ、学歴にとらわれない能力・人物本位で警察幹部が登用されていました。昭和四四年一一月、大菩薩峠事件がありました。警視庁と山梨県警の部隊が赤軍派アジトを急襲して五三名のメンバーを凶器準備集合罪で現行犯逮捕し、刃物・鉄パイプ・爆弾・火炎瓶などの凶器・武器を押収しました。警察公安は面目躍如の大殊勲を挙げました。

佐々　そういうことですが、自衛隊が警務隊を出さず警察に頼ってきたのは、相手が三島さんだったせいもあったろう。あれは戦後の歪みが出た異様な事件です。

――三島事件は主にノーベル文学賞級作家の自害という面から語られてきました。しかし国家の危機管理体制という面から見たとき、これほど危ういことはないと思います。民間人に基地に入られ、曲がりなりにもクーデターを起こされてしまったわけです。

佐々　東部方面総監部が数人の私設軍隊に占拠され、そこのトップが人質にされ、しかも警察に出動を要請した。本来は警務隊が拳銃を使ってでも鎮圧すべきだった。しかしもし警務隊が出て行って三島さんをやっていたら、政治的にたいへんな問題になっていた。いずれにしても当時の陸幕は腰抜けです。滑稽きわまりない軍隊です。虎がネズミに襲われて猫を呼んだようなものですから。今もこの状態は変わっていない。歪んだままです。警察にしても、相手が三島さんではイヤです。手を出せません。〉

楯の会、いや、三島の存在そのものが、自衛隊と警察力という二つの公権力の行使の隙間を生み出してしまったということか。
この大逆説を、切腹に向かいながら三島は察知していただろう。腹に突き立てた刃の先が深く体内に押し込められ、それが膝から上の半身に痙攣《けいれん》によるはげしい上下前後動をもたらした。三島の介錯に四太刀も要した所以だろう。床に残った血の飛沫の跡、そして森田に代って介錯した古賀が血を浴びていないことからして、さいごは押しギリだった可能性がある。古賀が介錯した森田は、最初から刃を包丁のように使っての押しギリだっただろう。

楯の会はマークしていた

〈――警察も銃器を使わず、ただ取り巻いて見ていただけなのは、そういうことだったのですか。
ところで、ある楯の会の隊員が事件直後、警察の公安担当から「大学一年の時から知っとった。日本学生同盟（民族派学生組織）の頃から、十二社《じゅうにそう》グループのことを記録つけておった」と言われたそうです。そこに楯の会学生長森田必勝氏が住んでいました。公安は必然的に三島氏の行動もマークすることになったはずですね。
佐々　楯の会はマークしていた。しかし三島さんには、まさかそんなバカなことはしないと思ってしていなかった。
――三島氏と決起行動を共にした森田氏と小川氏は十二社グループの中心人物です。三島氏は森田氏たち楯の会隊員たちとの決起の打ち合わせや予行演習を、主として都内ホテルの個室をとってやっていました。ですから公安は三島氏の動きを容易に察知できたはずです。事前に盗聴マイクを部屋に仕掛けるとか、壁越しに傍聴するとかしていたのではないですか。

佐々　盗聴や通信傍受は、当時警察庁長官の承認事項です。やろうとしても、止めとけと言われるに決まっていた。楯の会に虞犯性《ぐはん》（註・犯罪をする可能性）はあったが、そこまでする離反団体と見てはいなかった。

――当時の自民党は三島氏を参議院選挙や都知事選挙に熱心に誘っていました。三島氏は自決の二年前から前年にかけて、保利茂官房長官としばしば会っています。昭和四四年の五月か六月頃、三島氏は自衛隊で信頼していた山本舜勝氏を伴って都内の料亭で保利氏と会食しました。その後、保利氏はわざわざ山本氏を官邸に呼び出し、三島氏にただならぬものを感じたと言い、厳しい口調でその動静を質したそうです。そうなら保利氏は警視総監か警察庁長官にそれを伝え、警視庁の公安三課（右翼担当）に三島氏を内偵するよう指示していたのではありませんか。

佐々　それはないでしょう。三島さんの盗聴、尾行はしていなかった。それほど警察は三島さんを重視していなかった。

――事件直後の東京新聞（昭和四五年一一月三日）に、次のような公安三課長のコメントが載っています。「そりゃあ、楯の会は一応マークしてましたが、ああいう立派な人のことだから、まさかバカなマネをすることはあるまいと、（略）まあそこが手抜かりで大いに反省しています」とあります。椅子に座り、頭をかく反省のポーズをとる写真入りの記事です。警察がみずからの手落ちを素直に認めるとは奇妙で、異例だと思います。そのとおりだとしたら警視庁の大失態ではないですか。国民と自衛隊に手落ちを詫びなければならない事態だったのではないでしょうか。それにしても、佐々さんの先の発言とずいぶん似てもいます。

佐々　警察は三島さんが直接行動に出るとは予想だにしていなかった。〉

佐々は「楯の会はマークしていた。しかし三島さんには、まさかそんなバカなことはしないと思ってしていなかった」と私に言った。いっぽう事件後、マークしていたなかに森田が含まれていたことを公安は洩らしている。ならばマークの網のなかに三島はおのずから入ってきていたはずだ。

警察の人事異動への疑念

私は、三島と親しい佐々が事件の二カ月前に機動隊をつかさどる警備課長から異動になっている点が気にかかっていた。もしそのままであれば、佐々は三島を捕縛しなければならない立場だったのだ。

〈――佐々さんは事件の年の九月に機動隊を揮下に置く警備課長から、人事課長に異動していま す。これは、三島氏が決起したら、佐々さんが友人を捕縛しなければならない。その事態を回避した人事ではありませんか。

佐々　それは穿《うが》ちすぎです。人事課長への異動は栄転です。それまでの功績への評価です。前任者は四、五年上だった。もし私が警備課長だったら、機動隊を出動させていません。自衛隊に自分で処理させた。平城氏がいたら彼が鎮圧していたろう。〉

佐々は「穿ちすぎです」と私の疑念を一蹴した。しかし警察上層部は本人に知らせずそう計ったのかもしれない。

さらに佐々と同時に、激烈な羽田闘争、新宿騒擾、東大安田講堂攻防戦で奮迅のはたらきをした第五機動隊長の青柳敏夫が特命担当の警備部付に、その同僚の二機隊長の三沢由之も牛込署長に異動している。牛込署は管轄範囲に自衛隊市ヶ谷駐屯地をふくんでいる。そこでの不穏な画策をすすめている楯の会に対する人事シフトに思える。

佐々のカウンターパートで旧陸軍士官の平城も、事件の三カ月前に市ヶ谷基地から六本木の陸幕監部に異動する人事がなされた。平城は、自分が市ヶ谷にいたら、精強な自衛官一〇人ほどに防具で備えさせ木銃を持たせ、三島たちが立てこもった総監室に即座に突入させていたと無念の思いを語っている。

私が東京地方検察庁で閲覧した事件記録によると「同年六月一三日同都赤坂葵町三番地ホテルオークラ八二一号室に右の三島ほか三名が集合した際、三島は、自衛隊は期待できないから、自分たちだけで本件の計画を実行する、その方法として、自衛隊の弾薬庫を占拠して武器を確保するとともに、これを爆発させると脅かすか、あるいは東部方面総監を拘束して人質とするかして、自衛隊員を集合させ、三島らの主張を訴え、決起する者があれば、ともに国会を占拠して憲法改正を議決させるという方策を提案した」とある。時系列的に以上の警察と市ヶ谷の幹部の異動は三島たちの計画推移と符節があう。

ＣＩＡの執拗な接触

〈――アメリカ政府から事件について問い合わせはありましたか。

佐々　政府と言うか、私が三島さんの友人ということもあり、ＣＩＡの知り合いから非公式に接触があった。飯でも食おうとしつこく誘われた。「この事件は何なんだ。三島は右翼か？現職の政治家の誰とつながっているんだ」などと、根掘り葉掘り訊いてきた。私は「三島は右

翼ではないし、政治的な背後関係もない」と答えた。〉

佐々は事件後CIAの知人から執拗に事件の背後関係を訊かれていたのだ。アメリカ政府がこの事件に強い関心を持つのは当然だ。戦前のような国粋主義の台頭、世論の右傾化、軍国主義の復活を危惧したからだろう。

ならば集めた情報や分析が文書にされているはずである。アメリカ国立公文書記録管理局（NARA：National Archives and Records Administration）に問い合わせてみた。しかし、そのようなファイルはないとの返事がとどいた。

〈Dear Hohtaro Nishi:

This is in response to your recent inquiry to the National Archives concerning Yukio Mishima.

We checked the Name Card Index to the 1967-69 and 1970-73 segments of the Department of State's Central Foreign Policy File, part of RG 59: General Records of the Department of State. We were unable to locate a file on Yukio Mishima.〉

米国や英国やヴァチカン市国などの機密文書を渉猟しているジャーナリストに訊ねると、「情報源が生きているうちは機密解除されませんよ。その人間が亡くなっても、内容によっては解除されない場合があります」とおしえてくれた。元々ないのか、あっても機密のままなのだろうか。機密なら解除されるときが来るのだろうか。

三島家への微行

――佐々さんの手帳の事件翌日の欄に「平岡家と屡々《しばしば》電話連絡」とありますが、相手は誰だったのですか。

佐々　三島の父親の梓さんが直後から何度も電話をかけてきて、頻繁に連絡をとり合った。事件からひと月ほど経ったころ、梓さんから会食に来るよう呼ばれた。

――佐々さんの手帳の昭和四五年一二月二〇日に「6-9：30三島家弔問　平岡家で両親と食事」とあります。このことですね。夕方から三時間半もいたのですね。

佐々　あれだけの事件をおこした被疑者宅に警察官が行ってごちそうになるのはまずい。世間が知ったら、警察は手心を加えるのではないかと予断をもつ。上司に相談して、この日は友人として行った。両親、瑤子夫人、弟の千之もいた。会食は両親の住んでいる和風の邸の方でした。瑤子夫人は加わらず、母親はときどき顔を出した。鶏の照り焼き、胡麻豆腐、もずく、かまぼこ、白味噌汁と、ごく普通の和風の手料理で、日常生活を取り戻しているようだった。瑤子夫人は相当無理に気丈にしていて、過労の色が濃かった。「弟がジャーナリズムによけいなことを言わないように言ってくれ」と頼まれた。千之とは親しくしていて、彼が受け取った私信（ラブレター）の束を、ある事情からあずかったこともあった。彼は見た目と違って、なかなか豪快なところがあった。

三島さんは日常的に私のことを家族に話していたことも分かった。三島さんから聖セバスチァンに扮した裸の写真を見せられて「今は胸毛が黒々としているが、五〇歳になるまでには白くなる。あまり裸にならないほうがいい」と言ったことがあった。夫人から、三島さんがそのことをずいぶん怒っていたと打ち明けられた（笑）。相手は五つ上の文豪だが、私はそういうことをズケズケ言った。夫人はそんな私を好いてはいないようだった。

――姉上とのこともありましたから。三島氏にとって白髪の胸毛の老いた自分を想像することは、ずいぶんこたえたでしょう。

佐々　私はひ弱な三島さんには武の世界はムリだと思っていた。身体を鍛えて、それを裸になって見せて武の世界に来ようとしていて、気の毒に思った。三島さんは精強な機動隊隊長の私が内心うらやましかったのだと思う。楯の会の隊長になって、私に張り合おうとしているように見えた。それを私が事々に貶《けな》すものだから、本気で怒っていた。〉

見せられた三島の妻あて遺書

〈――男三人での会食の場ではどのような話が出たのですか。

佐々　千之が、瑤子夫人に三島さんのライターか何かを形見にもらいたいと言ったら、断られたと言っていた。瑤子夫人にあてた遺書も見せてもらった。そこには「葬式は平岡（三島）家として仏式でやり、森田と二人同格で一緒に神式でもやること、その新聞告知のやり方まで指示されていた。（多磨霊園の家族墓とはべつに自分だけの）墓所を確保してあり、ブロンズ像を立てた墓を建てること、馬込の自宅を〝三島記念館〟にして家族は別のところに家を建てること、楯の会は没後一周年で解散することなども書かれていた。

――夫人あての遺書の内容は今まで一切おおやけになっていません。まずブロンズ像ですが、三島氏が事件の年の春、四〇センチほどの自分の裸像を造らせていたこと、等身大の裸像も粘土型まで造らせていたことは知られています。粘土像は自決の三日前に夫人と子どもたちに見せています。しかし自分だけの墓に置こうとしていたことは知られていません。それが裸像制作の目的だったのです。馬込の自宅を記念館にしたかった三島の遺志も今まで知られていませんん。〉

三島の遺書を最初に見つけたのは、三島家、そして三島の妻の実家である画家の杉山（寧）家の双方とつながりのある湯浅あつ子だった。彼女は数年前に亡くなったが、生前、見つけた経緯を話している。湯浅は事件当日、すぐ三島家に駆けつけていた。

〈家族はそんなふうで、だれも、未だ、公ちゃん（註・三島由紀夫）の部屋に行って、なにごとも確かめて居なかったんですよ。それで私が、最初に、二階へあがりました。（略）ちょっと膨らんだ封筒が目立つように置いてあるのに気づき、上書きに「急を要す」とありましたので、すぐに、階下へ戻って、おじさまとおばさまへ渡しましたが、これが遺書でしたのよ。全部で四、五本ありましたね。私が書斎から持ち出して、平岡の両親に直に渡したので、ほかの人たちは調べようがなかったのではないでしょうか？　なかには弁護士に宛てたものもあり、印税に関することなど、公ちゃんらしい、細かい指示が書いてあったようです。（略）瑤子ちゃんへの遺書も直接、私が渡しました。〉（岩下尚史『ヒタメン』雄山閣、平成二三年）

三島の遺書は封筒の数以上あった。それが身内、友人、楯の会、弁護士というように関係者ごとに仕分けされ封筒に入れて書斎に残されていた。佐々がそれらを見せられたのは、ひと月後である。それらは警察に押収されたが、そのまえに梓がすべてのコピーをとっていた。その梓が千之と計らって佐々を呼び、佐々にそれらを見せて爾後の相談をしたのだ。親友の伊沢甲子麿あての遺書の中身はいまだに明らかになっていないようだが（三島の伊沢あての書信も同様のようだ）、裁判で弁護人がその一部を援用している。

〈遺体には楯の会の制服を着せ、白手袋をはめて軍刀づくりの刀を持たせ、その写真を撮っておいてください。家族は反対するかもしれませんが、小生が文士として死んだものではなく、武人として死んだことを確認したい。〉（私が閲覧した裁判記録）

実際には、刀とともに、原稿用紙と万年筆が添えられたが……。

楯の会あてには、隊員全員と一隊員の倉持清（現在、本多姓）あてのものがあった。これらはすでに公開されている。ほかに生き残って被告人となるだろう（実際にそうなったが）三人（小賀、小川、古賀）の弁護を依頼する斎藤直一あてのものもあった。佐々の手帳の別の箇所に、「遺書千之宛　罪は九族に及ぶことはないから迷惑はかけない」とのメモがあった。

後に残された者

〈佐々　瑤子夫人と会ったのはそれが最後で、千之とはそれからもたびたび会ったが、事件の話は避けていた。

——三島氏は市ヶ谷で本当は何をしたかったのでしょう。

佐々　彼の美学で切腹したかったのだろうと思う。自分の死を美化して死にたい。でもキツイことを言えば、みんなに迷惑をかけて、何をしようとしたのか、じつはよく分からない。彼は自衛隊が決起すると信じていた。ところが何も起きなかった。罵声を浴びただけだった。ほんとうに失望したのは、あの市ヶ谷でだったろう。そろそろ三島由紀夫の名誉を回復してあげたい。

――御自身の半生を振り返って、いかがですか？

佐々　私の三五年余りの警察官人生は矩《のり》を越えない、しかしスレスレのものだった。軌道を踏み外さず、ちゃんとその上を走ってきた。しかしその軌道は狭軌なのに、私は広軌で一方の車輪はガリガリ地面を噛んでいた。由比小雪や丸橋忠彌を助けた松平信綱のようだった。警察を離れてからは終点のない無限軌道でスピード制限もなくなった（笑）。セシル・スコット・フォレスターの軍人冒険小説『ホーンブロワー・シリーズ』の主人公は実在の提督で、死後何年か秘密にされた文書を元にしているそうだ。私はそれを自分で書いてしまった。そんな思いです。〉

佐々の手帳には、村松剛が佐々に電話で「私も疲れた、死にたい。人には言えないが、あんなのないよ。抜け駆けの軍律違反だよ。後に残された者はどうなるの」と話していたと記されていた。村松に「あたまを攘夷せよ！」と言ったままあの世に逝ってしまった三島への偽らざるホンネだろう。

秘かに蠢いた国家意思

なぜあの状況で古式通りの切腹ができたのか

「三島事件」には見落とされている重大なポイントがいくつもあると思われる。それらをこれから順次指摘し、論じてゆきたい。

まず、なぜ三島は切腹と介錯による自決を、実質が軍隊である自衛隊敷地内の真っ只中で完遂できたのだろうか。見落とされている第一の、そして最大の点である。

平城は私に次のように語った。

〈**平城**　市ヶ谷駐屯地に配属されていた第三二連隊の銃剣士一〇人ほどに、籠手《こて》などを装備させ木銃を持たせて、直ぐ突入させていれば、三島氏を死なすことはなかった。その用意に要する時間はたった一〇分だったろう。私が市ヶ谷に、二部長の現職としていたならば、三島氏を死なせることは絶対になかったと確信する。〉

自衛隊では、基地への侵入者に対して隊独力で逮捕し、取り調べは自衛隊内で司法権を持つ警務隊に担当させ、報告は東方警務隊本部から東方二部長などの関係部署及び外部の警察へ通報することになっていた。しかし「三島事件」でこれは守られなかった。なぜ自衛隊はそうしなかったのだろう。

平城によると、市ヶ谷駐屯地と警視庁の間には駐屯地内のことに警察は手を出さないとの取り決めもあったという。平城の警視庁側のカウンターパートは警察庁から出向していた警備課長（当時）佐々淳行だった。私が確認すると佐々もそれを認めた。しかし事件のときに平城も佐々も他に異動し、その対応・処置にかかわっていなかった。

警視庁は取り決めを易々とやぶり、市ヶ谷駐屯地からの一一〇番通報後、ただちに警察官と機動隊を市ヶ谷に差し向けた。自衛隊もそれを易々と受け入れた。不思議なことである。平城は事件の年の八月に市ヶ谷の東方から六本木の幕僚監部に異動していた。くりかえすが「自分が市ヶ谷基地にいたらそんなことはさせなかった」と悔しがっていた。

しかし、自衛隊敷地内に入って来た警察機動隊は、何の手出しもせず、じっと〝環視〟していただけだった。自衛隊が警察力を入れたことは三島の想定外だったろう。この経緯の詳細を、あとで引く裁判記録にある、楯の会隊員の小川正洋と、事件当時防衛庁長官だった中曾根康弘の法廷でのやり取りから明らかにしたい。

第一報が一一〇番通報への疑問

警察の対応をくわしく見てみよう。伊達宗克編著『裁判記録「三島由紀夫事件」』には「警察措置　事件発生直後とみられる午前一一時一二分、自衛隊からの一一〇番通報によって事件発生を認知、当庁では直ちに機動隊二コ中隊と私服員一五〇名を現場に急行させ……」とある。この箇所を閲覧を許可された裁判記録で確認しようとした。しかし検察庁の記録閲覧担当官は記録のなかにないという。おそらく伊達が独自に警視庁に取材し、入手したものではないかという。たしかに同書には、警視庁の捜査報告書の記述だとある。当時警視庁に出向していた佐々淳行に訊くと「警察はそういうものを裁判所に出していないだろう」と言う。警察が捜査資料を裁判所に提出することはまずないというのだ。しかし事実関係は裁判の審理で重要なはずではないだろうか。私は事件の推移が裁判記録にないわけはないでしょうと担当官に食い下がった。しかし必ずしも裁判に必要なものではないと言う。

伊達本の「午前一一時一二分」が、他の資料では「午前十一時二十二分」になっている。

〈午前十一時二十二分に、東部方面総監部から警視庁司令室に一一〇番がはいり、同二十五分には、警視庁公安第一課が警備局長室を臨時本部にして関係機関に連絡を始めた。同時に、百二十人の機動隊を市谷に出動させている。〉（保阪正康『憂国の論理　三島由紀夫と楯の会事件』講談社、昭和五五年）

誤植かもしれないが、一〇分の差は大きい。しかしこれもどちらが正しいのか（どちらでもないのか）確認できなかった。

もう一つ不思議なのは、検察は、事件現場にいた警察官や警視庁関係者から聴取した記録を裁判所に提出していないことだ。いや、検察は警察サイドに何も聴取しなかったようだ。現場に駆けつけた三島と交友のあった佐々も聴取されていない。現場にいて目撃した者から、それが一般人だろうと警官だろうと、聴取すべきだろう。これも釈然としない。裁判所も警察関係者を法廷に呼んでいない。同じ官吏であり、取り締まる側だから、調書をとったり、法廷に呼び出して尋問しなかったのだろうか。

くりかえすが釈然としない。しかし一般的には私の疑念の方が理解しがたいのかもしれない。通常警察は〝事件関係者〟ではない。治安を維持し、それを乱す者を取り締まる側だからだ。しかし三島事件において警察は〝事件関係者〟だった可能性があることを指摘しておきたい。被告人の弁護士たちはこの点を突くべきだったとおもう。

一一〇番通報だが、仮に「一二分」に通報があったとすると、あまりに警察対応の手際がよすぎると思われる。市ヶ谷駐屯地との正式な連絡系統を飛ばして出動したのだろうか。先に述べたように、第一に通報したのは総監室と同じ階の別室にいた自衛官だった。その自衛官は上官の指示を仰がず勝手な行動をとったのだ。

固定電話の連絡ルート

平城によると、東部方面隊は、警視庁との間で固定電話の連絡ルートを四つ設定していた。

1、東部方面二部
2、〃　　調査隊
3、〃　　警務部
4、〃　　総監部幕僚業務室

東部方面隊が警視庁と連絡を取り合うには、このどれかを使う手筈ができていたのだ。一一〇番した自衛官はこのことを知らなかったのだろうか。そうだとしても、規律上上官の指示を仰ぐのが当たり前だろう。現況を把握し、自衛隊の治安組織である警務隊での対処鎮圧がムリだと判断したら、幕僚長か幕僚副長の指示のもと、右の四つのいずれかのルートで警察に出動を要請するのが本筋なのだ。警視庁もこのルートで動くべきなのだ。一一〇番通報が第一報でも、このラインで東部方面に確認してから出動すべきなのだ。

伊達が入手した警視庁の捜査報告書に、市ヶ谷駐屯地との正式の連絡ルートでのやり取りが記されていないのはなぜだろう。全く機能していなかったとは思えない。三島に木刀で立ち向かった原一佐は法廷で検察官に対して証言している。

〈——自衛隊に警務隊というのがございますね。

原　はい。

——これはどういうことをやる役目なんですか。

原　警務隊は司法権を持っておりますが、それは自衛隊内での出来事についていろいろ業務をつかさどっております。
――自衛隊員以外の者が自衛隊内において、たとえば、何でもいいのですが、犯罪をやりました場合に、警務官にはこれを取り締まるというか、検挙する根拠はないんですか。
原　私、警務官でないので、ちょっとお答えできないと思います。
――先ほどちょっとおっしゃったかと思いますが、室内の模様を椅子の上からあなたは見ておられた。そこへ警務隊長の木幡二佐が来たので、あなたと替った。木幡二佐が室内の模様を見たことはあるんですか。
原　木幡二佐が参りましてすぐ警告を発しておりました。
――そのとき普通の警察官は来ていたんですか。
原　はい。
――これはどういう関係で入って来ていたんですか。
原　私もそのいきさつについてはよく存じません。当初警務官である木幡二佐、それから市ヶ谷駐屯地警務隊の畑一曹等がまいりまして、ちょうど業務室で防衛副長と私が要求書についていろいろ内容を検討いたしておりましたところでございますが、警務隊が到着し、その後に私共が総監室前から三島氏等と話をしております時に警察が到着しております。私はそのいきさつについてはよく存じません。〉
一佐のような幹部クラスでも警察導入の経緯を知り得なかったのだろうか。あるいは知っていても言えない事情があったのだろうか。ちなみに東部方面警務隊長・石割清雄は「総監部に、右翼が凶器を持って入って来たと、乱入、侵入したという第一報だった」と証言している。

元警察官僚で外事畑が長かった国会議員・平澤勝栄にこのことを訊いた。平澤は、何があっても一一〇番があれば出動するものだと言う。一般にはそうだろうが、相手は自衛隊である。武器武装を有する組織である。警務隊という銃器を備えた治安組織がある。駐屯地内に警察は乗り込まないとの取り決めもあったのだ。

出動が即座だっただけでなく、大規模過ぎるのも不可解だ。機動隊二コ中隊というと、約一〇〇人である。それに加えて私服警官が一五〇人である。一人が日本刀を所持しているにしても、たかだか五名に対して過剰対応ではないだろうか。しかもせっかく大出動しても、一切手出しをせず、じっと自決するのを静観し〝環視〟していただけだった。

くりかえすが、駐屯地内の規律上警察ではなく、幕僚長もしくは副長への第一報が優先する。警察への出動要請には基地内の指揮命令系統にのっとった手順をふみ、四つの正式ルートのどれかが使われるべきだった。しかし一人の自衛官が行動規範を逸脱し、上司の許可なく一一〇番通報をした。このことを含めて、三島事件には見えていない国家権力の意思が秘かにうごめいていた形跡がある。

疑念を解明するカギ

先に提示した、警察が市ヶ谷駐屯地に即座に出動したことについての疑念だが、これを解明するカギが、小川正洋が中曾根康弘に質問した裁判記録の中にあった。

〈小川　当時長官であられた中曾根さんには、報告を受けたと思いますが、あの日誰がどのような方法で自衛隊市ヶ谷の駐屯地内に機動隊を呼んだのかというような報告は受けておりますか。
中曾根　あのときには、そういう具体的な報告はありませんでしたが、その後調べたところによると、あの事件が起きた直後に一一〇番で警視庁にすぐ連絡して、それから四分か五分後に牛込警察署に直通電話で署長にそれを通知して、そして協力要請をしたと、そういう事実はあります。
小川　首都防衛の任にあずかる市ヶ谷部隊に事が起ったときに、自衛隊の力でそれを解決せず、警察を呼ぶというようなことですね。これがもっと大きくなって、国になった場合も、自衛隊は警察を呼んでやってもらうんじゃないかと、そのような考えを持ったというの、私自身聞いているんですが、その点どうなんでしょうか。
中曾根　それは相手が三島君のような特別の人であったから特に社会的影響を考慮して、警察を正面に出せと私が指示したのであって、もちろんあそこにおった幹部諸君は、そういう三島君というような社会的に影響力のある人のことであるから警察を呼んだということであったろうと思うんです。問題の場合でも、警務隊はあの部屋を包囲して私はその処置を不適切であったと思ってないんです。普通の暴徒が入る場合には自衛隊がちゃんとやるでしょう。この間の然るべき処置はとっておったけれども、そういう三島君のような影響力のあるような人の問題であるから、警察を表に立ててやるという方法をとったんだろうと思うんです。いつも一一〇番を頼むということではありません。
小川　隊員の中に尊敬する上官が捕えられてしまったときに、少なくとも命をなげうって上官を助けるという人がいなかったという報告は受けていますか。

中曾根　そういうことはありません。あのときはいろいろな客観的な判断をして、三島君がやった事件が覚悟の事件であって、もし必要以上にあの壁を突破して行動に出れば、三島君のためにも不幸であるし、また益田陸将の命も危ないと、こういう判断に立って彼らは益田君を生かし、三島君が念願していたことについても、ある程度の同情を示しつつ、ああいう処置をとったんだろうと思うんです。覚悟の事件だということをある段階に来て直感して、ああいう処置がとられたんだろうと思うんです。〉

このやり取りには、事件のなぞを解くいくつかの重要なカギがある。市ヶ谷駐屯地から警察への通報だが、一一〇番通報をしたのは総監室近くにいた佐官級の自衛官で、指揮命令系統を逸脱したイレギュラーなものだった。これは私が取材で突きとめた。この中曾根の証言で初めて分かるのは、自衛隊がその四、五分後に直通電話で正式な出動要請をしていたことだ。自衛隊東部方面隊は警察に、四つ設定されていた直通電話回線での連絡網のどれかで、一一〇番通報とは別にやり取りをしていたのだ。佐々は市ヶ谷地区を管轄している牛込署がそのなかに組み込まれていたことを認めている。

さきにも述べたが、伊達宗克の『裁判記録「三島由紀夫事件」』では、一一〇番通報がなされたのは一一時一二分、保阪正康の『憂国の論理　三島由紀夫と楯の会事件』では、同二二分となっている。中曾根は法廷で、事件の第一報を受けたのは（国会開会中の）「一一時半から一一時四〇分くらいの間」と証言している。一一〇番通報が二二分だったとしても、長官への報告前に、その了解を得ずに、自衛隊は警察に出動要請をしていたことになる。

中曾根は『天地有情』（文藝春秋、平成八年）で、陸上幕僚副長竹田津《たけだつ》護作から、自衛隊は手を出さず警察に鎮圧を委ねる旨の連絡が入ったのは、国会が終わり事務所に移動して着替えていたときだと述べている。竹田津は中曾根長官の了解なしに警察に出動を要請し、事後報告していたことになる。

この記述は中曾根が事件直後の一二月一日に日本外国特派員協会でおこなった「警察を使ったということは私がそのように指示したのであります」との発言や右の法廷証言と矛盾している。中曾根は、事件当時偽っていた自衛隊内への警察力導入のほんとうの経緯を、平成になってからようやく明かしたのだ。事前に警察（警視）庁と防衛庁の長同士が情報を共有していた可能性もあるだろう。

権力による〝不作為の罪〟

以下は私の見立てである。

中曾根は法廷で、「三島君がやった事件が覚悟の事件であって」「三島君が念願していたことについても、ある程度の同情を示しつつ」「覚悟の事件だということをある段階に来て直感して」と言っている。中曾根は「直感して」ではなく、三島が自決することを、親しくしていた交流からわかっていただろう。だから自決したいなら「同情を示しつつ」やらせてやったということなのだろう。警察は、三島と森田が自決すること、三島が総監を殺さないこと、残った三人は投降し総監を無傷で生きたまま解放することまでつかんでいたのではないだろうか。

だとしたら、冷徹な国家意思の〝不作為の罪〟のもとに、三島、森田は逝ったことになる。

〝不作為の罪〟とは、たとえば、母親が乳児に授乳しないで餓死させてしまうことであり、殺人罪に問われる。この〝不作為の罪〟が三島の死を完遂させ、完璧なものにしたことになる。

戦前、あきらかな不作為により、阻止されず放置されたクーデター事件があった。二・二六事件である。

近年、帝国海軍の〝極秘〟文書が公けになり、NHKの特集番組で明らかにされた。それによると、事件勃発の一週間前、東京憲兵隊長が海軍大臣直属の次官に、「陸軍皇道派将校らが、重臣の暗殺を決行、この機に乗じて国家改造を断行せんと計画」しているとの情報をもたらした。〝極秘〟と印された関係文書には、そのときに告げられた、襲撃された重臣たちの名、蹶起《けっき》した首謀者たちの名も列記されている。

しかし、海軍はまったく動かなかった。この不作為の事実を知られないよう、海軍は関係文書の内容を封印した。この文書には陸軍とのあいだの〝闇〟も記されているという。そこに海軍が、陸軍一派によるクーデターを放置した背景があったのであろう。

ひとつの権力は、みずからを守るため、時に非情な振舞いに出る。三島たちの蹶起に対しての警察庁・警視庁は、二・二六事件における帝国海軍の所業と重ね合わされるのではないか。

警察はつかんでいた！

私はもう一度佐々淳行に会って、警察の対応は本当はどうだったのか、確かめたい気持ちに駆られた。佐々は事務所を閉じてから都内の介護付き施設に入っていた。しかし新刊を上梓しテレビ出演もこなしているから元気なのだろう。私が電話を入れると佐々が出た。相変わらず元気な声で取材に応じると言う。

平成二六（二〇一四）年一一月二二日、佐々が入居している施設に、平田みつよし葛飾区議（現同区議会議長）と出かけた。一階の応接室で待っていると、佐々は介添人（木田臣）に押された車椅子に乗って入ってきた。そこで跳びあがるような証言が飛び出した。

――晩年の三島氏は間違いなく死にたがっていましたね。

佐々　切腹したい、死にたいとよく言っていた。家族はどうするんだと言うと、もうどうでもいいんだよと言っていた。

――しかし市ヶ谷の自衛隊の中では、時間を要する切腹死はすんなりいかない、そう思っていたはずです。

佐々　三島さんは阻止されると思っていたでしょうね。

――そうです。死ねない方に賭けていたと思います。佐々さんは以前、「警察は三島さんが直接行動に出るとは予想だにしていなかった」と言われました。事件直後の東京新聞に北出忠光公安三課長（註・公安部は警視庁にだけ置かれ、三課は右翼を担当し、一課は左翼を、二課は労組・労働運動を担当）も、「そりゃあ、楯の会は一応マークしてましたが、ああいう立派な人のことだから、まさかバカなマネをすることはあるまいと、（略）まあそこが手抜かりで大いに反省しています」と答えています。いっぽう、楯の会隊員が警察の公安担当から「大学一年の時から知っとった。十二社グループのことを記録つけておった」と言われています。一緒に自決した森田氏はこのグループにいました。ですから警察は三島氏が決起することをつかんでいたのではないですか。

佐々　日時までは分からなかったが、割腹自殺までするとは思っていなかったが、警察は、三島が何かやるだろうということはつかんでいた。

——日時も含め、決起のすべてを探知していたのではないですか。しかし佐々さんはその情報から隔離されたのでしょう。三島氏の親友ですから。あの日も公安は三島氏や森田氏らを朝からマークしていたのではないのですか。

佐々　決起を知らされていたら、止めていた。

——上層部はそれが分かっていた。佐々さんに決起のことを事前に知らせるわけはありません。

佐々　その私に、今から市ヶ谷に行って三島さんを止めてこいと命令したのです。非情な上司たちです。〉

佐々の「警察は、三島が何かやるだろうということはつかんでいた」との証言は衝撃的でもあり、得心するものでもあった。佐々はたたみかけた私の質問に直接はこたえなかった。しかし「非情な上司たちです」という言葉のうちに、警察上層部が三島の決起をつかんでいたことをあとから知らされた佐々の無念さを感じた。


当日事件発生前から刑事に監視されていた作家

その作家とは倉橋由美子である。これについて倉橋が記している一文をかいつまむ。

〈その日私は家にいて、昼まえ、というのは三島氏がまだ東部方面総監室にいたころ、私服刑事の訪問を受けていた。用件をさだかにしないまま、この刑事さんは（略）いっこうに帰ろうとしない。無論私はまだ事件の発生を知らず、かりに知っていたとしてもそのことで警察が私の動静を探りにくるなどとは思いもよらぬことで、察するに多分また赤軍だか中核、革マルだかが騒動でも起したのだろう、と思っていた。というのは赤軍派による日航機乗取りの際にも刑事さんの来訪を受けたことがあったからで、これは学生のほうが、何を血迷ったか私を自分たちの運動に共感と支援を寄せてくれるはずの人物のひとりに想定していたのを警察が探知したからであるらしかった。（略）いまになって思いあたるのは、過日私がA新聞のインタヴィウに答えて、自分がもし男だったら楯の会に入るのに、と発言したことである。これが警視庁の精密な記憶装置にでもとどめられていたのだろうか。（略）私の想像を絶した遠大にして緻密な意図をもって私のところに私服刑事を派遣したのかもしれない。〉（「英雄の死」、「新潮」昭和四六年二月号 三島由紀夫追悼特集）

倉橋にとって「無論私はまだ事件の発生を知らず、かりに知っていたとしてもそのことで警察が私の動静を探りにくるなどとは思いもよらぬこと」だった。しかし「私の想像を絶した遠大にして緻密な意図をもって私のところに私服刑事を派遣したのかもしれない」と推察している。作家だけあってするどい感性だ。それにしてもどうしてこの刑事は気づかれないように倉橋を見張っていなかったのだろう。女だから実行動はせず電話で三島か楯の会と連絡をとるだろうと家に上がり込んだのだろうか。「用件をさだかにしないまま」なら、訪問（監視）目的を倉橋に気取《けど》られず失態にはならない。しかし事件発生後にやってきた警官がそれを明かすやり取りをしてしまう。

〈今度は十二時過ぎ、単車にまたがった制服警官がやってきた。（略）この警官は、私が何も知らないでいるのを不審に思ったのか、「本当に知らないいんですか。死んだんですよ」といった。〉（同）

警官は主語をはぶいて当然のことのように「死んだんですよ」と倉橋に三島の死をつたえている。事件が起きるまえから警察は三島が決起することを知っていたのだろう。それを知る由もない倉橋は「主人が交通事故でも起こして死んだのか」と「途方にくれ」た。その倉橋のさまに「警官は呆れたようで」「『いまテレビでやっていますよ』と教えてくれたので」、ようやく市ヶ谷での三島の決起とその死を知ったのだ。「警官たちは私がうろたえている有様を見とどけると安心した様子で引き上げていった」。こうして彼らは訪問目的＝楯の会と倉橋のつながりの有無の確認を達したのだが、不覚にもそれを明かしてしまっている。

決起まえの刑事の訪問と、それが起こってからやって来た警官と倉橋のやり取りは、警察が三島たちの決起を事前に摑んでいたことをはっきりと証している。倉橋が類推しているように、事件当日刑事がやって来たのは「自分がもし男だったら楯の会に入るのに」と新聞のインタビューでしゃべっていたからだろう。「これが警視庁の精密な記憶装置にでもとどめられていた」ことは、たしかに「後藤田体制の公安の優秀さを物語っている」（中川右介『昭和45年11月25日』幻冬舎、平成二二年）。読みとるべきはそれだけではない。さきに記したように、佐々は、「日時までは分からなかったが、割腹自殺までするとは思っていなかったが、警察は、三島が何かやるだろうということはつかんでいた」と私に打ち明けた。倉橋のこの一文からすると、警察は三島たちの決起をその日時まで探知していた。だが阻止せず放置した。そして（みずから望んだこととはいえ）三島と森田を自決させたのだろう。この対処方針は警察組織内だけで決められるものではない。彼らだけで責任をとれる決断ではなかっただろう。

三島ともあろう者がバカなことをすることはないだろう

事件当時警察官僚だった平澤勝栄に面会し、佐々の「警察は、三島が何かやるだろうということはつかんでいた」との証言を伝えると、「握りつぶすなんてことは考えられない」という返事だった。

「もし公安が三島の暴挙を事前につかんでいたら、場外大ホームラン大殊勲だ。それを握りつぶすなんてことは考えられない。あり得ない。それにあのときの警察庁は事前に分かっていたなんて考えられない混乱ぶりだった」と、平澤は語った。

当時警察庁の長官官房（後藤田長官の秘書業務担当）にいた荒井昭に会って訊いた。「警察は、三島が何かやるだろうということはつかんでいた」との佐々の証言を伝えると、三島の情報は官房経由で一切長官に上がっていなかったと言う。ただし自分たちを通らないやり取りがあることはみとめた。

その面談中に荒井の携帯が鳴った。電話をかけてきた相手に、「（私ではなく）ある政治家からの問い合わせだが」と言い、事件当時の公安課の内情について聞き出しはじめた。話し終わり携帯を切ると、こう言った。

「いまかけてきた相手はだれとは言えない。三島たちの不穏な動きを察知した当時の担当は、徹底した捜査をすべきと具申し、課内部でずいぶん議論をしたそうだ。しかし上層部は、三島ともあろう者がバカなことをすることはないだろうと判断した」

「徹底した捜査」とは、おそらく三島邸の電話を傍受することも入っていただろう。「上層部」とは、警視庁の長である警視総監の秦野章を指すだろう。佐々によれば、電話を傍受するには、後藤田正晴長官に決裁をあおぐ必要があった。佐々の言うように「やろうとしても止めとけと言われるに決まっていた」から、秦野は後藤田になにも具申しなかったのだろうか。

私がいるタイミングをはかったように荒井に電話があったことに、強い違和感を抱いた。「三島ともあろう者がバカなことをすることはないだろう」との言葉は、北出公安三課長の「ああいう立派な人のことだから、まさかバカなマネをすることはあるまい」というコメントとも重なるものがある。それは、上層部から警察の関係部署に通達（口裏合わせ）されたものであったことを明かしているだろう。

警察が三島の決起をつかんでいて、さらに三島の自裁の可能性まで察知していたとすれば、「ただ取り巻いて見ていただけ」であったことは、それは、警察はノーベル文学賞の候補にまであがった才能ある人物を、みすみす死なせてしまったということで、マスコミ・世間から轟々たる非難を浴びせられることになるだろう。だからこそ、北出公安三課長に「ああいう立派な人のことだから、まさかバカなマネをすることはあるまいと、（略）まあそこが手抜かりで大いに反省しています」とコメントさせ、頭をかく反省のポーズの三文芝居を打たせたのではなかったか。

北出が言うとおりなら、公安三課はたいへんなドジを踏んでいたことになる。管掌する部下の不祥事を含め、落ち度があったと見られた責任者は、二度と浮かびあがれないのが警察という組織である。しかし、北出は事件の翌々年、丸の内警察署長に栄転している。その後も順調に出世し、ノンキャリ最高位の警察学校長にまで登り詰めた。つまり本人の言うような「手抜かり」などのミスはなかったということだ。いや、反対に三島たちの決起を明確に察知し、そのつど上層部に報告し、指示を仰いでいたのに違いない。

後日、警察事情につうじている二階堂ドットコムというブロガーに、「警察は、三島が何かやるだろうということはつかんでいた」との佐々の証言をつたえた。すると「アオさんもつかんでいた」、「アオさんだって市ヶ谷基地のまえで見ていたのに」と返してきた。さきの荒井に訊くと「アオさんとは青柳敏夫のことだろう」と言う。

さきに記したように、当時青柳は警視庁警備部の特命担当だった。組織上、公安部と警備部は別組織で、それぞれ独自に動き、情報共有も積極的にしないという。警備部の青柳も情報をつかんでいたのだ。六月まで佐々の配下で数々の騒乱を機動隊長として青柳と共に闘った三沢由之は、市ヶ谷駐屯地を管轄する牛込署長に就いていた。青柳は戦友の三沢とともに、市ヶ谷駐屯地での楯の会の動きをウォッチしていたのだった。

なぜ寸止めしたのか

なぜ警察は、三島たちを阻止しなかったのだろうか。そしてなぜ自衛隊に何も伝えなかったのだろうか。

公安は楯の会の十二社グループをずっと追尾していた。グループの中心は、学生長の森田必勝である。森田は最初から決起に加わり、というより逆に、逸《はや》く、逸く、と三島を引っ張っていた。そして頻繁に三島と会って密議をこらしていた。

森田は決行直前に市ヶ谷駐屯地を訪れ、面会の確認をしている。決行当日、他の隊員といっしょに三島邸に行き、そこで太刀をかかえた三島と合流して市ヶ谷に向かった。そのとき公安の担当者たちが危機感を抱いていた〝あり得ないこと〟が起こるのは目前に迫っていたのだ。しかしそれでも、ついに警察は動かなかった。

おそらく公安はあの日、十二社の下宿を出たところから森田たちを追尾していただろう。森田が三島邸で太刀を手挟《たばさ》む三島隊長と合流し、駐屯地に入るのも見届けていただろう。そして総監室内の動静を近在のビルの屋上から双眼鏡で見ていただろう。

長官の許可を得て三島邸の電話を傍受したり、三島たちが密議や決起の予行演習をしたホテルの部屋に盗聴器を仕かけるなど、徹底的に捜査していたら、その決起を阻止できたはずだ。いや、確証をつかんだら阻止しなくてはならない。そうしなかったことに、あきらかに〝不作為の罪〟があったと思われる。

どうして警察は何もせず、止めもせず、放置したのだろう。

自衛隊が不祥事に見舞われれば、その面目はつぶれ、権威は失墜し、国民の信頼は失われ、士気は低下し、自ずと弱体化する。それは同盟国の意にも叶う。警察にとって三島は、自衛隊に肩入れし、クーデターを起こしてでも改憲して、国軍にしようとくわだてる、厄介で、目障りな存在だった。そこに楯の会の決起を放置し、死にたがっている三島に自決させた蓋然性があったと考えられる。でなければ自決は、ああも易々と完遂されはしなかっただろう。

さらに言えば、三島に飛びかかっていっても、無傷で取り押さえられればいいが、ケガをさせたり重傷を負わせたり、最悪死に至らしめたら政治問題になりかねない。そんなリスクはごめんである。しかも自決することを見通している。出動してもじっと〝環視〟していればいいのだ。

捜査を寸止めにしたのは、被害が出てもそれは自衛隊であり、もし殺傷される者が出ても一般人ではなく自衛官だったからではないのか。そして、それまで相和していた自衛隊と三島、楯の会隊員が相撃つなら、そして隊長の三島が罪人となれば、警察にとり厄介な私兵組織は自壊する、三島が自ら死するならそれこそ好都合で、阻止すべきではない、だから放置するのを上策としたのだろうか。そうなら佐々の言う意味以上に非情である。

事件直後の昭和四六年一月、警視庁が上梓した『激動の990日 第2安保警備の写真記録』（警視庁第2安保警備記録グラビア編集委員会編、昭和四六年）という一冊がある。これは自衛隊の治安出動なしに、第二安保、つまり七〇年安保を乗り切った警察＝国家権力の凱歌の記念写真集である。無事押さえつけたのは左翼勢力だけではなかった。右翼過激派の蠢動も巧みに終焉に向かわせたのだ。そして楯の会も労せずして潰えさせたのだ。

何とも気持の悪い事件

当時警察庁長官だった後藤田正晴は事件について、「何とも気持の悪い事件だった。思いだすのも嫌だ」（保阪正康『後藤田正晴』文藝春秋、平成五年）としか語っていないという。三島が楯の会隊員と自衛隊市ヶ谷駐屯地で挙を起こし、最後は自決することを事前につかんでいて、しかしそれを阻止せず放置していたのなら「何とも気持の悪い事件」で「思いだすのも嫌だ」という気持ちはじゅうぶん理解できる。

警備部長の下稲葉耕吉や警備課長の佐々は、警察・自衛隊連絡会議で「米軍基地内は米軍で」「自衛隊内は自衛隊で守るのは当然だ」と語り、駐屯地の外は警察が担当すると明言していた。

しかし後藤田は強硬派で鳴る御仁だった。事件のあと、官界から政界に転じ、さらに中曾根内閣の官房長官になった。昭和六二年、イラン・イラク戦争で敷設されたペルシャ湾の機雷を除去するため、自衛隊の掃海艇を派遣したい意向を示した首相の中曽根に対し、後藤田は辞職の意向をちらつかせてまで反対した。二〇〇一年のアメリカの同時多発テロ事件を受けて、与党自民党は自衛隊の警備対象範囲に、首相官邸、国会、原子力発電所をふくめようとした。しかしこれに強く反対し、与党案を押し返し、それまでとおり警察の警備対象としたのも元副総理の後藤田だった。終生自衛隊を冷淡に遇し、警察力を維持強大化しようとした。

後藤田の人間像がうかがえる格好のエピソードがある。三島事件と直接の関係はないが、官房長官の後藤田と、後藤田が内閣安全保障室長に引き立てた佐々のあいだに起った、瀬島龍三をめぐる対立についてふれておきたい。佐々はこれについて、『瀬島龍三はソ連の「協力者(スリーパー)」だった』(「正論」平成二五年一一月号)でつぎのように明かしている。

六〇年安保時、佐々は警視庁外事課外事一係長として一〇〇人超の部下を指揮し、日本にいるKGB要員の監視をしていた。警視庁が把握したKGB要員は三〇数人。その多くが三等書記官など低い身分を偽っており、意外なことにトップは大使館付の運転手だったという。

KGBの工作対象は、日本の政界、実業界、労組、メディアなどにわたり、さまざまだった。公安は特に、シベリアに抑留され工作員としてソ連への忠誠を誓った、いわゆる〝誓約引揚者〟たちとの接触をマークしていた。シベリアで特殊工作員としての訓練を積み、帰国後はそれを隠し、社会で然るべき地位についたところでスパイ活動を開始する「スリーパー」である可能性が高かったからだ。外事課の捜査員はある夜、KGB要員が都内の神社で日本人の男と接触するのを確認した。男の身元を割り出すと、シベリアに抑留された旧帝国陸軍将校、元大本営参謀で伊藤忠商事に入社していた瀬島龍三だった。そのとき瀬島はまだヒラの部長だった。

ときは下って、昭和六二年、東芝機械ココム違反事件が起る。ココム（対共産圏輸出統制委員会）の協定に違反したソ連への輸出取引が、日本企業によって行われた、とアメリカ政府が問題視した。

佐々は内閣安全保障室長として中曾根内閣官房長官の後藤田に「事件の黒幕は伊藤忠の瀬島であり、何らかの政治的制裁を加えて然るべし」と具申した。そのとき瀬島は伊藤忠の会長に登り詰めたのち、相談役におさまっていた。しかし後藤田は「佐々君は、瀬島氏のことになるとバカに厳しい。中曾根さんの経済問題の相談役だし、なんで瀬島氏の悪口を言うのか」とたしなめた。佐々は「私はKGB捜査の現場の係長もやった元外事課長ですよ。瀬島がシベリア抑留中最後までKGBに屈しなかった大本営参謀だというのは事実でありません。（略）スリーパーとしてソ連に協力することを約束したいわゆる〝誓約引揚者〟です」と主張した。

しかし後藤田は動かなかった。元朝日新聞記者・永栄潔の『ブンヤ暮らし三十六年』（草思社、平成二七年）がふれている永栄と瀬島のやり取りや、瀬島についての記述からも〝誓約帰国者〟だったとの感がする。後藤田はそれをわかって、すべてハラに呑みこんでいたのではないか。

「三島事件」に警察を介入させたのは「後藤田長官の意思だった」と断じる元自衛官がいる。日ソ不可侵条約を一方的に破棄してソ連軍を攻め込ませたスターリンのように、後藤田は自衛隊市ヶ谷駐屯地に機動隊と私服警官をなだれ込ませたと言うのだ。

保阪正康の『後藤田正晴』に、「後藤田は、これらの事件で直接指揮をとったわけでなく、事件の経過について報告を受けるだけで、それほど強い印象を持ったわけではなかった」とある。「これらの事件」とは、よど号ハイジャックと三島事件だ。よど号事件はさておき、三島事件について後藤田長官が警察主導で解決した事件の指揮を一切とらず、指示をしなかったとは信じがたい。

中曾根は第一次中曾根内閣の官房長官に後藤田をすえた。秦野章を法務大臣に遇した。秦野についてはロッキード事件の一審判決をひかえた田中角栄が法務大臣にごり押ししたと巷間言われた。しかし入閣したこの二人がそれぞれ三島事件の公安情報に接することのできた警察庁と警視庁のトップだったのは偶然だったろうか。

佐々は後藤田について数々の著書で称揚している。しかし本音はちがった。後藤田は徹底して部下をつかう上司だった。自分につづいての政界入りを熱心にすすめられても、佐々は断りとおした。それは警察官僚時代と同様にされることが分かっていたからだった。

想定はすべて外れた

自衛隊は警察から三島の不穏な動きを知らされていたら、面会をキャンセルしていただろう。あるいは面会に応ずるにしても入口で手荷物をあらため、大刀と三島のアタッシェケースの中の小刀二振り、隊員の特殊警棒を預かった上で入門させていただろう。総監が急に不在になったり、面会を断られたり、あるいは刀剣の持ち込みが認められなければ、決起できずに静かに退去するしかない。

三島が毎日新聞の徳岡孝夫とＮＨＫの伊達宗克にあてた文書に「もし邪魔が入って、小生が何事もなく帰って来た場合」「思いもかけぬ事前の蹉跌により、一切を中止して、小生が市ヶ谷会館へ帰って来るとすれば」とあるのは、そういう平穏な〝蹉跌〟だったろう。しかし現実には、荒立つかたちの〝蹉跌〟が起こる確率のほうが高いのだ。想定外のハプニングはいくらでもあり得た。総監を人質にとり、切腹し、介錯を受け絶命するまでには時間を要する。部屋のなかに総監一人でなく他に自衛官がいたら、すんなり人質にとれなかっただろう。警務隊に突入され、阻止されるような〝蹉跌〟だってありえただろう。

徳岡と伊達あての文書に「事件の経過は予定では二時間であります。しかしいかなる蹉跌が起るかしれず、予断を許しません」ともあり、自決までに至らないかもしれないと強く思っていたことがうかがえる。専門家の佐々も、三島は死ねない方に賭けていたと言っている。三島は警察と自衛隊が共謀することも想定したはずだ。刀剣を所持したままの入門を許され、建物に入ったところで急襲を受け、はげしく抵抗したことにして強殺されることなどである。書面に「事柄が自衛隊内部で起るため、もみ消しをされ」「しかも寸前まで、いかなる邪魔が入るか、成否不明であります」と強く懸念しているなかには、こういう〝もみ消し〟や〝邪魔〟も想定していただろう。

三島が自邸を出るさい、書斎の机上に置いた書き物のなかに、親族、親友、楯の会関係者あての遺書の他に、アイヴァン・モリス、ドナルド・キーンあての手紙もあった。遺書と呼べる内容だった。三島がアイヴァン・モリスにあてた手紙は「This is my last letter to you.」の出だしの英文でつぎのように書かれていた。

〈あなたは、陽明学に親炙《しんしゃ》した私の結末を理解できるお一人です。私は、《知りて行わざるはただ是れ未だ知らざるなり》という言葉を信じています。そして私の行為そのものは、何ら有効性を求めたものではありません。

私は『豊饒の海』にすべてを書きました。すべてを表現したと信じています。私の全人生について感じ考えました。私の文武両道を顕《あらわ》すために、私の最終行動のまさにその日にこの作品を書きあげました。

四年間考えに考えたあげく、いま日ごとに急速に消えていく日本の古き美しき伝統のために、わが身を犠牲にすることを望むようになりました。〉

ここで考えをいたさなければならないのは、三島がそれらの手紙を自分で投函しなかったことだ。これらの手紙は死を前提に書かれたものだったからだろう。つまり三島は、死に至らない結末の蓋然性を想定し、投函せずに市ヶ谷に向かったのだった。しかし三島の想定はすべて外れた。万分の一しか期待していなかった自衛隊の決起以外は完遂される状況に追い込まれて行ったのだ。

佐々の「三島さんは阻止されると思っていたでしょうね」の言葉は、私には重く思われる。さまざまの〝蹉跌〟や〝邪魔〟を想定して死地にのぞんだ三島の心中は複雑だったろう。

自衛隊が三島たちをねじ伏せていたら、天下にその気概を示し、内部の士気は高まっていたことだろう。三島はそれこそを希《こいねが》い、自らを楯にした。しかし自衛隊は警察に鎮圧を委ねたことで真の軍隊となることを放擲《ほうてき》してしまったのだ。あの日、三島だけでなく自衛隊も果てたのだ、自ら国軍となる命脈を絶ったのだから。

泉下で三島は、「オレの目算外れだったなあ」と高らかに、ワッハッハと大哄笑を発していることだろう。益田総監はそんな自衛隊を深く嘆き、強く憤っていることだろう。

second languageとしての肉体

死への固執

敗戦によって、戦中風靡《ふうび》した日本浪曼派の保田與重郎たちは失墜し、そこに依拠していた三島は官職（大蔵省キャリア）に就きながら、職業作家になろうともがいていた。妹三津子が病死し、友人三谷信の妹邦子にふがいない失恋をし、太宰治に惨めな喧嘩をうり、悪所通いで自覚したセクシャリティ（性的嗜好）に悩みもだえていた。そのときの饐《す》えた昧《くら》い心象は、『重症者の兇器』（「人間」昭和二三年）に凝縮されている。

〈苦悩は人間を殺すか？　――否。
思想的煩悶は人間を殺すか？　――否。
悲哀は人間を殺すか？　――否。
人間を殺すものは古今東西唯一つ〝死〟があるだけである。〉

この三島の〝死〟への固執《こしつ》は、生涯の痼疾《こしつ》となった。

この〝死〟を、文学者ではなく、武士として獲得するために、自らの脆弱な肉体の〝改造〟にむかわせていったのだった。

自死への宣言書『太陽と鉄』

昭和四〇年から四三年にかけて連載された長編エッセイ『太陽と鉄』について、澁澤龍彥は、〈私は最近、三島氏の肉体に関する信仰告白の書ともいうべき『太陽と鉄』を読みかえしてみたが、それがしばしば三島好みの比喩によって語られた、将来の自分の死を合理化するための理論の書にほかならないことを確認して、あらためて一驚した。（略）一貫した論理の道筋には十分に説得力がある。作者が死んだ今となって、夾雑物が取りはらわれ、その説得力はさらに増したとも言えようか。〉（『三島由紀夫おぼえがき』立風書房、昭和五八年）と指摘している。

三島研究家の井上隆史は、『太陽と鉄』は、「言葉の人間として出発した〈私〉が肉体を獲得し、更に自分一人の肉体を超えて〈集団の悲劇〉に参画してゆく経緯を綴った」書であると解説し、その「中心的主題は、〈自分の文学と行動、精神と肉体の関係について、能うかぎり公平で客観的な立場から分析した〉という三島の言葉（『三島由紀夫文学論集』序文）の中に潜んでいると言ってよい。だが、その趣旨が読者にそのまま伝わったかと言うと、必ずしもそうとは言えない。」（「『太陽と鉄』論」『三島由紀夫の表現』勉誠出版、平成一三年）と記している。

難解晦渋といわれる『太陽と鉄』だが、本書でこれを読み解かないわけにはゆかない。あの結末にむかおうとする存念を理論的に丹念に赤裸々に述べているからだ。比喩をちりばめた文学的表現を削り排列をかえて整序し、この思想形成を辿るエッセイの「中心的主題」を浮かびあがらせてみたい。

三島は、「十八歳のとき、私は夭折にあこがれながら、自分が夭折にふさわしくないことを感じていた。なぜなら私はドラマティックな死にふさわしい筋肉を欠いていたからである」と書き、ついで太陽と〝鉄〟との出会いについて語る。〝鉄〟とは「私の筋肉の量《かさ》を少しずつ増してくれる」もの。それを「介して、筋肉に関するさまざまなことを学んだ。それはもっとも新鮮な知識であり、書物も世知も決して与えてくれることのない知識であった」と記す。ボディビル、ボクシング、剣道、自衛隊への体験入隊、そして楯の会の隊員たちとの富士の裾野での肉体鍛錬の体験が記される。

この長編エッセイの出だしのところにかなりのエッセンスがある。それらを抜きだしてみる。自死にむかった背後にあるものを少しでも明瞭に見てとれるように。

〈・つらつら自分の幼時を思いめぐらすと、私にとっては、言葉の記憶は肉体の記憶よりもはるかに遠くまで遡る。世のつねの人にとっては、肉体が先に訪れ、それから言葉が訪れるのであろうに、私にとっては、まず言葉が訪れて、ずっとあとから、甚だ気の進まぬ様子で、そのときすでに観念的な姿をしていたところの肉体が訪れたが、その肉体は云うまでもなく、すでに言葉に蝕まれていた。

・そして例外的な自分の肉体存在は、おそらく言葉の観念的腐蝕によって生じたものであろうから、「あるべき肉体」「あるべき現実」は、絶対に言葉の関与を免れていなければならなかった。

・言葉による芸術の本質は、エッチングにおける硝酸と同様に、腐蝕作用に基づいているのであって、われわれは言葉が現実を蝕むその腐蝕作用を利用して作品を作るのである。

・言葉の腐蝕作用が、同時に、造型的作用を営むものであるなら、その造型の規範は、このような「あるべき肉体」の造型美に他ならず、言葉の芸術の理想はこのような造型美の模作に尽き、……つまり、絶対に腐蝕されないような現実の探究にあると考えた。
•ずっとあとになって、私は他ならぬ太陽と鉄のおかげで、一つの外国語を学ぶようにして、肉体の言葉を学んだ。それは私の second language であり、形成された教養であったが、私は今こそその教養形成について語ろうと思うのである。〉

三島は「その教養形成」は「比類のない教養史」で「もっとも難解なものになるであろう」と言っている。だから難解なのはしかたがないのだ。

村松剛は、「ことばに腐蝕されない健康な肉体への、（三島）氏の願望は強烈だった。そして肉体は氏の場合は、成年以後に、氏自身の表現を借りれば、second language として、あらわれることになる」「second language としての肉体を手にいれたときから」の「肉体と氏の作品との関係はきわめて明瞭である」「肉体については氏はその死後に、墓石のかわりにブロンズの裸体像をたててほしいと言いおいているのである」（「死への疾走」、「新潮」昭和四六年二月号 三島由紀夫追悼特集）と述べている。

三島は「言葉に腐蝕されない」〝第二の言語〟として刻苦して手に入れた自身の「『あるべき肉体』の造型美」をこの世にどうしても残したかったのだ。しかし親の時代から親しかった村松は、三島の評伝『三島由紀夫の世界』に裸体像のことを封印して書かなかった。セクシャリティについてはゆがめてもいる。それらを親族が望んだからだろう。かように近すぎる者による評伝はしばしば客観性を欠いてしまう（裸体像についてはその制作過程の詳細と制作意図を、拙著『死の貌』第四章と『三島由紀夫は一〇代をどう生きたか』のプロローグではじめてあきらかにした）。

意識の絶対値と肉体の絶対値とがぴったりとつながり合う接合点

『太陽と鉄』にもどる。

〈・一方では、肉体＝力＝行動の線上に、私の意識の純粋実験の意欲が賭けられており、一方では、染めなされた無意識の反射作用によって肉体が最高度の技倆を発揮する瞬間に、私の肉体の純粋実験の情熱が賭けられており、この相反する二つの賭の合致する一点、つまり意識の絶対値と肉体の絶対値とがぴったりとつながり合う接合点のみが、私にとって真に魅惑的なものだった……。〉

この「接合点」とは〝死〟であることはあきらかだ。三島が望んだ「浪曼主義的な悲壮な死のためには、強い彫刻的な筋肉が必須のもの」だった。その〝死〟は「意識の絶対値と肉体の絶対値とがぴったりとつながり合う」ものでなくてはならなかった。

まず「肉体の絶対値」だが、三島にとり「肉体を用いて究極感覚を追求しようとするときに勝利の瞬間はつねに感覚的に浅薄なものでしかなかった」という。もともと勝利はおろか、なんら結果をもとめていないのだから当然だろう。三島は「しかし」と言葉を継ぐ。

〈・しかし、すぐれた彫刻、たとえばデルフォイの青銅馭者《ぎょしゃ》像のように、勝利の瞬間の栄光と矜《ほこ》りと含羞《がんしゅう》とを、如実に不朽化した作品にあらわれているものは、その勝利者の像のすぐ向う側に、ひたひたと押し寄せている死の姿である。それは同時に、彫刻芸術の空間性の限界を象徴的に提示して、人生の最高の栄光の向う側には衰退しかないことを暗示している。彫刻家は、不遜にも、生の最高の瞬間をしか捕えようとしなかった。〉

つまり三島は自らの像に「人生の最高の瞬間をしか捕えようとしなかった」ということだ。そうしたくて裸体像を制作したのだ。この重要事を伏せられてしまっては『太陽と鉄』＝三島の死の意味、を十全には読み解けないだろう。

つぎに「意識の絶対値」だが、「意識を最後までつなぎとめる確実な証人として、苦痛以上のものがあるだろうか」と言っている。

〈・意識と肉体的苦痛の間には相互的な関係があり、肉体的苦痛を最後までつなぎとめる確実な証人としても亦、意識以上のものはないのである。

苦痛とは、ともすると肉体における意識の唯一の保証であり、意識の唯一の肉体的表現であるかもしれなかった。（略）私はそれを肉体を以て直に、太陽と鉄から学んだのである。〉

「かもしれなかった」とは謙虚である。三島にとって最大最高の苦痛をもたらすあらまほしい死は、切腹である。それを意味しているだろう。

〈・永い時間をかけた太陽と鉄の練磨は、このような流動性の彫刻を造る作業であり、そうしてできた肉体が厳密に生に属している以上、一瞬一瞬の光輝だけに、そのすべての価値がかかっている筈であった。だからこそ人体彫刻は、不朽の大理石を以て、一瞬の肉体の精華を記念するのだ。〉

「このような流動性」とは「形態自体が極度の可変性を秘めた、柔軟無比、ほとんど流動体が一瞬にえがく彫刻のようなもの」、私の「敵手が敗れるときに」「正しく美しく持続していなければならない」「私の形態」である。三島にとり「死はそのすぐ向うに、その一瞬につづく次の一瞬にひしめいていた」のだ。

〈・肉体における厳粛さと気品が、その内包する死の要素にしかないとすれば、そこにいたる間道は、苦痛の裡、受苦の裡、生の確証としての意識の接続の裡に、こっそりと通じている筈だった。そして激烈な死苦と隆々たる筋肉とは、もしこの二つが巧みに結合される事件が起れば、宿命というものの美学的要請にもとづいて起るとしか思われなかった。尤も、宿命というものが、めったに美学的要請に耳を貸さないことはよく知られている。〉

三島の望んだ「宿命」に「美学的要請は耳を貸した」ようだ。ここで注目すべきは、「この二つ（激烈な死苦と隆々たる筋肉）が巧みに結合される事件」が奏功することに留保を付していることだ。あれだけの不確定要素をはらんだ自死がシナリオどおりに奏功するとはおもっていなかったのだろう。

「肉体をつかっての行動への願望が、そして行動の窮極としての死が、次第次第に前面に浮び上る」（村松剛「死への疾走」）。一〇代からの死への親炙《しんしゃ》が、後年「肉体」を手に入れたことで死をたぐり寄せたのだ。死への跳躍を可能にしたのだ。「意識の絶対値と肉体の絶対値とがぴったりとつながり合う接合点」へジャンプさせたのだ。

相拮抗する矛盾と衝突を自分のうちに用意すること、それこそ私の「文武両道」なのであった

三島を「接合点」へジャンプさせた経過を三島自身の言葉でたどってみる。

〈・私の中でひそかに芸術と生活、文体と行動倫理との統一が企てられはじめていた。筋肉や行動規範に文体が似ているならば、その機能は明らかに、想像力の放恣に対してこれを抑制することである。

•私は何よりも敗北を嫌った。自分が侵蝕され、感受性の胃液によって内側から焼けただれ、ついには輪郭を失い、融け、液化してしまうこと、又自分をめぐる時代と社会とがそうなってしまうこと、それに文体を合せてゆくほどの敗北があるだろうか。

•私はかつて、戦後のあらゆる価値の顚倒した時代に、このような時こそ「文武両道」という古い徳目が復活するべきだと、自分も思い、人にも語ったことがある。（略）

•決して相容れぬもの、逆方向に交互に流れるものを、自分の内に蔵して、一見ますます広く自分を分裂させるように見せかけながら、その実、たえず破壊されつつ再びよみがえる活々とした均衡を、一瞬一瞬に作り上げる機構を考案したのである。この対極性の自己への包摂、つねに相拮抗する矛盾と衝突を自分のうちに用意すること、それこそ私の「文武両道」なのであった。

•文学の反対原理への昔からの関心が、こうして私にとっては、はじめて稔りあるものになったように思われた。死に対する燃えるような希求が、決して厭世や無気力と結びつかずに、却って充溢した力や生の絶頂の花々しさや戦いの意志と結びつくところに「武」の原理があるとすれば、これほど文学の原理に反するものは又とあるまい。

•「武」とは花と散ることであり、「文」とは不朽の花を育てることだ……。（略）

•かくて「文武両道」とは、散る花と散らぬ花とを兼ねることであり、人間性の最も相反する二つの欲求、およびその欲求の実現の二つの夢を、一身に兼ねることであった。

•（しかし）「文武両道」にはあらゆる夢の救済が絶たれており、（略）死の原理の最終的な破綻と、生の原理の最終的な破綻とを、一身に擁して自若《じじゃく》としていなければならぬ。

・この相犯し合う最終的な一対の秘密は、たとい不安《ゾルゲ》の形でたえず意識され予感されても、死にいたるまで証明の機会を得ない……（略）「文武両道」的人間は、死の瞬間、正にその「文武両道」の無救済の理想が実現されようとする瞬間に、その理想をどちらの側からか裏切るであろう。〉

拳の一閃、竹刀の一打の彼方にひそんでいるものが、言語表現とは対極にある

「『文武両道』の無救済の理想」の実現を「武」と「文」の「どちらの側からか裏切る」のではなく、三島はともに「無救済の理想が実現され」る、そうあの瞬間に信じていたのだろう。

「そこで彼は自由意志による受苦の果てに、英雄となり、聖性に到達するだろう」と文芸評論家の田中美代子は論じている。

〈言葉は、それが先鋭な批評行為であればあるほど、芸術の外側の原理に向って開かれていなければならない筈である。「拳の一閃、竹刀の一打の彼方にひそんでいるものが言語表現とは対極にあることは、それこそは何かきわめて具体的なもののエッセンス、実在の精髄と感じられることからもわかった。それはいかなる意味でも影ではなかった」（太陽と鉄）

こうして三島由紀夫にあっては、「肉体＝力＝行動」という等式が成立する。彼は、その最後の自叙伝たる「太陽と鉄」において、終始一貫、その行動の極北の一点、彼の最期、彼の死についてしか語らなくなる。「意識の肉体的保障としては、受苦しかない」

そこで彼は自由意志による受苦の果てに、英雄となり、聖性に到達するだろう。〉（「解説」『太陽と鉄』講談社文庫、昭和四六年）

身滅びて魂存する者あり

吉田松陰論に狂わされた

当日の朝、三島は「限りある命ならば永遠に生きたい」という書きつけを自室に残していた。「生物的な命には限りがあり、身体は滅びる。しかし魂は永遠に生きていたい」ということであろう。

佐々淳行の手帳には、「父君（註・平岡梓）、伊沢甲子麿《きねまろ》の吉田松陰論に（三島は）狂わされたという」という書き込みがあった。その伊沢は次のように回想している。

〈昨年（註・昭和四五年）の一月以来、三島先生は私に会うたびに、吉田松陰や西郷隆盛の話をしてくれと言われた。とくに二人の最後がどうだったのか詳細を教えてくれと盛んにせがまれ、私はお目にかかるたびに吉田松陰と西郷隆盛の話をした。氏は松陰の最後のところなどは、目をつぶって「うん、うん」と言って聞かれていた。（略）三島由紀夫は、この二人の志士の行動と死を理想とした。吉田松陰と西郷隆盛を心の底から敬愛していたのだ。〉（『回想の三島由紀夫』行政通信社、昭和四六年）

伊沢は三島の要望で、歴史と教育に関する話をいろいろしたという。特に歴史では明治維新の志士について、中でも吉田松陰の精神思想を何度も頼まれて話した。話と同時に松陰の漢詩の辞世を三島の強い頼みで朗吟した。三島は松陰の話を始めると、和室の座布団をのけて正座した。三島は松陰が弟子たちに贈った「僕は忠義をするつもり諸友は功業をなすつもり」の言葉が大好きだったという。

三島は伊沢を終生の友とし、死の直前の一夜を充て、二人だけで会って談じていた。伊沢は松陰の命日を三島は自決の日にしたといち早く指摘した。幕末の改革的指導者として松下村塾で伊藤博文や山県有朋ら多くの若者を育てた松陰は、安政の大獄で安政六年一〇月、西暦の一一月二一日に斬首されている。二九歳であった。三島を狂わせたかどうかは別にして、松陰について伊沢はかなりの影響を与えていたようだ。

一〇代の三島少年はその文才を高く評価してくれた蓮田善明の松陰についての一文に接していた。

〈（註・吉田松陰は）「一友に啓発せられて矍然《かく》として始めて悟れり。従前天朝を憂えしは並夷狄《みな》に憤をなして見を起せり。本来既に錯《あやま》れり。真に天朝を憂うるに非ざりしなり」と述べている。これは全く又天朝を一杯に仰ぎまつっての言申しであろう。（略）真の憂国は松陰の言にまで至って全しというべきか。〉（蓮田善明「心ある言」、「文藝文化」昭和一八年一一月号）

三島は『小説とは何か』（新潮社、昭和四七年）のなかで、松陰の言葉、

身滅びて魂存する者あり　心死すれば生くるも益なし、魂存すれば亡ぶるも損なきなり

に言及している。

〈この説に従えば、この世には二種の人間があるのである。心が死んで肉体の生きている人間と、肉体が死んで心の生きている人間と。心も肉体も両方生きていることは実にむずかしい。

生きている作家はそうあるべきだが、心も肉体も共に生きている作家は沢山はいない。作家の場合、困ったことに、肉体が死んでも、作品が残る。心が残らないで、作品だけ残るとは、何と不気味なことであろうか。又、心が死んで、肉体が生きているとして、なお心が生きていたころの作品と共存して生きてゆかねばならぬとは、何と醜怪なことであろう。作家の人生は、生きていても死んでいても、吉田松陰のように透明な行動家の人生とは比較にならないのである。生きながら魂の死を、その死の経過を、存分に味わうことが作家の宿命であるとすれば、これほど呪われた人生もあるまい。〉

天地の悠久に比せば松柏も一時蠅なり

三島は、中曾根康弘の主宰する集まりでも松陰について語っている。

〈松陰自身の個人の人生を考えますと、これはわたくしは、松陰自身としちゃ無効だったとしかいわざるを得ない。松陰は自分のいったことが、すぐ実りが出て、それがすぐ結果が出て、飢えた人間を救うと、みじんも思ってなかったと思うんです。（略）きょう役に立つこと、あるいはきょう手当てをすることは松陰はいわなかった。（略）日本の根本的な問題、そして忙しい人たちが気がつかない問題、しかし、これをはずれたら日本が日本でなくなるような問題、それだけを考えつめていたんだと思うんです。それだけをあまりに強く考えつめたために首切られちゃったんだと思うんです。

わたくしは、精神というものは、いますぐ役に立たんもんだということを申し上げました。（略）じゃ日本の精神ていうのはなんだ。日本が日本であるものはなんだ。これをはずれたら、もう日本でなくなっちゃうもんはなんだと。それだけを考えて生きていきたいです。〉（『現代日本の思想と行動』昭和四五年四月二七日）

それから二カ月後の六月末に口述し、「諸君！」（昭和四五年九月号）に掲載された『革命哲学としての陽明学』でも松陰にふれている。

〈松陰は一つの空虚を巨大な空虚に結びつけ、一つの小さな政治的考慮を最高の理想に結びつけて、小さな行動を最終の理念に直結させるための跳躍の姿勢をさまざまにためした。（略）

松陰が入っていったこのような心境を証明するもっとも恐ろしく、私の忘れがたい一句は、「天地の悠久に比せば松柏も一時蠅なり」というものだ。（略）そのとき松陰は、人生の短さと天地の悠久との間に何等差別をつけていなかった。われわれの生存がもっている種々の困難、われわれの日々の生が担っているもろもろの条件を脱却して、直ちに最小のものから最大のものに、もっとも短いものからもっとも長いものへ一ぺんに跳躍し、同一視する観点を把握していた。死を前にして行動家が得たこのようなものの見方は同時に、空間的には太虚に入ることによって、自分の小さな空虚をも太虚に帰することができる、という帰太虚の説を思い出させるのである。即ち、始めにもいったように、小さな壺（人間の肉体）を打ち砕いたときに、その壺の中の空虚は直ちに太虚に帰することができるのである。〉

「天地の悠久に比せば松柏も一時蠅なり」とは、大義を前にしてこれを守らずにおめおめと生き長らえるのであれば、百まで生きても短命というべし、何年生きれば気が済むのか、ということである。三島が行動家としての松陰を、その思想を、みずからの死への跳躍台としたことがうかがえる。

日本の歴史を病気というか！

小林秀雄は江藤淳との対談で、三島と松陰の二人を同列に置いて激しくやり合っている。

〈**小林**　宣長《のりなが》と徂徠《そらい》とは見かけはまるで違った仕事をしたのですが、その思想家としての徹底性と純粋性では実によく似た気象をもった人なのだね。そして二人とも外国の人には大変わかりにくい思想家なのだ。日本人には実にわかりやすいものがある。三島君の悲劇も日本にしかおきえないものでしょうが、外国人にはなかなかわかりにくい事件でしょう。

江藤　そうでしょうか。三島事件は三島さんに早い老年がきた、というようなものなんじゃないですか。

小林　いや、それは違うでしょう。

江藤　じゃあれはなんですか。老年といってあたらなければ一種の病気でしょう。

小林　あなた、病気というけどな、日本の歴史を病気というか。

江藤　日本の歴史を病気とは、もちろん言いませんけれども、三島さんのあれは病気じゃないですか。病気じゃなくて、もっとほかに意味があるんですか。

小林　いやァ、そんなことをいうけどな。それなら、吉田松陰は病気か。

江藤　吉田松陰と三島由紀夫とは違うじゃありませんか。

小林　日本的事件という意味では同じだ。僕はそう思うんだ。堺事件にしたってそうです。〉

（『歴史について』、「諸君！」昭和四六年七月号）

第一章の末尾に記したように、江藤は三島の〝危険な兆候〟について、昭和三九年末の時点で当時の作品群から慧眼にも気づいていた。それにしては浅薄な発言である。あるいは、後に自死したこの評論家は、このとき評すべき言葉を失っていたのかもしれない。

空な討ち方だった

三島は昭和四一年に行った日本外国特派員協会での講演で、二・二六事件について、「軍人たちはただかれら自身の」「日本への純正な愛情を信じていました」と語っている。

〈(二・二六事件は)厳密な意味でのクーデターではありません。特殊日本的な理念にもとづいています。それを起こした軍人たちは、権力を、政治権力そして政府を、掌握しようなどとは決して望んでいませんでした。

クーデターの後、もしそれが成功していたとしても、その後どうするかの所定の計画を持っていなかったと思います。軍人たちはただかれら自身の純粋さを、自身の純正な信念を、天皇への純正な眷恋《けんれん》を、日本への純正な愛情を信じていました。まさにそれこそ、私が日本の古い道義と呼んだものなんです。非常に独自な道義です。〉(「新潮」平成二年一二月号、野口武彦訳)

三島は「ひとたび武を志した以上、自分の身の安全は保証されない」と覚悟のほどを述べている。

〈ひとたび武を志した以上、自分の身の安全は保証されない。もはや、卑怯未練な行動は、自分に対してもゆるされず、一か八かというときには戦って死ぬか、自刃するしか道はないからである。

しかし、そのとき、はじめて人間は美しく死ぬことができ、立派に人生を完成することができ

きるのであるから、つくづく人間というものは皮肉にできている。〉（『美しい死』、『平和を守るもの』田中書店、昭和四二年）

三島は『豊饒の海』のなかで描いた決起をみずからなぞって現実とした。

〈本計画の目的は、帝都の治安を攪乱《かくらん》し、戒厳令を施行せしめて、以て維新政府の樹立を扶《たす》くるにあり。われらはもとより維新の捨石にして、最小限の人員を以て最大限の効果を発揮し、これに呼応して全国一せいに起つ同志あるを信じ、檄文を飛行機より撒布して、洞院宮殿下への大命降下の事実ありたるを宣伝し、宣伝をしてやがて事実たらしめんとするものなり。

戒厳令施行を以てわれらの任務は終り、成否に不拘、翌払暁にいたるまでにいさぎよく一同割腹自決するを本旨とす。

明治維新の大目標は、政治及び兵馬の大権を、天皇に奉還せしむるにありき。

わが昭和維新の大目標は、金融産業の大権を、天皇に直属せしめ、西欧的唯物的なる資本主義及び共産主義を攘伐《じょうばつ》して、民を塗《と》炭《たん》の苦しみより救い、炳乎《へいこ》たる天日の下、皇道恢弘《かいこう》の御親政を冀求《ききゅう》し奉《たてまつ》るにあり。〉（『奔馬』）

蓮田善明は、昭和二〇年八月、出征地ジョホールバルにおいて、敗戦直後の連隊長の変節ぶりに憤って連隊長を射殺、その直後、自身も同じ拳銃で自決した。享年四一。その蓮田に以下の一文がある。ここでの「神風連《しんぷうれん》」「彼等」を、「三島由紀夫」「楯の会」に置き換えて読んでほしい。

〈神風連は実際は敵らしい敵を与えられていないともいえる、に拘らず彼等は何が敵であるかをはっきり知っていた。

ここに神風連独自の行動が現われている。彼等は完全に敵の形を取ったものを討てと命ぜられたのでないために、客観的に批評すれば、わけもなしに歩兵連隊に切り込み、又当然武器から言っても数から言っても時勢から言っても不利無謀な事を挙げたのである。言わば空な討ち方であった。

そしてその刃は又彼等自ら討つべきものを討ったことに殉じて死ななければならないことも、彼等は知っていた。〉（蓮田善明「神風連のこころ」、「文藝文化」昭和一七年二月号）

神風連は、明治政府の欧化政策をよしとせず、大砲と鉄砲をそなえた洋式武装の熊本鎮台に対して、刀と槍だけで蜂起した神官たちである。三島たちの決起は、「空な討ち方」だった。「自ら討つべきものを討ったことに殉じて死ななければならないことも」「知っていた」のだ。

欧米では三島の自死の無償性を肯定し難いようだ。三島は外国の作家の言を引いて、無償の行為はないとも述べていた。しかし私には三島と四人の若者の決起は、神風連、昭和一〇年代のクーデター同様、邪心や私心のない、純粋な、完全に無償の行動だったと思われる。こうして薫じられた種子《しゅうじ》は事件以降の日本にどう蔵されているだろう。

［参考資料一］

自衛隊市ヶ谷駐屯地バルコニーからの演説　一九七〇・一一・二五

（「聞えないぞ」「もっとはっきりしゃべれ　おら」「聞こえねえぞ」……）

（始まるまえから野次が飛ぶ）

私は、自衛隊に、このような状況で話すのは恥ずかしい。しかしながら、私は自衛隊というものに、この日本の……思ったから、こういうことを考えたんだ。

そもそも日本は経済的繁栄にうつつを抜かして、ついに精神的空白状態におちいって、政治はただ謀略、自己保身だけ。つくりあげられた体制は、何者にゆがめられたんだ！　これは日本でだ、ただひとつ、日本人の魂を持っているのは自衛隊であるべきだ。われわれは自衛隊に対して、日本人の根柢にあるという気持ちを持って戦ったんだ。しかるにだ、われわれは自衛隊というものに……心から……

静聴しろ　静聴　静聴せい　静聴せい

自衛隊が日本の国軍……たる裏に、日本の大本《おおもと》を糺《ただ》すということはないぞ、ということをわれわれが感じたからだ。それは日本の根本がゆがんでいるんだ。それを気がつかないんだ。日本の根源のゆがみに気がつかない。それでだ、その日本のゆがみを糺すのが自衛隊、それがいかなる手段においてだ。

静聴せい　静聴せい（野次がはげしくなる）

そのためにわれわれは自衛隊の教えを乞うたんだ。静聴せい、と言ったからわからんのか、静聴せい。

（「英雄気取りになってるんじゃないぞ」の野次）

しかるにだ、去年の十月の二十一日だ。何が起こったか。去年の十月二十一日に何が起こったか。去年の十月二十一日にはだ、新宿で反戦のデモが行われて、これが完全に警察力で制圧されたんだ。おれはあれを見た日に、これはいかんぞ、これで憲法が改正されない、と慨嘆したんだ。

なぜか、それを言おう。なぜか、それはだ、自民党というものはだ、自民党というものは、つねに警察権力によっていかなるデモも鎮圧できるという自信を持ったからだ。治安出動はいらなくなったんだ。治安出動はいらなくなったんだ。治安出動がいらなくなったので、すでに憲法改正が不可能になったんだ。分かるかァ、この理屈が。

諸君は、去年の一〇・二一からあと、諸君は去年の一〇・二一からあとだ、もはや憲法を守る軍隊になってしまったんだよ。自衛隊が二十年間、血と涙で待った憲法改正ってものの機会はないんだよ。もうそれは政治的プログラムから外されたんだ、ついに外されたんだ、それは。どうしてそれに気がついてくれなかったんだ。

去年の一〇・二一から一年間、おれは自衛隊が怒るのを待ってた。もうこれで憲法改正のチャンスはない！　自衛隊が国軍になる日はない！　建軍の本義はない！　それを私はもっとも嘆いていたんだ。

自衛隊にとって建軍の本義とはなんだ。日本を守ること。日本を守るとはなんだ。日本を守るとは、天皇を中心とする歴史と文化の伝統を守ることだ。

おまえら聞けぇ、聞けぇ！　興奮しない。話をしない。話をしない。話を聞けっ！　男一匹が、命を懸けて諸君に訴えてるんだぞ、いいか。いいか。

それがだ、いま、日本人がだ、ここでもって起ちあがらなければ、自衛隊が起ちあがらなきゃ、憲法改正ってものはないんだよ。諸君は永久にだねえ、ただアメリカの軍隊になってしまうんだぞ。諸君の任務というものを説明する。アメリカからしかこないんだ。シビリアン・コントロール……シビリアン・コントロールに毒されてんだ。シビリアン・コントロールというのはだな、新憲法下でこらえるのがシビリアン・コントロールじゃないぞ。どうしてそれが自衛隊……だ。

（はげしい野次）

そこでだ、おれは四年待ったんだよ。おれは四年待ったんだ。自衛隊が起ちあがる日を。そうした自衛隊で四年待ったのは、さいごの三十分に、さいごの三十分に……おれは今待ってるんだよ。

諸君は武士だろう。諸君は武士だろう。武士ならば、自分を否定する憲法をどうして守るんだ。どうして自分を否定する憲法のため、自分らを否定する憲法というものにペコペコするんだ。これがあるかぎり諸君てものは、永久に救われんのだぞ。諸君は永久にだね。

今の憲法は政治的謀略で、諸君が合憲だかのごとくよそおっているが、自衛隊は違憲なんだよ。自衛隊は違憲なんだ……

憲法というものは、ついに自衛隊というものは、憲法を守る軍隊になったのだということに、どうして気がつかんのだ！　どうしてそこに気がつかんのだ！　そうしてそこに縛られて気がつかんのだ！　おれは諸君がそれを起つ日を待ちに待ってたんだ。諸君はそのなかでもただ小さい根性ばっかりにまどわされて、ほんとうに日本のために起ちあがろうという気はないんだ。

（「そのためにわれわれの総監を傷つけたのはどういうわけだ」の野次）

抵抗したからだ！

憲法のために、日本を骨なしにした憲法に従ってきた、ということを知らないのか。

諸君のなかに一人でもおれと一緒に起つ奴はいないのか。一人でもいないんだな。よし！　武と言うものはだ、刀というものはなんだ。自分の使命と心に対して……　それでも武士か！　それでも武士か！

諸君は憲法改正のために起ちあがらないと見極めがついた。これでおれの自衛隊に対する夢はなくなったんだ。

それではここで、おれは天皇陛下万歳をさけぶ。

（両手をふりあげ）

天皇陛下万歳！

（「おい、降りろ」「マイク」「あの旗を降ろそう」「降ろせ、こんなの」などの野次にかき消され〝天皇陛下万歳！〟の音声は録音されていない）

（文化放送報道部が収録した音源と『決定版　三島由紀夫全集36』に準拠）

［参考資料二］

「三島事件」判決主文と理由（全文）

昭和四五年刑（わ）第七六四八号

判　決

本籍　[redacted]（註・黒塗され判読できない箇所。以下同じ）
住居　[redacted]
[redacted]（元楯の会会員）

昭和47年6月16日確定　小賀正義

法定未決勾留日数　0　[redacted]　[redacted]

本籍　[redacted]
住居　[redacted]
[redacted]（元楯の会会員）

昭和47年6月16日確定　小川正洋
法定未決勾留日数　0[redacted]　[redacted]

本籍　[redacted]
住居　[redacted]
[redacted]（元楯の会会員）
昭和47年6月16日確定　古賀浩靖
法定未決勾留日数　0[redacted]　[redacted]

右三名に対する各監禁致傷、暴力行為等処罰ニ関スル法律違反、傷害、職務強要、嘱託殺被告事件において当裁判所は、検察官石井和雄、同小山利男、同沢新、弁護人草鹿浅之介、同野村佐太男、同酒井亨、同大越譲各出席のうえ審理し、次のとおり判決する。

主　文

被告人小賀正義、小川正洋、古賀浩靖をそれぞれ懲役四年に処する。
被告人三名に対し、各未決勾留日数中各一八〇日を、それぞれの刑に算入する。
訴訟費用は、被告人三名の連帯負担とする。

理由

第一、事実

一、被告人らの経歴

被告人小賀は、[redacted]に入学し、本件当時同大学四年生であった。

[redacted]

[redacted]楯の会へは、同四三年七月ころ友人の紹介で三島由紀夫こと平岡公威（以下単に「三島」）と知り合い、その後自衛隊体験入隊を経て入会（二期生）したものである。

被告人小川は、[redacted]に入学し、本件当時[redacted]楯の会へは、右日学同等の脱退後も同志的結合を保っていた森田から進められ、同四四年三月自衛隊体験入隊を経て入会（三期生）したものである。

被告人古賀は、[redacted]に入学し、同四五年三月同大学を卒業し、[redacted]であった。[redacted]楯の会へは、同四三年八月自衛隊体験入隊を経て入会（二期生）したものである。

なお三島（本件当時四五才）は、[redacted]爾来《じらい》文筆生活に入り、小説、戯曲、評論を発表するとともに劇演出、映画等の分野においても活躍していたところ、同四三年三月ころ学生中心の民間防衛組織「楯の会」（正式名称は同年九月に付せられた）を創設し、隊長となったものである。

また森田（本件当時二五才）は、[redacted]楯の会には、結成初期のころから参加し、同四四年一〇月ころからは同会学生長として隊長の三島を補佐していたものである。

二、本件の思想的背景及び企図

三島は、かねてより天皇をもって日本の歴史、文化、伝統の中心であり、民族の連続性、統一性の象徴であるとし、かくの如き天皇を元首とする体制こそが政治あるいは政体の変化を超越する日本の国体と呼ばれるべきもので、この国体こそが真の日本国家存立の基礎であって、これは、現在は勿論将来に亘っても絶対に守護されるべきものであること、また軍隊は、現状に照らせば国を守るためには必須不可欠の存在であり、その建軍の本義は、真に日本を日本たらしめている右国体を護持するところにあるという観念を抱き、従って憲法上も天皇の地位を元首とするとともに、軍についても明確に規定すべきであると主張していた。

即ち日本国憲法（いわゆる新憲法。以下単に「憲法」）は、天皇の存在を規定しながら元首とせず、現在存在する自衛隊が物理的には軍隊としての実質を備えているので常識的な憲法解釈としては違憲であるのにそのまま放置されている、しかも憲法そのものが敗戦後、連合国就中《なかんずく》米国の占領下において真に自由な議論に基づかず、押つけ的に成立した屈辱的存在であるから、かような敗戦の汚辱を残した上、明白に違憲の存在である自衛隊を姑息《こそく》な法解釈によって合憲とごまかしておくことは、延いては日本の魂の腐敗、道義の頽廃《たいはい》を招く基になると主張した。

かような思想信念の形成された時期や過程については証拠上必ずしもつまびらかではないが、三島は、元来日本の古典文化、伝統文化に深く傾倒していたものであるが、昭和三五年（一九六〇年）のいわゆる安保斗争を目の前にして、これを共産主義をはじめ左翼勢力が青年達を支配している状況として把握し、これを憂え、このまま放置する時は日本が危殆に瀕すると考えたことによるものと推測される。

この時期を転機に三島は、日本古来の精神文化の一層の吸収に努め、日本固有の伝統や文化を強調した独自の天皇論、国体論を理論づけていったのである。ただ、ここにおける天皇は、文化概念としての天皇であるとし、その非政治的な性格を強調するという独特なもので、軍隊との関係も、天皇はこれに軍旗を授与し、栄誉を与える権能を有するに止まり、統帥権を有することはないとし、憲法改正においても右に止まり、言論の自由、議会制民主主義の擁護を説く極く穏健なものであった。

三島は、特に武士道、国学の精神などに関心を払い、また大塩平八郎の乱、神風連の乱、二・二六事件、神兵隊事件等の研究を通して、そこに見られる思想哲学に興味を示し、文学等の作品として表わすと同時に、知と行とは本来一つのもので別《わ》けることができないものであり、人に一念の動いたときはそれは行ったことであるから不善の念慮の動いたときはその一念の不善が胸中に潜伏して残ることのないようにしなければならないという知行合一説を、認識したことは実行すべきことをいうと解し、自己犠牲を前提にすれば暴力行為も肯定されるべきである（テロは死の美学）、死をかけた一回限りの生命の燃焼こそが人間を意味あらしめるといった思想、心情をも抱くようになり、また切腹こそ日本伝統の文化を表現する引責方法であると考えるに至った。

三島は、前記の如き日本の国体と共産主義とは決して相容《あいい》れないものと考えていたが、内外の状況からして日本に対する共産陣営からの間接侵略が予想され極めて危険な状態にあるのに、政治家達は党利党略を優先し、私利私欲に走り、こういった点に関心を払っておらないものとして、政治家頼むべからずとし、同四二年ころ自らこれに対処すべく、民間防衛組織を作ろうと決意するに至った。そして自ら自衛隊に体験入隊するとともに、全く独力で同四三年十月楯の会を結成した。

楯の会は、学生を中心とする組織で、一朝事ある時に必要な民間防衛組織の幹部を養成することを目的とし、軍人精神の涵養、軍事知識の錬磨、軍事技術の体得をはかるものであって、入会資格は、思想的には天皇の存在を是認すれば足り、かつ、自衛隊体験入隊を落伍せずに経ることのみであった。そして当面目標とされたことは、昭和四五年（一九七〇年）の日米安全保障条約改定期に左翼による暴動が起り、その際警察の力のみでは鎮圧が不可能になるであろうとし、その際自衛隊が治安出動する必要があるが、自衛隊については種々の議論が行われている折から、その決定に手間どることが予想されるので、その間の時間的空白を埋めるべく行動するものとされていた。

ただ三島としては、憲法改正が容易に行われないことにいらだちを覚えていたため、一時は、自衛隊が治安出動した際は、必然的に自衛隊の存在意義が明瞭になるうえ、この影響力のもとで憲法改正が行われる可能性があるものとして期待し、楯の会としてもこれに協力しうるものとの想像を抱いたこともあった。

しかしながら、同四四年一〇月二一日の国際反戦デーにおいて、新左翼集団による暴力的行動が続発したにも拘らず、自衛隊が治安出動するまでに至らず、その後の治安状態に照らしても治安出動は予想されない事態となった。

そこで三島としては、憲法が正規の手続きをもって改正される見通しがなく、また僅《わず》かに期待した自衛隊治安出動の際の憲法改正についてもその機会なく過ぎたため、憲法改正の機会は永遠に去ったものと判断し、深く失望落胆した。同人は、潔癖、誠実、あくまで筋を通さなければ承知できないというその性格もあって、道義的頽廃の元凶と断じていた憲法をそのまま存在させておくことに堪えられず、同様に憲法改正を熱望していた森田からの、楯の会独自で国会を占拠し憲法改正を発議せしめようとの提案が契機となったものの如く、本件を計画決意するに至ったものである。

被告人小賀及び古賀は、ともに日本の中心は天皇であると説く生長の家の信者であったため、天皇崇拝の思想を抱き、しかも憲法について、それは我国の敗戦の結果強大な軍事力を背景にした連合国とりわけ米国の占領政策の一環として、大日本帝国憲法（以下「旧憲法」）を改正して成立したもので、単なる占領基本法に過ぎず、非民主的方法によって成立させられたものであるから、日本国との平和条約発効により無効を宣せられるべきである（明治憲法復元論）という同教団の説く主張に感化され共鳴していたところ、大学における学生運動に参加して言論等による大衆説得の限界を感じていたため、楯の会を通じて接触を得た三島の命をかけた行動こそ何万語の言葉にも勝るという思想、心情に共鳴し、また被告人小川は、そもそも楯の会の動機が大衆運動に対する幻滅が原因となっていたため、同様楯の会という場で三島と接し、その思想、心情に共鳴し、森田との同志的結合もあり、それぞれ本件計画に参加したものである。

そして被告人らは、後述のとおり多少の経緯はあったが、最終的には自衛隊東部方面総監を拘束して自衛隊員の集合を強要し、檄文及び演説をもって自衛隊が憲法改正に起つことを訴え、事の成否に拘らず、三島及び森田において古来からの武人の作法をもって引責自決し、そのことをもって自衛隊が改憲へ精神的に奮起することを期待して本件行為を決意したものである。

三、犯行に至る経緯

自衛隊の治安出動の機会は憲法改正の行われる好機であるという淡い期待の裏切られた三島は、楯の会学生長森田とともに自身の行動によって憲法改正への途を開くための方策を模索し始め、その協力者として昭和四五年四月初めころ被告人小賀を、次いで同月十日ころ被告人小川を誘い、両名とも最後まで行動をともにする決意のもとに同志となることを応諾した。そして自衛隊員の有志と楯の会会員とがともに武装蜂起して国会を占拠し、両議院議員に対し憲法改正を訴え、その発議をさせるという計画を前提に、同年五月中旬から同年七月上旬ころにかけて三島宅及び都内各所のホテル等において、自衛隊員の蜂起をうながす具体的手段について種々謀議を重ね、自衛隊員有志が自ら決起することは到底期待しえないので、これを促す強行策として自衛隊の弾薬庫を占拠して武器を確保し、同時に東部方面総監を拘束人質にし脅迫して自衛隊員を集合させ、三島らが主張を訴えるという案をはじめ、二、三の案を検討した末、諸々の条件を勘案した結果、被告人らの手で自衛隊幹部を拘束し人質にして自衛隊員を集合させるという案に縮小され、最終的には、拘束し人質にする対象も総監でなく第三二連隊長とすることに落ち着き、いよいよその実行準備にとりかかることになった。そして右三島ら四名だけでは人数が少なすぎるため、同年九月一日被告人古賀を誘い、同人もこれに加わることを承知した。

このころ既に三島としては、自衛隊員らに対し決起をうながしたとしてもこの中から行動をともにする者が出る可能性のないことを予感し、事の成否は二の次とし、一旦行動に出たからには責任を負って自決しなければならないとの心境を固めており、被告人らに対してもこの決意を披瀝し、被告人らも同様の決意を抱くとともに、以降互に会う機会を多く持って同士としての結束を固めた。

以後、いよいよ決行の日を同年一一月二五日と定め都内各所で会っては計画を練ったが、このころは、三島としては、責任をとって自決するのは自分と森田のみとする旨の意向を示し、被告人ら三名も一応これを承諾した。

その後は、同年一一月一〇日森田及び被告人らで現場となる自衛隊市ヶ谷駐屯地に口実を設けて訪れ、下見を行い、また同月一四、一九日の両日には都内サウナ浴場において決起の際訴える檄文や要求書を練り、あるいは連隊長拘束後自衛隊員を集合させるに要する時間、三島の演説、他の四名の名乗り、その他天皇陛下万歳三唱までといった行動の順序、時間の配分など細微に亘る打合せ等を行った。

ところが決行予定日間近の同月二一日になって、決起当日は拘束しようと狙っていた当の第三二連隊長が不在であることが判明し、急遽《きゆうきよ》協議したが、計画も既にここまで進行し、互の気持も盛り上がっている折から、決起予定日を変更することは不可と判断されたため、むしろ拘束の相手を変更することとなり、当初計画中にあった東部方面総監に対し三島において電話すると、同日面会の約束を取り結ぶことに成功し、その結果同総監を拘束することで計画を進行させた。

同月二三、二四日の両日は、被告人ら五名とも都内ホテル一室に集まり、同室を総監室に見たてて総監拘束後総監室の各出入口にバリケードを構築して監禁すること、そのうえで要求書を渡して自衛官を本館前に集合させることを要求すること、集合した自衛官らに向って三島が演説を行ない、その後他四名が名乗りを上げること、それが終った後で三島、森田が割腹し、被告人らが介錯を行なうといった行動予定を入念に何回も繰り返し演習し、さらに白布地に要求項目を書くなどし、各自辞世の句をしたため物心両面から当日の用意を整えた。

ところで三島、森田の自決の際の介錯の実行については、さきに三島が森田に対し自らの切腹の折介錯を務めるよう依頼していたが、本件数日前ないし前日にかけて森田は、これを被告人小賀に万一の場合の代行を依頼し、同人も了承し、また森田に対する介錯については森田自らこれを被告人小川に依頼し、これを依頼された同被告人は被告人小賀、同古賀に対しもしもの時の代行をさらに依頼しているが、いずれにせよ本件について謀議を重ねるうちに、被告人らの間には一体感が次第に高まって来て、生き残る被告人らの間では、三島、森田を問わず、その介錯実行予定者が実行できないときは、残りの誰かが行おうとする意思を相通ずるようになっていた。

而《しこう》して三島は、本件当日の昭和四五年一一月二五日かねて予定していたとおり本件決起行動の逐一を報道させるために、旧知の報道記者二名に対し連絡のつくよう手配をすませ、迎えに来た被告人らとともに三島方を出発したが、その際、森田を除く被告人三名に対し、命令書と題する書面を手渡し、あらためて、被告人ら三名は生き残って皇国日本の再建に邁《まい》進せよと命令し、生き残ることを再度慫慂《しょうよう》し、当時自決意思を完全には放棄していなかった被告人らも、これによって自決の意思を放棄した。

かくして被告人ら五名は、面会約束時間の午前一一時ころ市ヶ谷駐屯地東部方面総監部二階総監室に赴いた。

四、罪となるべき事実

被告人ら三名は、

（一）三島及び森田と共謀のうえ、昭和四五年一一月二五日東京都新宿区市谷本村町一番地所在陸上自衛隊市ヶ谷駐屯地において、陸上自衛隊東部方面総監を監禁し脅迫のうえ同駐屯地内の自衛官を集合させて演説などを行おうと企て、

1、同日午前一一時過ぎころ前記市ヶ谷駐屯地内東部方面総監室において、三島、森田及び被告人らと面談中の同方面総監陸将益田兼利（当時五七才）の隙を窺《うかが》い、被告人小賀においていきなり同総監の背後から腕で同人の首を締めつけ、手拭（昭和四六年押第六〇九号の30又は31）で口を押し塞《ふさ》ぎ、被告人小川、同古賀において交々《こもごも》ロープ（同号の13、14）で同総監の両手を肩まで挙げて両手首を縛ったうえ椅子にくくりつけ、さらに両足を縛り、被告人小賀において手拭（同号の30又は31）を用いて猿ぐつわをし、森田及び被告人小賀

において短刀（鎧《よろい》通し）（同号の11の1）を突きつけ、さらに三島、森田及び被告人三名において同室内の机、椅子、植木鉢等を室内各出入口に積み重ねるなどしてこれを封鎖し、同日午後〇時二〇分ころまでの間、同総監をして同室から脱出を不能ならしめ、もって同所に不法に監禁し、その際右暴行により同総監に対し約一週間の加療を要する両手関節部・両足関節部・両側関節部内出血、右手背部・右足背部挫創の傷害を負わせ、

2、同日午前一一時二〇分ころ前記総監室内において、右監禁された総監を救助すべく、同室両隣りの幕僚長室側並びに幕僚副長室側各出入口から相次いで総監室に入ろうとしたいずれも自衛官の[redacted]原勇（当時五〇才）、[redacted]川辺晴夫（当時四七才）、[redacted]中村董正（当時四五才）、[redacted]笠間寿一（当時三四才）、[redacted]磯部順蔵（当時三三才）並びに[redacted]山崎皎（当時五三才）、[redacted]吉松秀信（当時四九才）、[redacted]清野不二雄（当時五〇才）、[redacted]高橋清（当時四四才）、[redacted]寺尾克美（当時四一才）、[redacted]水田栄二郎（当時四一才）、[redacted]菊池義文（当時三一才）に対し、三島、森田及び被告人小川、同古賀は共同のうえ、三島において「出ないと総監を殺すぞ。」と怒鳴りながら日本刀（同号の8の1）を振りかぶるなどして生命身体に対し危害を加えかねないような気勢を示して脅迫し、あるいは同刀を振り廻わし、さらに同人において同刀で、森田において短刀（同号の7の1）でそれぞれ斬りつけ、被告人小川において湯呑茶碗、灰皿を投げつけ、あるいは特殊警棒（同号の43）を振り廻わし、被告人古賀において小机を放り投げ、足蹴りする等それぞれ暴行を加え、もって共同して暴行脅迫をなし、その際右暴行により別紙一覧表記載の清野他六名に対し同表記載のとおり各傷害を負わせ、

3、同日午前一一時三〇分ころ前記総監室において、右益田総監及び東部方面総監部幕僚副長吉松秀信をして、市ケ谷駐屯地の自衛官全員の集合を命令させるため、前記原勇を通じて吉松副長に対し「全市ケ谷駐屯地の自衛官を本館前に集合させ三島の演説を静聴させること、もしこの要求に応じないときは、三島は直ちに総監を殺害して自決する。」旨記載した要求書（同号の5の2）を交付し、さらに被告人小賀に短刀（鎧通し）（同号の11の1）を突きつけられている総監に対し森田において前同旨の要求書を読み上げるなどし、もって右要求に応じさせようとして脅迫し、

（二）

1、森田と共謀のうえ、同日午後〇時一〇分ころ前記総監室において、三島が自決するため前記短刀（鎧通し）をもって割腹した際、同人の嘱託を受けて、森田において日本刀（同号の8の1）でその首を切り落として介錯し、即時同所において三島を頸部切断により死亡させて殺害し、

2、共謀のうえ、そのころ同所において、三島に次いで森田が自決するため右短刀（鎧通し）をもって割腹した際、同人の嘱託を受けて、被告人古賀において右日本刀でその首を切り落として介錯し、即時同所において森田を頸部切断により死亡させて殺害したものである。

第二、証拠の票目

（略）

第三、弁護人の主張に対する判断

弁護人は、被告らは日本においてはその古来から培《つちか》って来た歴史、文化、伝統が戦後の経済成長のかげで蝕《むしば》まれ、道義は頽廃し、国家にとって最も重要なその精神面が破滅の危機に瀕しているのを見て、その状況を救うために本件行動に出ているのであって、本件所為は、国を救わんとして已《や》むをえずなされた国家のための緊急救助行為であって違法性が阻却されるべきであると主張する。

よって案ずるに、弁護人の主張する国家のための緊急救助行為とは如何なるものを指すか明確ではないが、一般に国家又は公共の法益のための正当防衛ないし緊急避難といった緊急救助行為が許されるかについては議論の存するところであり、仮にこれを是認する立場に立っても、もともと国家的、公共的法益を保全防衛することは国家又は公共団体の公共機関としての本来の任務に属する事柄であって、これを安易に私人又は私的団体の自由な行動に委《ゆだ》ねることは、却《かえ》って秩序を乱し法を軟化させる虞《おそれ》があるのであるから、かかる公益のための緊急救助行為は、国家公共機関の有効な公的活動を期待しえない極めて緊迫した場合においてのみ例外的に許容されるべきものと解するのを相当とするところ、弁護人の主張においていかなる国家的法益が危殆《きたい》に瀕《ひん》しているとしているのか明らかでないのみならず、本件証拠に徴《ちょう》するも、被告人らが本件各行為に出た際に、国家公共機関の有効な公的活動を期待しえないだけの緊急な事態が存在していたとは到底認められないので、弁護人の右主張は採用することができない。

第四、法令の適用

被告人小賀、同小川及び同古賀の判示第一の四の（一）1の各行為は、各刑法第六〇条、第二二一条に該当するので、刑法施行法第三条第三項、刑法第一〇条により同法第二二〇条第一項所定の刑と同法第二〇四条所定の懲役刑を比較し、傷害罪所定の懲役刑（ただし、短期は監禁罪の刑のそれによる。）に従って処断することとする。

第五、量刑の事情

被告人らは、天皇が政治あるいは政体の変化を超越する日本の歴史、文化、伝統の中心であり、天皇を元首とする体制が国体であり、かつての我国の軍隊は、国体を護持するのを建軍の本義としていたところ、敗戦により強大な軍事力を背景にした連合国就中《なかんずく》米国の我国に対する報復、制裁として旧憲法に違背してこれが改正を強制された結果消滅したが、そもそも憲法は、占領基本法に過ぎず、非民主的な方法により制定されたのであるから、日本国との平和条約発効により無効を宣言し、又は我国の真姿を顕《あら》わしたものに改正すべきであるのに、漫然として今日に至ったのは日本人として恥辱そのものであり、憲法下にやがて発足した自衛隊は、制度上も精神上も真の国軍たりえず、辛《かろ》うじて現在の政府を守る機能を有するに止まり、一方政府与党は、その勢力保持、保身に汲々とするあまり、自衛隊が戦力に成長し憲法に違反することが明らかであるのに、詭弁《きべん》を弄《ろう》して恬然《てんぜん》として欺瞞と偽善を続け、高度経済成長政策に意を注ぎ、我国民の精神陶冶《とうや》をないがしろにしたため、民主主義の美名の下物質万能と個人の享楽優先の風潮が広くはびこり、国民の精神生活への侵蝕が続けられ、日本人の魂が失われようとしているとの見解に立ち、国体を護持するとともに、自衛隊を前記建軍の本義に基づく真の国軍たらしめるべく、事の正否を度外視し、同隊が改憲へ精神的に奮起することを期待して、これに武士道精神を訴え、延《ひ》いては国民をして大和魂を自覚せしめ、もって国体護持の礎石たるべく本件を決行したものであるが、およそ政治の匡正《きょうせい》が公論によって決せられるべきことは、民主主義社会の例外を許さない原理であって、暴力を手段としてこれを行うことはもとより、暴力によりその緒《いとぐち》を作出するもまた許されないところである。被告人らのうち小賀及び古賀は、憲法を目して旧憲法違背のものと強調しているが、憲法の下に立つ裁判所としてこの点は評する限りではなく、憲法を屈辱的なものと考えて改正したいと願うならば、選挙によりこれに賛する多数の両議院議員を選出のうえ、国会の発議により国民の審判にまつべきであって、その転機を醸成するのはあくまで言論によってなされるべきことはいうまでもなく、主権が国民に存する民主主義の根本原理からすれば、個々の国民は、互に個人の尊厳に十分な配慮を加えながら、それぞれの場で全力を尽くして説得等を試みるべきであり、その志が遂げられない場合でも、その結果は従容《しょうよう》として受け容れるべきである。

然るに被告人らは、最高学府を卒業し、又は将《まさ》に終えようとしていた者であるのに、現代風潮の欠陥を摘出し、これを拡大して痛憤し、思想を同じくする集団にのみ自ら閉じ込もり徒《いたず》らに危機感を高め、言論による国民の覚醒に方策を尽さないまま、血気に逸《はや》って本件に出たもので、その態様も周到な計画に基づき演習を重ねたうえ、表面平静を装って判示総監に会い、一転して判示凶器を振うなどして、何ら落度のない素手、無抵抗の総監に襲いかかり、救出に赴《おもむ》いた自衛官にも判示各傷害を与えたものであること、三島において集合した自衛官に対し檄を伝えた後、覚悟のとおり切腹自殺しようとした際、被告人らとしては遅くともこの時諫止《かんし》すべきであったのに、あえて介錯の挙に出て、異才の処士を鬼籍に入らせ、森田がこの後を追って切腹するや、その傷としては十分生命を保ちうるのに、あえて黄泉《よみ》の客としたものであって、被告人らは武士道を標榜しているが、右の如き行為が真の武士道を理解しているといえるものか疑わしいばかりでなく、法の支配に積極的に挑戦し、しかも人間らしい気持の片鱗もうかがえない行為であると評せざるをえないこと、三島を卓絶した師と観じてこれを崇敬する余り厳正な批判を惜しんだ節が窺われるうえ、被告人らの加功がないときは本件の遂行は全くおぼつかなかったと思われるのみならず、近時凶器を所持した集団犯罪頻発の顕著な趨勢に思いを到すとき本件事犯の影響は憂慮に堪えないものがあるのであって、以上の諸点に即すれば、被告人三名の各刑責は、介錯を実行したと否とに拘《かかわ》らず、同様に重いものと断ぜざるをえない。しかし翻《ひるがえ》って考察するに、憲法は、その第九条において戦争放棄等をうたっているが、自衛権は、実定法の規定をまつまでもなく、我国が主権国として持つ天地自然の、即ち固有の権能であって、憲法の平和主義は、決して無防備、無抵抗を定めたものではないところ、この自衛権の裏付けとして必要最小限度の戦力すら保有しえないものかにつき、旧憲法改正原案作成までの経緯、帝国議会における同案第九条の修正の事情、憲法第九条等の文辞、国際情勢、科学技術の進歩等からして法解釈上深刻な対立があり、さらに自衛のための戦力を保持しうるとの見解に立っても、その限界がいかなるものか不明確であって、現に存在する自衛隊が合憲か否かにつき、一切の戦力を保持しえないとする立場からは勿論、前記最小限度の自衛力保持を認める立場からも疑念の持たれていることは否定しようもない事実である。

ところで公判廷に顕出された全証拠によっても、自衛隊が違憲か否かは未だ疑いの域を出ず、違憲と断ずるには足りないが、元来国家の基本構造に関する憲法の規定は、その解釈に疑いがないように定められることが理想であり、ことに自衛権、統帥権（陸海空軍という特定の国民を統督し、直接その自由を拘束し、かつ、その生命も要求する権能）と国民の生命権との調和に関するような枢要な部分について、内外の多端な状勢に鑑《かんが》み総意をまとめることは非常に困難を伴うことは充分理解しうるところではあるが、さればこそ政治をあずかる国政要路にある者達は、ただいたずらに国論を二分するにまかせ、あるいはなしくずし的に曖昧な法の運用をもって既成事実を積み重ね、あるいは固定理念にのみとらわれていてはならない筈のものである。にも拘らず、大多数の国民をして明朗闊達な言論を通じて国政を匡正するという言論の実効性に対する態度を助長させず、ために屢々《しばしば》一部国民が直接行動に出て実定法秩序を無視するという事態を惹起するに至らせている疑いを否めない現実があり、被告人らが自衛隊を国民道義頽廃の元凶と極言する心情は、無下に排斥できないように思われる。

而して本件にあっては、三島、森田及び被告人三名が自衛隊と結託して政治的野望を遂げようとしたとか、武力革命を自衛隊に対し唆《そその》かしたとかいう点は窺えず、同人らはひたすら自衛力の保持こそ我国を保全する所以《ゆえん》であり、自国の安全を他国の友情や犠牲にゆだねることは独立国家の否定を意味するとし、自衛隊を憲法上の国軍と明定すべきであると信じ、このことを死を決して国民に訴えんとしたものであって、日本を眷恋《けんれん》する誠直の衷《ちゅう》情《じょう》は否定しえず、その動機に私利私欲なく、粋然たるものがあるゆえ、当初から自衛官殺傷の犯意はなく、本件全証拠によっても、本件の目的、行動をとってもって軍国主義思想の発現ないし推進と断ずることはできないものである。

さらに本件は一触多発の凶器を使用した事犯と異なり、せいぜい日本刀、短刀といった武器だけを携行して、近代兵器の備えある自衛隊に乗り込んだものであること、自衛隊側においても被告人らに対する姿勢、応接並びに事件に対する適切な処置に欠けるところがあり、ために徒《いたず》らに事態を大ならしめたこと、本件の首謀者はあくまで三島であって、被告人らは、追随的な役割を担《にな》ったにすぎないものであること、被告人三名においてみずから刃物で自衛官に斬り付けた証拠のないこと、三島、森田は堅く死を決し、その切腹着手後は、ひたすら介錯を受けることを望んでいたと認められること、傷害を受けた自衛官らは幸いにしてその生命に別条なきを得たこと、爾後被告人ら並びに三島及び森田の親族らにおいて財産的損害につき弁償の方途を講じたこと、被告人らは当公判において礼節を旨とし、社会的制裁を受け、甘んじて法律の処断を受けけんとする廉潔《れんけつ》な態度に終始していること、本件以外に格別の非違がないこと、その他同人らの性格、平素の行状並びに経歴及びその家庭事情は、被告人らにとって有利な情状とし能《あた》う限りこれを斟酌《しんしゃく》すべきものである。

当裁判所は、叙上認定の諸事情のみならず、公判審理を通じて被告人らに親しく接し、その人間性に触れ、その処遇につき慎重に審議し、万般の考慮を重ねたが、前記のとおり酌《く》むべき点は多々あるにもせよ、前述犯行の手段、態様、結果等のほか、とりわけ本件が民主主義社会の存立命題に抵触する重大事案であることに鑑《かんが》み、判示処断を選ばざるをえないのである。

被告人らは、宜しく「学なき武は匹夫《ひっぷ》の勇、真の武を知らざる文は讒言《ざんげん》に幾《ちか》く、仁人なければ忍ばざる所無きに至る」べきことを銘記し、事理を局視せず、眼を人類全体に拡げ、その平和と安全の実現に努力を傾注することを期待する。

よって主文のとおり判決する。

昭和四七年四月二七日

東京地方裁判所刑事第十三部

裁判長裁判官　櫛淵理

裁判官　荒木友雄

裁判官　本井文夫

【補記】

小賀、小川、古賀の三名は、収容期間（懲役四年）が満了した昭和四九（一九七四）年一〇月に仮出所とされた。

跋にかえて

「三島事件」の裁判記録を閲覧しようと思い立ったのは、平成二三年のスギ花粉が飛び始めようとするまだ肌寒いころだった。どうしたらいいかと思い、日本外国特派員協会に居合わせた元大手新聞記者に相談すると、「窓口は法務省だろう」と言う。ならばと、協会を出て霞が関にある法務省の本庁舎に向かった。当時有楽町駅前のビルにあった協会からすぐだった。歩いて日比谷公園を突っ切って行くと、一〇分ほどで着いた。しかし受付で来意を告げると、「それは、うちじゃないですよ。裁判記録の閲覧ならとなりの入口の検察庁ですよ」と言う。

刑事事件は検察庁が起訴して初めて裁判になる。そのための起訴状から調書をはじめとするあまたの書類を作成する当事者がすべてを管理するのはうなずけないことではない。ためしに大手弁護士事務所にいる学友に閲覧先を問うてみると、知らなかった。渉外弁護士は刑事裁判記録を閲覧する必要があっても専門の業者に任せるのだと言っていた。いずれにしてもこれの閲覧はあまりポピュラーではないようだった。ちなみに民事事件の場合、裁判記録は裁判所が保管している。閲覧については民事訴訟法で定められていて誰でも請求することができる。（同法第91条第1項）

法務省を出て検察庁の入口に向った。警備員が誰何し用件を訊いてきた。

「事件の裁判記録の閲覧をしたいのですが」

「それは確定判決の出たものですか」

「四〇年以上まえに確定しています」

確定していない進行中の裁判の書類は管理していないのだという。私は受付で丸い赤い縁のバッジを受取った。となりで受付の手続をしていた弁護士は白い縁のバッジを渡されていた。白バッジの訪問者は別格のようだ。エレベーター脇の案内版を見ると、ビルには組織のヒエラルキーにしたがって、下から上の階に順々に東京地方検察庁、東京高等検察庁、そして最高検察庁と記されていた。検察官は出世するごとに上の階に異動してゆくのだ。しばしば世を騒がせる特捜部は、ビル最上層の一〇階と一一階に入っていた。

三階でエレベーターを降りると、目の前に「総務部記録担当」という表示のある入口があった。中に入って行くと年配の属長が奥の方から出て来た。

「閲覧したいのは昭和四五年にあった三島事件の裁判記録です」

「ああ、あの事件ですね。それだけ古いと通常は廃棄されています。しかしあれだけの事件ですから保管されているかもしれません。調べてみましょう」

「ぜひ、お願いします」

あとで〝刑事確定訴訟記録法〟という法律を見ると、次のようにあった。

〈刑事被告事件に係る訴訟の記録は、訴訟終結後は、当該被告事件について第一審の裁判をした裁判所に対応する検察庁の検察官が保管するものとする。（刑事確定訴訟記録法2条1項）〉

三島事件の裁判を担当したのは東京地裁だ。それに対応する検察庁は東京地検だった。たまたま運よくドンピシャだったのだ。これが東京以外の九州や四国や北海道だったらたいへんなことになっていた。申請して許可が下りるまで長い時間がかかり、さらに記録を引き写すのに何日も通うことになったのだから。

この法律が裁判記録の保管期間を判決内容に従って規定している。三島事件の被告人たちへの判決は懲役刑だったからこの裁判は「有期の懲役又は禁錮に当たる罪に係るもの」にあたり、裁判書の保管期間は五年となる。裁判所以外の警察や検察の調書類などは「五年未満の懲役又は禁錮に処する裁判に係るもの」に分類され、こちらの保管期間も五年ということになる。その規定通りならもう廃棄されていたのだ。

しばらくして記録担当の属長から私の携帯に連絡が入った。「三島事件の裁判記録は〝刑事参考記録〟として都内の立川の倉庫に保管されています。閲覧者があなたならあなたの履歴と閲覧理由を書いて提出してください。書式は自由です」と告げられた。法務省の「記録事務規程（法務省訓令）」によると、参考記録のなかには裁判所に提出されなかったものもふくまれている可能性がある。それも閲覧できるかもしれないと思うとワクワクしてきた。

閲覧を思い立った当初は、許可の扉はたたけば簡単に開かれるとのん気に考えていた。しかしその扉は意外に重く、門を開くのは並たいていではなく、思ったよりしんどかった。関係法令にあたると、刑事訴訟法第53条に「何人も、被告事件の終結後、訴訟記録を閲覧することができる」とある。しかしじっさいはこの文言のとおりではない。民事裁判記録は原則公開される。しかし刑事裁判記録は一般人には公開されないのだ。閲覧について条文に「正当な理由があると認められる者」に許可されるとある。つまり閲覧は被告人とその代理人や親族、検察官、警察官などの関係者に限定されている。事件がもとで民事の損害賠償請求訴訟が起こされると保険会社などにも閲覧は許される。それ以外の者には閲覧の扉は固く閉じられているのだ。

理由書を提出したが、いつ返事がもらえるか係官に訊くと、分からないという。記録担当の事務官は申請を受理するだけで決裁するのは担当検事だという。担当検事を正式には「保管検察官」と呼ぶらしい。「記録事務規程」にそうあった。折々電話して進捗のようすを訊くしかない。期待と不安がないまぜの日がいたずらに過ぎていった。何カ月も経って、ようやく属長から「担当検事の許可がおりました」と連絡が入った。やっと奏功したのだ。よろこびは一入《ひとしお》だったが、役所仕事のスローさにはあきれた。

係官から閲覧申請書を出すようにいわれた。申請書は二種類あった。ひとつは「保管記録閲覧申請書」、もうひとつは「刑事参考記録閲覧申請書」だった。通常の保管記録が例外的に参考記録として延長保管されているから二つ要るようだ。申請用紙はなんどもコピーされたのだろう、文字がかすれていた。用紙は複写式になっておらず、受理印のある控えを要求したが、出さないと言う。

すぐに閲覧できると思ったらそうではなかった。担当検事が閲覧を許可してもすぐにはできないと言う。閲覧理由に沿った記録を係官がピックアップし、それをコピーし、プライバシーや名誉にかかわるところを黒塗りし、さらにそれをコピーするのだという。それを担当検事がＯＫしたらようやく閲覧できるのだ。そんな面倒な作業をしなくてもよいのにと思うのだが、規則だと言う。かように閲覧を申請し、それが許可され、実際に閲覧が出来るようになるまでかなりの忍耐を要した。

閲覧場所は、東京地検庁舎三階の記録担当の事務官たちのいる部屋の一画だった。彼らの席から監視できるように、仕切りの上三分の二に透明な厚いプラスチック板が嵌められていた。閲覧室には四人席の机が六つ置かれていた。椅子に坐ると係員がやって来てB４大のコピーの紙束を重ねてドンと机の上に置いた。それは六分冊になっていた。それぞれにボール紙の表紙と裏紙をつけパンチで空けた穴に黒い糸紐を通してとじられていた。なかなかクラシックな仕様だ。高さにして五〇㎝あった。ざっと目を通すと、黒塗された箇所がけっこうある。さあ、必要なところをコピーしよう。しかし係官はのたまわった。

「コピー機での複写や写真撮影も許可しません」

これには驚いた。

「えっ、手で書き写すんですか」

「パソコンの持ち込みはかまいませんよ」

ワープロやパソコンのない時代はどうしていたのだろう。規則だそうだからこれも仕方がない。それから私は、重いラップトップパソコンを抱えて電車に乗り、地下鉄日比谷駅で降り、日比谷公園を歩いて突っ切り、検察庁にたどりつき、裁判記録の文字を打ち込む作業に明け暮れることになった。

文書は、作成した役所（警視庁、東京地検、東京地裁）によってフォームが違っていた。今やなつかしい和文タイプのものもあったが、手書きの文書が多かった。速記者の手になるものには独特のクセがあり、流麗すぎるくずし字の判読には骨の折れるものがあった。シャンポリオンがヒエログリフを解読した流儀にならい、運筆の同じ箇所に印をつけてピックアップし、前後の関係から平仮名や漢字を判読していった。今やＡＩをつかったＰＣソフトで判読できるようになったが、当時はまだそれはなかった。

記録閲覧にやってくる人々の人間模様はさまざまだった。桜田門の関係者もけっこういた。それらを眺めながら四〇年以上前の裁判記録をパソコンに打ち込んでいった。しばらく通ってからのある日の帰りぎわ、属長に「パソコンを預かってもらえませんか?」と頼んでみた。すると「ええ、いいですよ」と快く応じてくれた。

しかし担当検事は融通がきかなかった。閲覧理由に沿った記録がどれかを探りあてる適任者は、事件をよく知らない検事より、私なのだ。そこで係官を通して「訴訟目録を見せてください」と担当検事に要求した。訴訟目録とは裁判所に提出された文書や証拠の一覧のことである。しかしダメだという。証拠の種類、その押収先、被告人親族の調書もあり、プライバシーにふれるというのだ。私は「そういうところをお得意の黒塗りにして見せて下さい」と多少皮肉っぽく押したが、とにかくダメだという。「検事に会ってダメな理由を直接訊かせてくださない」とさらにねばった。すると検事は面談を拒否し係官を通して「閲覧を許可する箇所・範囲の決定は一〇〇％検事の裁量権に属する。それが不当だと裁判所に訴えても却下される」と威嚇的なメッセージをかえしてきた。

このように検察は裁判記録を積極的に開示しようというスピリットは皆無なのだ。閲覧許可を得た書類でも肝心のところだけでなく、勝手気ままにあるいはかなり恣意的に黒塗りされたと思われる箇所もあった。判決文の黒塗りのところはインターネット上に流布している部分的な判決文で見ることができる。被告人たちの本籍、当時の住所、履歴などは伊達本でもわかる。検察が旧態依然の役所仕事をしていることがうかがえる。

判決文のさいごに引かれた一文は中国の古典『孟子』のものである。「匹夫《ひっぷ》」とは、身分の低い者、道理をわきまえない教養のない者のこと。孟子が斉の宣王に言ったもので、『孟子・梁恵王下』に「夫《そ》れ剣を撫《ぶ》し疾視して曰く、彼悪《いず》くんぞ敢えて我に当たらんや」（刀を撫《な》でて睨《にら》みつけ、むやみにいきり立つのは匹夫の勇というもので、たった一人を相手にするだけのことだ）とあるのに基づく。思慮分別がなく、ただ血気にはやるのは真の勇気ではないと諭《さと》しているのだ。

「三島事件」の裁判記録は、国費、つまり国民がおさめた税金で作成されたものである。公共の財産であり、歴史の貴重な資料でもある。私につづく方々に、よりひろくそして公平に閲覧が認められることを切に望む。

装幀　新潮社装幀室

西法太郎　Hohtaro Nishi

昭和31（1956）年長野県生まれ。東大法学部卒。総合商社勤務を経て文筆業に入る。

著書『死の貌　三島由紀夫の真実』論創社、2017.12、『三島由紀夫は一〇代をどう生きたか　あの結末をもたらしたものへ』文学通信、2018.11

三島由紀夫《みしまゆきお》事件《じけん》 50年《ねん》目《め》の証言《しょうげん》
――警察《けいさつ》と自衛隊《じえいたい》は何《なに》を知《し》っていたか

著　者　西法《にしほう》太郎《たろう》

発　行　2020年9月20日
2　刷　2020年12月25日

発行者　佐藤隆信
発行所　株式会社新潮社　郵便番号162-8711
東京都新宿区矢来町71
電話：編集部 03-3266-5411
読者係 03-3266-5111
https://www.shinchosha.co.jp
印刷所　株式会社三秀舎
製本所　株式会社大進堂

ISBN978-4-10-353581-2　C0095
価格はカバーに表示してあります。

決定版三島由紀夫全集　全42巻　補巻1　別巻1

［1巻］長編1　仮面の告白　他
［2巻］長編2　愛の渇き　他
［3巻］長編3　禁色
［4巻］長編4　潮騒　他
［5巻］長編5　沈める滝　他
［6巻］長編6　金閣寺　他
［7巻］長編7　鏡子の家
［8巻］長編8　宴のあと　他
［9巻］長編9　午後の曳航　他
［10巻］長編10　美しい星　他
［11巻］長編11　音楽　他
［12巻］長編12　複雑な彼　命売ります
［13巻］長編13　春の雪　奔馬
［14巻］長編14　暁の寺　天人五衰
［15巻］短編1　心のかゞやき　他
［16巻］短編2　檜扇　他
［17巻］短編3　魔群の通過　他
［18巻］短編4　真夏の死　他
［19巻］短編5　海と夕焼　他
［20巻］短編6　憂国　英霊の声　他
［21巻］戯曲1　綾の鼓　他
［22巻］戯曲2　鹿鳴館　他
［23巻］戯曲3　黒蜥蜴　他
［24巻］戯曲4　サド侯爵夫人　他
［25巻］戯曲5　癩王のテラス　他
［26巻］評論1　平岡公威自伝　他
［27巻］評論2　アポロの杯　他
［28巻］評論3　小説家の休暇　他
［29巻］評論4　旅の絵本　他
［30巻］評論5　不道徳教育講座　他
［31巻］評論6　文章読本　他
［32巻］評論7　私の遍歴時代　他
［33巻］評論8　太陽と鉄　他
［34巻］評論9　葉隠入門　他
［35巻］評論10　文化防衛論　行動学入門　他
［36巻］評論11　檄　作文・参考作品　他
［37巻］詩歌
［38巻］書簡
［39巻］対談1
［40巻］対談2
［41巻］音声（CD）
［42巻］年譜・書誌
［補巻］補遺・索引　他
［別巻］映画「憂国」（DVD）